Wanderung durch die Lebenszeit

Elisabeth Dittmer

Wanderung durch die Lebenszeit

© 2003 Elisabeth Dittmer
Umschlaggestaltung: Meißner Landschaft bei Dudenrode, Foto: Elisabeth Dittmer
Foto Rückseite: Fotostudio Keppler, Kassel
Herstellung: Books on Demand GmbH, Norderstedt
ISBN 3-00-012057-2

Inhalt

Zum Geleit   7

I. Meine Eltern und Großeltern (1860–1914)   9

II. Meine Kindheit (1914–1929)   34

III. Die Backfischjahre (1929–1936)   71

IV. Meine Brautzeit (1936–1941)   99

V. Das Medizinstudium (1941–1951)   123

VI. Die Zeit als Pfarrfrau (1951–1959)   155

VII. Mutter zweier Söhne (ab 1959)   168

VIII. Zurück zum Arztberuf (1963–1992)   190

IX. Das Alter (ab 1993)   204

Familientafel   224

Zum Geleit

Meinem Bericht „Wanderung durch die Lebenszeit" möchte ich einige Worte voranstellen: Zunächst habe ich ihn niedergeschrieben, weil ich den Weg noch einmal in der Erinnerung gehen und aus meiner heutigen Sicht nacherleben wollte. Ein weiterer Grund war, daß ich mehrfach gebeten wurde, meine Lebensgeschichte niederzuschreiben. Freunden und Kindern sowie Enkeln erzählte ich gerne Geschichten und Begebenheiten „von früher" oder streute in unseren Gesprächen Anekdoten oder Worte aus Kindermund ein. Dies veranlaßte die Zuhörer manchmal zu der Frage: „Hast du das alles aufgeschrieben? Das mußt du mal im Zusammenhang erzählen!"

Was mich bei meinen Erinnerungen unterstützte, waren die reichlich vorhandenen Quellen – Memoiren, Chroniken, Tagebücher und Briefe –, die bis ins vorletzte Jahrhundert reichen und auf die Schreibfreudigkeit meiner Jugendzeit, der meiner Eltern und Großeltern zurückzuführen sind. In den Zeiten ohne Telefon und die heutigen Reisemöglichkeiten wurde reichlich geschrieben! Solcherart Gedankenübermittlung hat den Vorteil, daß sie dauerhaft aufbewahrt werden kann. Und dieses Material habe ich in den Jahren 1996 und 1997 gesichtet und gelesen. Von allen Seiten flossen also Quellen in meinen „Brunnen", bis er schließlich so vollgelaufen war, daß er einfach übersprudelte und ich nicht mehr wußte, wie ich das viele Material zu einem lesbaren Bericht formen konnte. Nach ein paar Versuchen resignierte ich und gab das Vorhaben wieder auf.

Im Sommer 1998 besuchte mich meine Nichte Bonnie Eschebach. Wir hatten uns einige Jahre nicht gesehen. Sie ist inzwischen promovierte Publizistin und Redakteurin in Berlin. Sie machte mir Mut und flößte mir Begeisterung und Lust ein für mein Vorhaben. Wegen des reichlichen Materials gab sie mir den Rat, nicht alles darzustellen, was sich ereignet hatte, sondern von ähnlichen Begebenheiten – etwa von fünf Reisen, die ich als Kind ins Ausland gemacht hatte – nur eine, möglichst die schönste und wichtigste, zu beschreiben. Zudem suchten wir gemeinsam nach Zäsuren in meinem Leben: diese Abschnitte wurden später zu „Kapiteln".

Im Oktober begann ich meine Urlaubstage dazu zu nutzen, den Anfang zu machen mit dem Kapitel über meine Eltern. Hier, im stillen Bad Sooden-Allendorf, fand ich die nötige Ruhe, abseits vom Alltag mit Hausarbeiten, Einkaufen und Telefonaten, nur hier, im immer gleichen Hotelzimmer, das mir seit vielen Jahren ein Refugium ist und das ich früher zum Lesen medizinischer Literatur, zur Fortbildung, zum „Auf-dem-Laufenden-Bleiben" im schnellen Fortschreiten der medizinischen Wissenschaft benötigte. Jetzt nutzte ich diese Abgeschiedenheit für meinen Lebensbericht. Das Haus lag an einem steilen Berghang, das Zimmer im obersten Stock.

Ein großes Fenster gab die Sicht frei über das Städtchen und das Werratal bis hin zu den Höhen des thüringischen Eichsfeldes. Vor dem Fenster stand ein Schreibtisch So konnte ich beim Nachdenken den Himmel, die Wolken und die sanften Wellen des Horizontes betrachten und meine Gedanken zu Papier bringen.

Anschließend bat ich meine Kusine Margarete Zülch, den Text abzutippen, die mir zu meiner Freude keine Absage erteilte. Nun kam ich der Verwirklichung einen entscheidenden Schritt näher. Margarete ist wie meine Nichte Bonnie und ich Nachfahrin des Martinhagener Pfarrers Werner Zülch (1818–1882). Hinzu gesellte sich als Helfer noch mein Sohn Temmo mit seinem neuen „PC". Nun konnte das Werk auf Diskette übertragen werden. Mein Sohn Hans Otfried beteiligte sich am Auffinden von Möglichkeiten der Drucklegung, und sein Schwiegersohn Bernd Michalke übernahm die Einarbeitung des Bildmaterials und trug damit zur Gestaltung des Buches ebenfalls bei.

Schließlich war Dagmar Gild-Kristen als Lektorin das Bindeglied, um die Lebensgeschichte – zunächst für die Familie und Freunde geschrieben – einer breiteren Leserschaft zugänglich zu machen.

Meinen sechs Helfern, die zum Gelingen des nun vorliegenden Werkes wesentlich beitrugen, soll an dieser Stelle mein ganz herzlicher Dank gesagt sein!

Simmershausen im November 2003

Elisabeth Dittmer

I. Meine Eltern und Großeltern (1860–1914)

Dieses erste Kapitel soll meinen Eltern gewidmet sein. Von ihrer Kindheit und Jugend möchte ich erzählen bis zur Gründung ihres gemeinsamen Hausstandes und des Familienlebens vor meiner Geburt 1914.

Mein Vater Martin Scheele wurde am 25. September 1857 in Hundisburg, Sachsen-Anhalt, geboren. Er war das zweite von acht Kindern des Landpastors Ferdinand Scheele und seiner Ehefrau Elsbeth, „Elseken", geb. Schulze, Superintendententochter aus Ziesar in Anhalt. Ab 1860 amtierte mein Großvater über dreißig Jahre in Blönsdorf, gelegen im Flämingsgebiet der Mark Brandenburg.[1] Der Fläming ist ein sandiger Höhenzug südwestlich von Berlin. Blönsdorf liegt zwischen den Kreisstädtchen Jüterbog und Zahna, einer Station der Eisenbahnstrecke Wittenberg-Berlin.

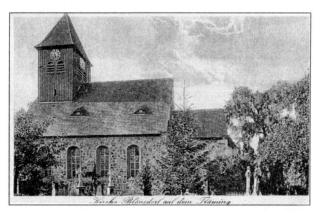

I/1 Kirche in Blönsdorf auf dem Fläming/Mark Brandenburg

Das Dorf wurde von einer breiten, sandigen, mit zwei Baumreihen bestandenen Straße durchzogen, an der auch der Friedhof mit dem Gotteshaus und der Pfarrgarten mit der Pfarrei lagen. Friedhof und Pfarrgarten waren durch eine Hecke

---

[1] Vgl. Otto Bölke, Pastor in Blönsdorf: Die Geschichte eines Flämingsdorfes nach alten Urkunden und Chroniken. Zahna 1912.

I/2 Pastorenhaus in Blönsdorf

getrennt, durch die eine kleine Pforte führte. Durch den großen Garten auf dem Pfarrgrundstück, auf dem noch in der frühen Kinderzeit meines Vaters Stallungen für Kühe, Ziegen, Schweine und Pferde und ein Backhaus Platz hatten, floß ein Bach. Zur Zeit der Schneeschmelze im Fläming schwoll dieser mächtig an und überflutete alljährlich den Garten, oft auch die Dorfstraße. Das zurückbleibende Wasser blieb bis zum Sommer hinein in einem tieferen Teich und mehreren Tümpeln stehen. Es wurde zum Gießen und zum Spielen benutzt. Doch der Teich war nicht ungefährlich. Wenn ein Kind nicht auffindbar war, lief Vater Ferdinand mit einer Stange zum Teich. Erst wenn er dort nichts fand, kehrte er beruhigt zu seinem Arbeitstisch zurück, denn ernste Gefahren waren nun im Dorf nicht mehr zu fürchten.

I/3 Meine Großmutter Elsbeth Scheele geb. Schulze (1833–1896)

I/4 Mein Großvater Ferdinand Scheele, Pastor (1819–1893)

Nicht nur das Elternhaus mit seinem Familienleben, das ganze Dorf gehörte zum vertraut-heimatlichen Personenkreis der Pastorenkinder. Von ihren Nachbarn und Freunden erzählten sie noch im hohen Alter. Auch die Dorffeste, die Jubiläen und die Kirchenfeste waren oft Gesprächsstoff – noch in meiner Kinderzeit hörte ich davon.

I/5 Familie Ferdinand Scheele um 1870 in Blönsdorf.
Die Eltern Ferdinand und Elsbeth Scheele mit ihren sieben Kindern (von links): Gottfried, Elisabeth, Paul, Christine (starb 11jährig), Marie, Katharina und Martin (mein Vater)

Meine Großeltern Scheele waren ein ungleiches Paar: Ferdinand schlank und hochgewachsen, Mutter Elseken zierlich und klein. Gern demonstrierte er diesen Unterschied, indem er den Arm zur Seite ausstreckte und seine Frau aufrecht darunter hinweggehen ließ.

Eine Anekdote über meinen Großvater ist mir besonders in Erinnerung geblieben: Als Pastor Scheele, ein passionierter Turner, zum 70. Geburtstag von den Kirchenältesten seiner Gemeinde einen gepolsterten Lehnstuhl mit Kopf- und

Fußteil geschenkt bekam, fragte er: „Wat is'n det?" – und benutzte ihn vor den Augen des Kirchenvorstandes als Barren; er stützte sich mit einer Hand auf die Armlehne und schwang sich mit beiden Beinen über das Fußteil des Sessels.

Zu den besonderen Erlebnissen des Dorfes Blönsdorf gehörte auch jener Tag um das Jahr 1890, an dem sich der Ort für einen Besuch des jungen Kaisers Wilhelm II. schmückte. Vielleicht sollte das alljährlich stattfindende und zu gewisser Berühmtheit gelangte Blönsdorfer Missionsfest damit belohnt werden?
Ein Festzug formierte sich, um dem Monarchen zur Bahnstation Zahna entgegenzugehen. Junge Mädchen und Kinder in kleidsamen blau-weißen Flämingstrachten gingen voran, dahinter die männliche Jugend mit Uniformen, Musik und Fahnen. In einiger Entfernung zum Bahnhof hielt der Festzug an und harrte hier dem Eintreffen des Zuges mit dem kaiserlichen Salonwagen entgegen. Auf ein Zeichen sollte er sich dann wieder mit Musik in Bewegung setzen.
Der Zug dampfte heran und hielt. „Hurra! Hurra!" Als erstes öffnete sich, wie man aus der Ferne erkennen konnte, ein Waggon; heraus kamen zwei Pferde. „Aha, der Kaiser will sich den Blönsdorfern zu Pferde präsentieren ..." Jetzt drängten sich an der Tür zum Salonwagen die Honoratioren der Umgebung. Heraus stieg Wilhelm, der Preußenkönig und Kaiser der Deutschen. Man half ihm in den Sattel. Nun ritt er los, trabte, galoppierte am Zug entlang und zurück, saß ab – und verschwand wieder im Salonwagen! Ungläubig sahen es die Blönsdorfer aus der Ferne, wie der kaiserliche Zug nach einem schrillen Pfiff der Dampflokomotive gen Berlin verschwand.
Man kann sich leicht denken, in welcher Verfassung sich die Blönsdorfer beim Rückzug in Bewegung setzten! Dennoch steht mein Vater in seiner Chronik trotz des Berichts über das enttäuschende Verhalten des jungen Kaisers unerschütterlich treu-preußisch zu seinem „lieben sandig Heimatland", dort, „wo ein preußisch' Herz warm schlägt für sein preußisches Vaterland". In seinem Patriotismus ließ er sich von einem noch unerfahrenen Monarchen nicht erschüttern. Zu dessen Entlastung muß allerdings angefügt werden, daß später eine Entschuldigung der Berliner Regierung kam: „Dringende Geschäfte in Berlin."

Ich komme nun zurück auf die erwähnten Blönsdorfer Missionsfeste – solche Kirchenfeste, bei denen sich Gemeindemitglieder der Region und darüber hinaus in ihrem Gottesglauben gegenseitig bestärkten und die erfolgreiche Missionsarbeit in und außerhalb Deutschlands feierten, waren um 1900 in Deutschland sehr beliebt und erfreuten sich großen Zulaufs. Ich zitiere den Bericht meines Vetters Gerhard Scheele, den er aus den Memoiren seines Vaters, also meines Onkels, Gottfried Scheele zusammenstellte, in dem über die Aktivitäten unseres Großvaters Ferdinand berichtet wurde:

Sehr bald schon ging er (Ferdinand Scheele) ein ihm sehr am Herzen liegendes Unternehmen an. Er gab der bis dahin doch recht im verborgenen blühenden Missionsarbeit in Blönsdorf einen ganz außerordentlichen Aufschwung für einen weit über seinen Sprengel hinausreichenden Bezirk. 1861 feierte er das erste Missionsfest in Blönsdorf „unter einem Kirschbaum". 1874 mußte das Treffen in das „Birkenwäldchen" verlegt werden, wo für zwölfhundert Teilnehmer Bänke aufgestellt wurden.

Die Tage fanden am Mittwoch nach dem „Reichen Mann", das heißt nach dem 1. Sonntag nach Trinitatis, mit dem Evangelium vom reichen Manne und dem armen Lazarus, statt. Es gelang Ferdinand, die damals bedeutendsten Kräfte der preußischen Kirche als Festprediger, Redner und Berichterstatter zu gewinnen. Um nur einige Namen zu nennen: die Hof- und Oberhofprediger D. Kögel, D. Dryander, D. Stöcker, die Generalsuperintendenten Schulze-Magdeburg und Braun-Königsberg, die Missionsdirektoren Wallmann und Wangemann, die Inspektoren Plath, Kratzenstein und, und, und – aus allen Bereichen des kirchlichen Lebens. Er wußte die Missionsfeste so gut zu organisieren und so interessant zu gestalten, daß Redner und Teilnehmer sich mit der Sache identifizieren konnten, und so kamen in den achtziger Jahren jeweils bis über dreitausend Interessierte. Es mußten von Berlin aus Extrazüge eingesetzt werden, und 1884 wurde gar die Lokomotive des Sonderzuges nach Blönsdorf von zehn begeisterten Mitstreitern mit einer zehn Meter langen Girlande geschmückt.

In Blönsdorf dann ordnete sich der Festzug, voran Kinder mit Fahnen, dahinter dann der Posaunenchor des Berliner Missionshauses. Die Blönsdorfer Missionsfeste sind nicht mehr; aber man erzählte sich noch lange von Vater Scheele, dem treuen Missionsmanne.[2]

---

[2] Gerhard Scheele, Zusammenstellung aus den Memoiren von Gottfried Scheele (1860–1950), 1. Teil, aktualisierte Version. Unveröffentlichtes Manuskript, im Besitz der Autorin.

Mein Vater ging während dieser Zeit mit seinem ein Jahr älteren Bruder Paul zusammen in das Gymnasium in Wittenberg. Von Blönsdorf zur Bahnstation Zahna mußten sie täglich zu Fuß gehen. Später studierten sie beide in Leipzig Theologie. Die Endsemester wurden von meinem Vater in Marburg absolviert, im reformatorischen Hessen. So kam es, daß er 1881 vom Kasseler Konsistorium nach Ablegen der zweiten theologischen Prüfung zur praktischen Einübung in ein Landpfarramt als „Hilfspfarrer" ins hessische Meißnergebiet eingewiesen wurde. Der Pfarrer Georg Lyding in Frankershausen hatte, da gesundheitlich geschwächt, Hilfe nötig. Diese bekam er also nun von dem fröhlichen, tatkräftigen und interessierten jungen Theologen von 24 Jahren. Hiermit wurde das Schicksal über die nächsten Jahre meines Vaters entschieden, denn Pfarrer Lyding wurde sein Schwiegervater. Bewundert und liebgewonnen hat er nicht nur die älteste Tochter des Hauses, sondern auch die waldreiche hessische Gebirgslandschaft des Meißnergebietes. War er doch von seiner Heimat, der Mark Brandenburg, nur flache, sandige Gegenden mit Heide und Birken gewohnt. Das Wandern und Bergsteigen – so auch der Soldatendienst – blieb ihm allerdings wegen eines rheumatischen Herzschadens versagt. Desto mehr genoß er es, an den Dienstfahrten und der Reiselust seines Lehrherrn teilnehmen zu können, der mit einer Kutsche und „einem PS" die Gegend bergauf, bergab mit ihm durchstreifte. So kam er nicht nur öfter in das nahe Städtchen Eschwege im Werratal, sondern auch über den Meißner hinweg in die kleine, idyllisch gelegene Doppelstadt Sooden-Allendorf. Diese war meines Vaters ganzes Entzücken.

Im Pfarrhaus Frankershausen betreute die älteste Tochter Ida zusammen mit der Mutter den Haushalt. Sie war 38 Jahre alt, als mein Vater, 14 Jahre jünger, fest entschlossen war, dieses reizende Wesen, diese zierliche Erscheinung mit den großen braunen Augen, zu heiraten, und bei seinem Lehrherrn um ihre Hand anzuhalten, was dem jungen Hilfspfarrer nicht nur eine erstaunt-distanzierte Antwort von Vater Lyding eintrug, sondern auch das klare Nein der Angebeteten. Großes Befremden löste der Heiratsantrag auch in der Lyding'schen Verwandtschaft aus. Darüber hinaus hatte er das Gelächter seiner Geschwister zu ertragen: „Der Martin ist wohl nicht ganz bei Troste, sich in eine 14 Jahre ältere Frau zu verlieben!"

„Krank am Herzen" entfernte er sich aus Frankershausen. Trotzdem fügt sich ein Briefwechsel zwischen Martin und Ida an. Erst als er auch nach ihrer zweiten Absage – mit Vor-Augen-Führen ihres Altersunterschiedes – nicht von ihr abläßt, hat sie ihn erhört. Überglücklich führt er sein „Idachen", wie er sie oft in seiner Chronik nennt, zum Traualtar. Er hat sie wie eine Kostbarkeit geliebt und umsorgt, ist viel mit ihr gereist, häufig waren sie in Italien, in Österreich, München, aber besonders in Berlin. Immer wieder beschreibt er in seinem Tagebuch das glückliche Leben mit Ida. Kinderlosigkeit nahm er dabei in Kauf.

Pfarrer Lyding starb noch vor der Hochzeit, und mein Vater wurde zunächst sein Nachfolger in Frankershausen. Im rauhen Meißnerklima verschlimmerte sich aber sein rheumatisches Fieber. Es war eine gute Entscheidung, ihn in das milde Klima von Sooden zu versetzen, wohin sie 1892 in ein geräumiges Pfarrhaus zogen.

Neben seiner reichlichen Arbeit im Pfarramt widmete er sich dem soeben (1889) von Bürgermeister Lange und Geheimrat Dr. med. Sippel gegründeten Sole-Heilbad Sooden. Er veranlaßte, daß eine Heilanstalt für Kinder mit chronischer Bronchitis errichtet wurde, die noch heute existiert, und daß der Badebetrieb für Erwachsene im Sommerhalbjahr ermöglicht wurde. Drei Gästehäuser wurden gebaut: Das in der Westerburgstraße 1 wurde von Bürgermeister Lange betreut. Westerburgstraße 2 war teils von Badearzt Dr. Sippel bewohnt, teils an Kurgäste vermietet. Das dritte Gästehaus, in der Westerburgstraße 3, wurde von meinem Vater verwaltet und bald darauf auch gekauft und von Diakonissen betreut.

Mein Vater hatte immer gern viel Jugend um sich. So lud er oft Kinder zu sich ein, die in der Kinderheilanstalt eine Kur machten. Wieder andere unterrichtete er im Pfarrhaus zur Vorbereitung auf weiterführende Schulen. Auch Mädchen erhielten Unterricht, vor allem in Literaturgeschichte und in der von ihm so geliebten Kunstgeschichte. Er füllte sein Haus mit jugendlichem Leben.

Auch sein Vater Ferdinand kam öfter als Gast nach Sooden, wie das Gästebuch des Soodener Pfarrhauses bezeugt, bevor er 1893 in Blönsdorf starb. Mittags hatte er wie immer mit gutem Appetit gegessen, er hielt danach noch Konfirmandenstunde und legte sich dann zum Mittagsschläfchen auf sein Sofa. Dort

---

[3] Damals beliebtes Zitat aus einem Gedicht Goethes, „Der Schatzgräber", HA, München 1982, S. 265.

ereilte ihn plötzlich der Tod. Mein Vater veranlaßte, daß seine Mutter und seine beiden noch ledigen Schwestern Käthe und Marie nach Sooden übersiedelten und die Betreuung der Sommergäste der „Villa Westerburg" übernahmen. Marie, zwei Jahre jünger als mein Vater, heiratete bald, so daß nach dem Tode seiner Mutter nur noch Käthe im Hause wohnte und die Leitung in der Kursaison übernahm – was bis an ihr Lebensende so bleiben sollte.

20 Jahre später wurde die „Villa Westerburg" mit Tante Käthe für unsere Familie immer mehr zu einem heimatlichen Mittelpunkt. Gern verbrachten wir dort die Ferien oder Weihnachten.

I/6 Pfarrhaus mit Kirche in Bad Sooden (nach einem Ölgemälde von E. Dauber)

Zu dem Pfarramt in Sooden gehörten Filialgemeinden, zu deren Versorgung ein eigenes Fahrzeug nötig wurde. Bei einem Bauern in der Nähe von Kassel wurde ein älteres kleines Pferd gekauft, es hieß Nettchen. Der Bauer hat es meinem Vater mit den folgenden Worten wärmstens empfohlen: „Herr Pfarrer, nehmen Sie das Pferd, es ist so ein nähriges[4] Tierchen. Es kniehet sich uff der Landstraße hin und langet sich Falläppelchen auf!"

Das gutmütige Pferdchen tat auch sonst sein bestes, was ihm an Kräften zur Verfügung stand. Es fand den gewohnten Weg von Sooden nach Klein-Vach

---

[4] „leicht zu ernährendes".

ganz selbständig, es wußte auch, daß es oft viele Mitreisende ziehen mußte: Das waren z. B. Kurgäste der Villa Westerburg, die der Kutscher Martin Scheele zu einer Fahrt am Sonntag zum Gottesdienst nach Klein-Vach eingeladen hatte, wo die Freiherren von Vach auf ihrem Gutshof eine Kapelle hatten. Bei Beginn einer kleinen Steigung über eine Brücke blieb das Pferd stehen und wartete mit rückwärts gewandtem Kopf, bis alle ausgestiegen waren. Nettchen zog dann das leere Gefährt bis auf die andere Seite der Brücke und wartete dort, bis alle wieder eingestiegen waren. – Es war eine Zeit ohne Eile, mit Wärme, Humor und Fürsorge für Menschen und Tiere.

Trotz des Ortswechsels in das mildere Klima am Osthang des Meißners traten bei meinem Vater bald wieder fieberhafte Rheumaschübe auf. Er mußte häufig von seinen Kollegen vertreten werden. Dies belastete ihn sehr.

Eine andere Last aber war noch schlimmer: Seine Ida erkrankte 1903 an einem bösartigen Gesichtsgeschwür. Eilig wollte er sie von dem Furchtbaren ablenken und reiste unvermittelt mit ihr zu einer Kunstreise nach München, wo er in dem bekannten Hotel Excelsior absteigen wollte. Aber man nahm sie wegen des entstellten Gesichts nicht auf, es sei unzumutbar für andere Gäste. Mit einem weißen Tuch quer über das Gesicht fanden sie schließlich eine andere Herberge.

Die Chronik gibt einen sehr nahegehenden Bericht über die monatelange Leidenszeit der beiden Eheleute, wie einer dem anderen das Leiden erleichtern wollte und es doch nicht konnte. Ida starb im Juni 1904 in Sooden.

Mein Vater wurde von einer Nichte seiner Ida, Mimi Lyding, gut versorgt, aber er litt unsagbar unter der Einsamkeit – anderthalb Jahre trauerte er. Dann trat meine Mutter in sein Leben.

Luise, „Lisa", Stippich wurde am 4. August 1882 in Martinhagen bei Kassel geboren. Beide Eltern stammten aus Nordhessen. Der Vater, Georg Stippich (1847–1916), Lehrerssohn aus Bründersen bei Wolfhagen, schloß sich als Marburger Theologiestudent den sogenannten „Renitenten"[5] an, das waren

---

[5] **Renitenz = Widerstand.**

kurhessische Pfarrer, die ihrer übergeordneten Behörde, dem „Consistorium zu Cassel", also der Leitung der Kurhessischen Kirche, ab 1866 den Gehorsam verweigerten, weil dieses den preußischen Lutheranern untergeordnet wurde. Preußen hatte das Kurfürstentum Kassel nach Gefangennahme des Regenten Friedrich Wilhelm, der dann im Exil starb, 1866 annektiert. Heute liegt er, der letzte Kurfürst, in seiner Heimatstadt Kassel am Lutherplatz begraben.

Die hessisch-reformatorische Kirche wurde nach der Annexion in die Kirche der preußischen Lutheraner eingegliedert. Hiergegen leisteten viele amtierende Pfarrer Widerstand, 43 von ihnen sogar bis zur letzten Konsequenz: Sie wurden 1872/73 ihres Amtes enthoben, d. h., sie mußten mit ihren teils großen Familien die Pfarrhäuser räumen, erhielten keinen Unterhalt und lebten von Unterstützung ihrer alten Gemeinden.

Die renitenten Studenten machten noch ihre Prüfungen und gingen dann „außer Landes", denn sie bekamen kein Pfarramt der offiziellen Kirche. Zu ihnen gehörte auch mein Großvater. Seine Braut Emilie, „Emmy", Zülch (1849–1904) war Pfarrerstochter aus Martinhagen. Sie hielt fest zu ihrem Georg, obwohl ihr Vater, Werner Zülch (1818–1882), im Gegensatz zu zweien seiner Brüder nicht zu den Renitenten gehörte. Georg, der wie mein anderer Großvater Theologie studiert hatte, und Emilie ließen sich deshalb nicht von ihm, sondern von einem Pfarrer der renitenten Gemeinde im Nachbarort Balhorn trauen. Nach der Hochzeit gingen sie nach Sachsen. Da aber das Marburger Theologiestudium von der sächsischen Kirche auch nicht anerkannt wurde, erhielt er eine Schuldienststelle in Schneeberg/Erzgebirge, später als Seminaroberlehrer in Pirna an der Elbe nahe Dresden.

Meine Mutter war das zweite von fünf Kindern. Daß sie in Martinhagen bei Kassel und nicht in Pirna geboren wurde, kam so: Als ihr Großvater Werner Zülch 1882 starb und ihre verwitwete Großmutter deshalb das Pfarrhaus in Martinhagen räumen mußte, fuhr ihre Mutter Emmy dorthin zur Beerdigung und half anschließend ihrer Mutter Helene Zülch über Wochen beim Auszug. Dort kam dann meine Mutter zur Welt. Das Kind wurde in Melsungen von einem Onkel ihrer Mutter, dem Pfarrer Hermann Zülch, in der renitenten Kirche getauft. Großmutter Helene Zülch reiste anschließend mit ihrer Tochter nach Sachsen, wo sie bis an ihr Lebensende blieb.

I/7 Pirna an der Elbe mit Schloß Sonnenstein

Von meiner Mutter hörte ich öfter die Geschichte von dem gefährlichen Unfall, den sie als Dreijährige erlitt. Ihrem Vater Georg war nach der Auswanderung aus Hessen zunächst eine Lehrerstelle in dem erzgebirgischen Städtchen Schneeberg zugewiesen worden. Seine älteste Tochter Helene, „Lena", wurde hier 1880 geboren. Im Jahr 1883 wurden sie nach Nossen versetzt. Nossen liegt an der Freiberger Mulde, einem Fluß, der mit ziemlichem Gefälle aus dem Erzgebirge hinab ins Elbtal fließt. Es war im Jahre 1885, als Lisa sich mit einer Kinderschar auf einer Muldewiese tummelte. Nun wollten sie „Rüben waschen" spielen und liefen zum Wasser. Als sie ganz vorn waren, rutschte Lisa ins Wasser und wurde sogleich von der Strömung erfaßt und fortgerissen. Nur durch das beherzte Hinzuspringen eines jungen Mannes, Paul Funke, konnte sie im letzten Augenblick noch vor dem Ertrinken gerettet werden. In großer Dankbarkeit hielten die Eltern Kontakt mit ihm: über viele Jahre besuchte er sie.[6]

Als Lisa verständiger geworden war und die Bedeutung des Besuchers erfassen konnte, hat er ihr sein Bild geschenkt, das sie bei den Familienbildern aufbewahrte.

„Das ist Paul Funke, mein Lebensretter", sagte sie, wenn sie es hervorholte.

---

[6] Alle Angaben fußen auf dem Bericht meiner Tante Betta Stippich (1883–1967), „Erinnerungen an meine Schwester Lisa", unveröffentl. Manuskript im Besitz der Autorin.

„Das ist Paul Funke, der Lebensretter unserer Mutter, Großmutter, Urgroßmutter ...", sagten wir Kinder und Kindeskinder.

Meine Mutter ging nach der Pirnaer Grundschule in Dresden zur Schule und mußte täglich mit dem Zug hin- und herfahren. Fast bis zum Abend machte sie gewissenhaft ihre Schulaufgaben. Vom Mithelfen im Haushalt war sie ganz befreit. Als sie nach 13 Schuljahren die Schule verließ, durfte sie Hauslehrerinnen-Stellen annehmen. Die erste fand sie im nahen Böhmen, in Elsental, später in Böhmisch Eisenstein bei der deutschen Familie von Adrian. Die um die zwanzig Jahre alte Lehrerin war etwa acht Jahre älter als ihre Schülerinnen. Sie verbrachte den ganzen Tag mit ihnen, neben den Lektionen spielte sie mit ihnen und begleitete die Familie auf Reisen. So entwickelten sich Freundschaften auf Lebenszeit.

Aber es gab auch mal Ferien: Im August 1905 – meine Mutter war gerade 23 Jahre alt – wurde sie zum Bruder ihres Vaters, Johannes Stippich, Pfarrer in Hohenkirchen bei Kassel, eingeladen. In diese Zeit fiel das Stiftungsfest des Evangelischen Siechenhauses in Hofgeismar[7], wozu die Pfarrer Nordhessens Einladungen erhalten hatten. Als kleine Abwechslung in ihren Ferien nahm Onkel Johannes seine Nichte aus Pirna mit dorthin. Auch Pfarrer Martin Scheele aus Sooden war eingeladen. Man saß an langen Holztischen auf Bänken unter den Bäumen im Park, hörte Ansprachen und Berichte über die Tätigkeiten im Siechenhaus, die Posaunen bliesen Choräle, man sang und unterhielt sich beim Kaffee. Die Sammelbüchsen für die Anstalt der Inneren Mission füllten sich.

Interessiert und mit aufmerksamem Blick verfolgte meine Mutter das Gespräch ihres Onkels mit einem Kollegen. Sie merkte nicht, daß sie die Aufmerksamkeit eines anderen Augenpaares auf sich gezogen hatte: Mein Vater war – wieder einmal – von einem weiblichen Wesen ganz und gar eingenommen. Er fragte jemanden, wer sie sei. Der Angesprochene hatte aufgeschnappt, daß ihr Großvater ein Pfarrer Zülch aus Martinhagen sei. Da sie aber mit sächsischem Akzent sprach, sei sie eventuell aus Leipzig. Also ein Fräulein Zülch aus Leipzig? Dies genügte meinem Vater. Auf seiner nächsten Fahrt in seine Brandenburger Heimat wollte er einen Umweg über Leipzig machen und im dortigen Adreßbuch das Fräulein Zülch ermitteln ...

---

[7] Dem heutigen, der Diakonie zugehörigen Alten- und Pflegeheim „Gesundbrunnen".

Ausführlich wird mein Vater zwei Jahre später die spannende Geschichte seiner Verlobung in seine großseitige, in Leder gebundene Chronik eintragen. So schreibt er am 13. 9. 1907:

Soli Deo gloria!

Mit diesen Worten beschloß ich den ersten Band meines Lebens, die Geschichte meines Hausstandes vom 15. Juni 1884, als ich meiner seligen Ida die Hand reichte, bis 25. August 1904, da sie mir durch den Tod entrissen wurde – und dann auch die Zeit der Witwereinsamkeit bis zum 10. August bzw. 22. Oktober 1905.

Es war nämlich am 10. August 1905, als ich, der Einladung meines lieben Freundes, des Studiendirektors vom Predigerseminar zu Hofgeismar „Gesundbrunnen", Albert Klingender, folgend, dorthin reiste, um an dem Jahresfest des dortigen Siechenhauses, auf dem ich früher einmal die Festpredigt gehalten hatte – wobei ich die beiden Bilder von dort im geschnitzten Linoleumrahmen erhielt –, teilzunehmen.

I/8 Pirna, Gartenstraße 9: Verlobungsort meiner Eltern. (2. Etage: Vater Stippich steht auf dem Balkon)

Eigentlich hatte ich keine rechte Zeit und auch keine rechte Lust dazu. Aber Mimi Lyding drängte dazu, da sie eine Hausreinigung vorhatte, bei der sie mich abwesend wünschte. So fuhr ich 12.14 h von Allendorf-Sooden über Cassel nach Hofgeismar, wo ich bei Klingenders im Hause freundliche Aufnahme fand. Da mein Freund Klingender sich der Festprediger und Ehrengäste annehmen mußte, ging ich allein zum Festplatz, wo mich Pfarrer Stippich aus Hohenkirchen, mit dem ich im Sommer 1882 in Marburg das 1. theologische Examen zusammen gemacht hatte, traf und fragte, wie mir's ginge. „Schlecht", so gab ich zur Antwort. Es war diese Antwort

I/9 Mein Großvater Georg Stippich (1847- 1916) mit Familie (v.r.n.l.) Luise - Mutter Emilie - Werner - Rudolf - Helene - Elisabeth

gewiß bezeichnend und ein Ausdruck meiner damaligen Seelenstimmung. Mit Teilnahme hörte er mir zu, als ich in kurzen Zügen ihm die Geschichte meiner letzten 8 Lebensjahre erzählte.

So kam es, daß wir auch während des nun im Freien beginnenden Festgottesdienstes zusammensaßen, und zwar in dem Gebüsch hinter der Kanzel, und nachher auch an einem Cafétisch zu sitzen kamen, als man nach der Predigt in der Pause an vielen auf dem Festplatz vor der Kanzel aufgestellten Tischen den Café einnahm. Es folgten dann einzelne zwanglose Ansprachen, zuerst von Metropolitan Martin, dann von Pfarrer Deichmann, Carlshafen.

Als letzterer redete, bemerkte ich neben meinem Amtsbruder Stippich an meinem Tisch, mir etwas schräg vis-à-vis, eine Dame, deren Gesichtsausdruck mich ungemein sympathisch berührte. In einer Pause fragte ich ihn: „Herr Amtsbruder, ist das Ihre Frau Gemahlin?", wobei er lächelnd-schmunzelnd sagte: „Nein, meine Nichte." ... Mein Irrtum hatte jedenfalls das Gute, daß das verständig ernste Gesicht auch mal lächeln mußte – also freundlicher aussah. Welch tiefen Eindruck sie damals auf mich gemacht hatte, merkte ich erst viel später.

An jenem Abend erfuhr ich noch, sie sei ein Fräulein Zülch aus Leipzig.

(...) Kurz vor dem 1. Oktober, an welchem Tage ich diesmal erst meinen Urlaub antrat, erfuhr ich durch freundliche Fügung durch Pfarrer Paulus, daß die Unbekannte nur ein Fräulein Stippich aus Pirna sein könne, wo ihr Vater theologischer Seminaroberlehrer wäre.

Es folgt hier ein Bericht über alle möglichen Besuche, die mein Vater auf seinem Wege nach Pirna vom 1. bis 9. Oktober noch machte. Als er am 10. Oktober 1905 in Pirna ankam, ließ er sich im Sächsischen Hof am Bahnhof ein Adreßbuch geben, wo er las: „Seminaroberlehrer Stippich, Gartenstraße 9/II". Mein Vater fährt fort:

Ich ging los. Als ich ca. 300 m gegangen war, sah ich vor mir den Gegenstand meines Sehnens stehen. Sie sprach mit anderen. Mit dem Zug 2.14 war sie ab Dresden gefahren, wo sie unterrichtet hatte. Als ich kam, brach sie das Gespräch ab und ging weiter. Sie trug dasselbe Kleid wie am 10. August. Ich folgte ihr bis Gartenstraße 9 beide Treppen hoch. Vor der Entrée fragte ich sie, ob ihr Herr Vater nicht zu Hause sei. „Leider nein." Ich dachte in mir: Tant mieux[8]*; denn mir war es ja gerade darum zu tun, mich davon zu überzeugen, ob das Idealbild, das ich im Herzen trug, der Wirklichkeit entsprach.*

Darum ging ich – der freundlichen Einladung folgend – mit hinein. 9 Punkte über Dresdens Kunstschätze hatte ich mir aufgeschrieben, über die ich Auskunft begehrte. Höflich wandte ich mich an die ältere Schwester, die sofort Café besorgt hatte – sogar mit Kuchen dazu. Sie aber wies mich glücklicherweise an „die Richtige", die könne besser Auskunft geben. Zuerst fragte ich sie, ob sie am 10. August zum Siechenhausfest in Hofgeismar war. „Denke dir mal, Lena", rief sie ihrer älteren Schwester zu, „der Herr Pfarrer war auch auf dem Siechenhausfest in Hofgeismar – wie eigentümlich!" Mir aber war dies gar nicht eigentümlich – denn gerade darum war ich ja da, weil ich sie dort gesehen hatte.

Es folgte nun eine Prüfung der Nichtsahnenden auf Grund der mitgebrachten Kunstfragen – wobei mein Entzücken stieg. Sie war ganz so, wie ich sie mir gedacht – wenn ich nur herausgebracht hätte, wie alt bzw. wie jung sie war. Denn das war das Einzige, was mich drückte – zu jung für mich! Oder doch nicht? Trotzdem ich mir das Vertrauen der jungen Damen durch Plaudern, Anekdotenerzählungen – sogar „Hemd us" und das „Trittbrett" kamen zu Gehör etc. – zu erringen erstrebte, bekam ich am ersten Tage nur heraus, daß die Fragliche Luise hieß, „Lisa" genannt, und die 2. Tochter war, daß außer Lena, der älteren, noch eine jüngere, Elisabeth – „Betta", bei Döbeln Hauslehrerin war und daß die beiden jüngsten Kinder der Familie Söhne

---

[8] **Um so besser.**

waren, einer – Werner – Oberprimaner der Fürstenschule in Meißen, der jüngste, Rudolf, Tertianer der Realschule in Pirna.

Bald mußte ich mich von den Damen verabschieden, da ich um ½ 6 wieder im Hotel Herzogingarten, Dresden, zu sein versprochen hatte. Es folgte nach genossenen Kunstschätzen in Dresden noch eine Reise nach Prag und Wien. In mein Hotel „Zur Post" zurückgekehrt, fand ich einen Brief aus Martinhagen bei Cassel vor, der mir aus meinem Dresdner Hotel nachgesandt war. Da ich nämlich am 10. Oktober erfahren hatte, daß meine Lisa – ich darf sie ja doch schon so nennen, denn sie wurde doch die meine – im Gegensatz zu ihren Geschwistern, die alle in Sachsen das Licht der Welt erblickt hatten, in Martinhagen bei Cassel geboren sei, wo sich damals ihre Mutter zum Besuch deren Mutter, der gerade damals kurz vorher verwitweten Pfarrfrau von Martinhagen, aufhielt, so hatte ich gleich am Abend des 10. Oktober einen Brief geschrieben: An das Pfarramt Martinhagen, Kreis Cassel: „Wann ist Luise Stippich, Tochter des Seminaroberlehrers Georg Stippich und seiner Gemahlin Emmy geb. Zülch, in Martinhagen geboren?" Die Antwort lautete aber negativ: „Steht nicht im hiesigen Kirchenbuch – nur das Standesamt kann Auskunft geben." So war dies Manoeuvre, das Alter Lisas zu erfahren, vereitelt.

Eigentlich wollte ich noch dem Semmering-Kamm der Alpen, südlich von Wien, einen Besuch abstatten. Doch fuhr ich schließlich doch Montag früh wieder dem Norden zu. Bei meiner Verabschiedung von den Stippich'schen Damen hatte Lisa ganz nichtsahnend ihr Bedauern ausgesprochen, daß ich den Vater nun nicht gesprochen hätte, und mich aufgefordert, doch bei der Rückfahrt von der beabsichtigten Reise nach Wien in Pirna noch mal auszusteigen.

Daß Lisa in ihrer Unschuld das gerade sagen mußte – und mir so einen acceptablen Grund an die Hand gab, den Besuch bei Stippichs zu wiederholen – unbegreiflich. Wie schwierig wäre es zum zweiten Male gewesen, einen Grund zu finden, in den friedlichen Familienkreis einzudringen, – nachdem das schöne Geschütz der Orientierung über Dresdner Kunstschätze losgelassen war. Nur daß ich aus Hessen war – noch dazu ein falscher Hesse – reichte doch nicht hin, besonders da Vater Stippich als renitenter Hesse die Preußen gar nicht leiden konnte – ich ihn auch gar nicht kannte –, schließlich doch auch von niemandem in Hessen einen Gruß zu bestellen hatte.

Der Schnellzug – 8 Uhr von Wien –, der ca. ¾ 7 abends Pirna passierte, hielt dort nicht. Als ich aber durchfahrend den Namen Pirna las, zuckte es mir irgendwo so eigentümlich, daß ich wußte, anderen Tages geht's wieder nach Pirna zurück.

Am nächsten Tage fuhr ich mittags nach Pirna, diesmal zu Schiff. Gegen 9 Uhr war ich dort – ging den wohlbekannten Weg zur Gartenstraße – klingelte und wurde von Lena, der älteren Schwester, ziemlich kurz empfangen – so ähnlich wie es meine Schwester später ziemlich zutreffend im Hochzeitsliede schilderte: „Es ist ja wieder Dienstag – Sie wissen doch, daß der Vater da im Seminar ist."

Vor lauter Beschämung und Bestürzung, die mir freilich nicht zu tief ging, gab ich wieder meine Karte in ihre Hand, obwohl ich doch vor 8 Tagen schon zu Café und Kuchen dagewesen war. Doch nötigte sie mich steiflich doch hinein, kam aber selbst in der guten Stube nicht zum Vorschein, sondern schickte mir die kleine Hedwig Stippich, Backfischlein aus Hohenkirchen, zur Unterhaltung herein, die sich damals gerade in Pirna im Hause des Onkels auf der Benehmige[9] befand, ganz in den Flammen der ersten Tanzstundengluth aufging, daneben aber auch bei Lisa in litteris unterwiesen wurde. Da aber sie – Lisa – nicht zum Vorschein kam – und ich glaubte, es geschehe absichtlich –, wußte ich doch nicht, daß sie diesmal wegen außerordentlichen Privatunterrichts, den sie in Dresden nach der Schule erteilte, erst später wiederkehrte –, überkam mich einiges Unbehagen. Ich glaube, es wäre alles vergeblich.

Nur erinnere ich mich, daß das Bild der preußischen Königin Luise, das ich über dem Schreibtisch der guten Stube sah, mir einigen Trost gab. So schlimm, so grausam konnte doch diese preußenfeindliche Familie nicht sein, daß sie mich schon wegen meiner Eigenschaft als Preuße – wie freilich mein lieber Freund Wissemann in der erwähnten Correspondenz mit mir angedeutet hatte, ohne Weiteres hintan hinabgleiten lassen würde.

Aus der Unterhaltung des blühenden Mägdleins Hedwig erfuhr ich ja alles mögliche, zum Beispiel, daß sie Ostern 1905 wieder nach Hause mußte, da die jüngste Tochter des Hauses Betta da wieder ins Elternhaus zurückkehre etc., etc. – aber ich erfuhr nichts davon, was zu erfahren ich brannte: „Wo ist Lisa?" „Warum kommt sie nicht?" „Hält sie sich absichtlich verborgen?" „Hatte ihr meine Unterhaltung von vor 8 Tagen so schlecht gefallen, daß sie nach mehrerem nicht verlangte?" Tausende solcher Fragen folterten mein Inneres, während ich äußerlich mit der liebenswürdigst lächelnden Miene mein kleines Tête-à-tête unterhielt. Später hat Hedwig erzählt, es hätte bei mir immer so um die Mundwinkel herum gezuckt.

---

[9] Scherzhafter Ausdruck = bei Freunden oder Verwandten „Gutes Benehmen" lernen.

Die Eile, mit der Lena ihren Vater per expressum-Boten aus dem Seminar – also, wie ich dachte, aus dem Unterricht holen ließ, später erfuhr ich, daß er nur Alumnatsinspektion hatte –, trug nicht dazu bei, mein Behagen zu erhöhen. Aha, dachte ich, jetzt kommt's, jetzt holen sie ihren Vater zu Hilfe, um den Überlästigen vielleicht unter verbindlichen Reden – vielleicht auch nicht einmal so, allmählich sich rückwärts koncentrieren zu machen. Und als der Vater nun kam und wirklich freundlich mich begrüßte, sich mit uns an den Kaffeetisch setzte, ja sogar – bei so viel Kommen meinerseits konnte er ja gar nicht anders – mir Nachtquartier anbot, was ich natürlich freundlichst ablehnte, da er selbst um 5 wieder im Seminar sein zu müssen erklärte – und ich doch anstandshalber nicht allein bei den jungen Haustöchtern bleiben konnte – da hätte mir doch eigentlich wieder wohl werden können. Denn das ängstlich von mir befürchtete Herauskomplimentiertwerden war doch nicht eingetreten. Aber die inneren Foltern dauerten fort. „Wo ist Lisa?" – „Warum kommt sie nicht?" – „Hält sie sich wohl gar verborgen?"

Na, wer nie sein Brot mit Tränen aß, dachte ich, indem ich äußerlich mit der unverdächtigsten Miene mich mit Vater Stippich unterhielt und Kaffee und Kuchen aß. Plötzlich – wie ein Gebild aus Himmelshöhn – stand sie vor mir, ich weiß noch, daß sie an diesem 17. Oktober eine rote Bluse trug, die mir wie das Leuchten der rosenfingrigen Eos vorkam. Freundlich grüßte sie mich. Centnerlasten aller erwähnten Marterfoltern fielen mir buchstäblich in meinem Inneren irgendwo herunter – während ich doch äußerlich wieder den völlig Unbefangenen heucheln mußte. Das also war der Grund gewesen, so schrie, so brüllte vielmehr es lautlos in mir, darum war sie nicht zum Vorschein gekommen. Sie war noch nicht zu Hause gewesen! Warum hatte denn nicht einer von den anderen – Vater, Lena, Hedwig – das mal gesagt? Rein zufällig konnten sie es ja tun. Aber freilich – die hatten ja alle keine Ahnung, weshalb ich überhaupt da war.

Äußerlich trug ich wieder jenes eherne ewige Lächeln zur Schau, das der ältesten Zeusdarstellung alle Ehre gemacht haben würde – und mit dem man so oft im Leben die höchsten Empfindungen von Freud und Schmerz wegheucheln muß.

Oft aber streifte mein Blick das Gegenüber in der roten Bluse. Kurz vor 5 erklärte der Vater, er müsse ins Seminar. Das war für mich das Zeichen: „Fort mußt du, deine Uhr ist abgelaufen." Wie weh mir das tat! Aber es mußte unfehlbar sein. Ich erklärte mich bereit, den Vater zum Seminar zu begleiten und dann quer durch Pirna zu gehen, um die Stadtkirche zu besichtigen.

Von den Damen verabschiedete ich mich, Lisa einen innig flehenden, ernst-freundlichen Blick zuwerfend, den sie aber in seinem eigentlichen Sinne nicht verstand. Ernst war meine Unterhaltung mit Vater Stippich auf dem Wege zum Seminar. Wir erzählten uns von den schweren Leiden, die wir beide fast gleichzeitig durchkämpfen mußten. Denn Mutter Stippich war ebenfalls 1904, wie meine liebe selige Ida, gestorben, und zwar beide an demselben Leiden. Als ich mich von Vater Stippich verabschiedet hatte, ging ich schwerer Gedanken voll der Stadtkirche zu. Wie sollte die Sache weitergehen? Zum dritten Male konnte ich doch nicht zu Stippichs gehen. Ich war ja nun definitiv von allen verabschiedet. Wie schwer war mir zu Mute! Wieder so ganz allein – ohne Rat. Da, im Kirchgäßchen – wer beschreibt mein freudiges Entzücken!? – Lisa! Ja wirklich, Lisa und Lena kamen mir entgegen. Es war ihnen eingefallen, daß es doch zur Gastfreundschaft gehöre, einem so freundlichen Gast, der schon zweimal bei ihnen gewesen – so einem angehenden Hausfreund, die Sehenswürdigkeiten des Städtleins zu zeigen. Und so holte Lena den Kirchner, während ich Lisa mit meinem Schirm – dem neuen Selbstöffner, den ich noch jetzt bei mir führe – bei dem plötzlich vor der Kirche heraufziehenden Regenwetter schützen durfte – welch Entzücken für mich! Hier brachte ich in Erfahrung, in welcher Privatschule in Dresden sie tätig war.

Bald kam Lena mit dem würdigen Kirchner Zumppe zurück. Wir besichtigten die Kirche – alles sehr langsam. Wie bewegt war mein Herz, als es sich fügte, daß ich mit Lisa den ganzen langen Mittelgang zusammen durchschritt – ich ahnte noch nicht, daß ich kaum 11 Wochen später mit ihr denselben Weg im bräutlichen Schmuck gehen würde. Auch die Brautkapelle nahmen wir in Augenschein, die zum Warten der Hochzeitsgäste bei Trauungen benutzt wurde.

Die beiden jungen Damen führten ihren Besucher nun hinauf zum Sonnenstein und genossen mit ihm den Panoramablick. Munter erzählten sie von diesem und jenem, und dabei kam auch das Alter von Lisa heraus.

„Nun, dann sind Sie 23?" wandte ich mich an Lisa. „Ja." – Also doch so jung, hieß es in mir. Würde ich sie noch glücklich machen können? Das war die Frage, die mich bewegte. Doch war der Altersunterschied, der zwischen der lieben seligen Ida und mir bestand, nicht auch sehr groß gewesen? War Ida soviel älter gewesen als ich und hatte mich doch so unbeschreiblich glücklich gemacht, sollten wir nun nicht auch glücklich werden, da ich nun der soviel Ältere war. Ja, aber – wenn sie nur wollte?!?

Das waren so die Gedanken, die mich bewegten, als ich mich von meinen lieben Gastgebertöchterlein verabschiedet hatte und nach Dresden zurückfuhr.

Mein Vater versuchte sich nun in einer Theateraufführung abzulenken. Aber statt dessen wurde ihm immer klarer, daß er dem Zuge seines Herzens folgen mußte und die Zuneigung Lisas erringen wollte. So schrieb er ihr einen kleinen Brief und bat um ein Treffen. Mein Vater kommentierte ihre Zusage folgendermaßen:

Endlich, am Abend des 21. Oktober, ergab sich die Festung. Am 22. Oktober früh erhielt ich einen Brief: „Wenn Du mir meinen größten Gefallen tun willst, dann komme nach Pirna." Da habe ich dem Herrn, den ich in jenen Tagen täglich früh und abends auf den Knien angerufen hatte, gedankt – wieder auf den Knien –, du kleines Zimmer im „Herzogingarten" – du hast alles gehört. Und am Sonntag früh, nachdem ich den Gottesdienst in der Kreuzkirche besucht hatte, kam ich nach Pirna. Diesmal von Lisa abgeholt, und in der Gartenstraße 9 warteten wir nicht die 2. Etage ab – nein, schon ½ Etage hoch hatte ich sie in meinen Armen, die mir das höchste Glück meines Lebens geworden ist. Und oben erteilte uns der Vater Stippich, der übrigens nicht ganz so kindlich unbefangen über meine Rekognoszierungs-Besuche gedacht hatte wie seine Töchter Lena und Lisa, den väterlichen Segen. „Es war ein Sonntag, hell und klar – ein neuer Frühling brach an, mitten im Herbst."

Bei dem nun anschließenden Verlobungsmahl, das Vater Stippich mit einem frommen Spruch einleitete, wurde mit Wein auf das Wohl des glücklichen Brautpaares angestoßen. Mein Vater schließt den Bericht: *Wir beide aber saßen Hand in Hand! Ja, nun war ich nicht mehr allein.*

Meine Eltern haben sich also am 22. Oktober 1905 verlobt, und schon am 6. Januar 1906 war die Hochzeit in Pirna. Von dort machten sie ihre Hochzeitsreise nach Italien und Frankreich. Drei Briefe nach Pirna sind erhalten: aus Italien, von der Riviera und aus Paris. Die Rückfahrt endete gleich im Soodener Pfarrhaus, dem neuen Zuhause und Wirkungsort meiner Mutter.

Fast bis zum letzten Tag vor ihrer Hochzeit war sie mit der Aussteuer beschäftigt. Bis acht Wochen vor der Trauung war sie noch als Lehrerin an einer Dresdner Mädchenschule tätig. Von Haushaltsführung hatte sie keine Ahnung, auch Kochen konnte sie nicht. Mein Vater bestand darauf, daß seine junge

Braut – diesmal betrug der Altersunterschied 24 Jahre, die seine Frau jünger war als er – in ihrer kurzen Brautzeit nicht den Haushalt, sondern Italienisch lernen sollte für ihre Hochzeitsreise. Ja, der Martin, er setzte alles durch, wofür er sich begeisterte!

Aber später wird sie hartnäckig darauf bestehen, daß ihre Tochter nach der Schulzeit vor der Berufsausbildung den Haushalt und das Kochen gründlich lernen sollte – denn es war damals eine Katastrophe, daß sie abhängig war vom Haushaltspersonal, vor allem als sie dann im Oktober 1906 nach Kassel zum Lutherplatz umzogen. Im dortigen Pfarrhaus mit zehn Zimmern hatten sie Pensionäre aus Frankreich, Amerika, Berlin und Kassel. Mit dem dazugehörigen Personal waren sie meist etwa acht bis zehn Erwachsene. Da hinein wurden dann die Kinder geboren, meine drei älteren Brüder, sie waren sieben, fünf und drei Jahre alt, als ich 1914 dazukam.

I/10 Martin Scheele in seiner Zeit in Sooden/Werra

Mein Vater war noch während des ersten Ehejahres nach Kassel versetzt worden, und zwar an die „Freiheiter Gemeinde" der St. Martinskirche. Sein Studienfreund Superintendent Albert Klingender, der Hauptprediger an dieser Kirche war, hatte dazu beigetragen, ihm die dritte Pfarrstelle an St. Martin zu vermitteln. Obwohl diese Nachricht gewiß eine Freude war – mein Vater hatte sich ja um diese dritte Stelle mit dem soeben erbauten, dem „schönsten Pfarrhaus Kassels" beworben –, so bedeutete ein Umzug auch ein Abschied von seinem Sooden. Zum einen war es ein Abschied von der traulichen Atmosphäre des Fachwerkstädtchens am Waldhang mit der alten Marienkirche und von der Arbeiter- und kleinbäuerlichen Gemeinde, zum anderen von der Mitarbeit im aufstrebenden Kurort. Abschied bedeutete es auch von seiner ihm liebvertrauten Schwester Käthe, die die Sommergäste in der „Villa Westerburg" weiterhin betreute.

29

Für meinen Vater sollte dies alles nun getauscht werden gegen das Leben in einer ihm weitgehend noch unbekannten Stadt. Meine Mutter hingegen kannte die kurhessische Metropole von Kindertagen an. Ihre Mutter reiste gern alljährlich von Pirna zu ihren jüngeren Brüdern nach Kindleben und nach Kassel: Hermann Zülch auf dem Gut Kindleben bei Gotha war die erste Station – dann kam Julius Zülch in Kassel. Er war Schulprofessor am Wilhelmsgymnasium und mit Else Paulus verheiratet. Sie hatten eine Tochter Klärchen, die mit den Pirnaer Kusinen gleichaltrig war. Mutters Schwester Betta erzählt in ihren Erinnerungen von einem längeren Besuch ihrer Mutter mit ihren drei Töchtern in Kassel:

Wir spielten häufig mit Klärchen im „Tannenwäldchen", wo uns besonders der Irrgarten interessierte. (...) Gern haben wir um das Tempelchen herum an der Schönen Aussicht gespielt. (...) Dort haben wir auch mit Vorliebe die eisernen Absperrketten zwischen Promenadenweg und Fahrstraße in Bewegung gesetzt (...) Besonders gern fuhren wir mit dem kleinen Floß nach Siebenbergen, einer Insel mit schönen gärtnerischen Anlagen und dem Schneewittchenhaus. (...) Erst in Begleitung der Großen, später auch allein, sind wir nach Wilhelmshöhe gewandert, zur Löwenburg, zum Herkules. Wir sind mit den Wassern hinuntergesprungen, um sie bei ihren nächsten Künsten schon zu erwarten ...

Dies alles und noch viel mehr war meiner Mutter also schon bekannt, als meine Eltern 1906 nach Kassel zogen, der Residenzstadt der Landgrafen und Kurfürsten von Hessen-Kassel.

I/11 Meine Eltern Martin Scheele (1857- 1915) und Lisa Stippich (1882- 1950) als Verlobte, 1905

Hier wurden 1907, 1909, 1911 und 1914 meine drei Brüder und ich geboren. Kassel, die Stadt mit ihrer Umgebung, wurde meine Heimat. Abgesehen von einigen Jahren der Berufsausbildung, die ich in Niedersachsen verbrachte, ist Kassel bzw. sein Landkreis auch bis heute mein ständiger Wohnort. Deshalb möchte ich an dieser Stelle das Wahrzeichen unserer Stadt, den Herkules, auch als Repräsentant der kurhessischen Metropole, mit bisher noch unveröffentlichten Versen meiner verstorbenen Patientin Erna Grundes („Grunz"; 1902–1994) würdigen:

I/12 Meine drei Brüder Martin, Otfried, Karl Albrecht 1913

Der Herkules
Menschen gehen gern auf Reisen,
teils im Auto, teils auf Gleisen,
fahren auch durchs Hessenland,
manchem noch ganz unbekannt.

Schmucke Dörfer, grüne Felder,
Flüsse, Berge, große Wälder,
dann erreicht man eine Stadt,
die – fürwahr – ein Zeichen hat.

Auf den Höhen dort im Westen
zeigt man stolz den fremden Gästen,
die die Stadt noch nie geseh'n,
Herkules dort oben steh'n.
„Hier ist Kassel, seht ihr es?
Seht, da ist der Herkules."

Held aus alten Griechensagen
steht dort schon seit fernen Tagen,
Phantasie aus Fürstenwelt
hat ihn einst hier aufgestellt.

Fast 300 Jahr' dort oben
sieht die Welt er unten toben:
Kriege, Frieden, Freud und Leid,
wandelbar vergeht die Zeit,
wenn in lichten Frühlingszeiten
Menschen auf den Pfaden schreiten
in des Waldes Einsamkeit,
auch im Winter, tief verschneit.
Eingetaucht in dunkle Nacht,

unten tief die Stadt erwacht
und erstrahlt im Lichtgeflimmer –
selbst am Himmel bleibt ein Schimmer.

Herkules dort oben schweigt,
sinnend ist sein Haupt geneigt –
das Gesicht gewandt nach Osten,
steht er ernst auf seinem Posten.

Nimmermehr darf er ermüden –
diese Stadt muß er behüten!
Kassel, schöne Stadt in Hessen,
niemand kann dich je vergessen,

der von deinem Kleinod weiß:
Herkules, der Sohn des Zeus.

I/13 Der 300jährige Herkules in Kassel-Wilhelmshöhe, erbaut 1701–1717

II. Meine Kindheit (1914–1929)

Ich wurde am 9. Oktober 1914 im Pfarrhaus am Lutherplatz in Kassel geboren. Da sich aber – neben der oben beschriebenen harmonischen, glücklichen und betriebsamen Häuslichkeit, in der ich als sechstes Glied der Familie Scheele erwartet wurde, – etwas für alle Entscheidendes kurz vor meinem Eintreffen verändert hatte, muß ich dem nun beginnenden Bericht über mein Leben etwas voranstellen.

II/1 Mein Geburtshaus in Kassel, Lutherplatz 6 (Parterre: Kasseler Gemeindebüro, 1. Stock: Wohnräume der Pfarrersfamilie und Küche, 2. Stock: Schlaf- und Gastzimmer

Zwei Monate vor meiner Geburt, nämlich am 1. August, hatte der Krieg an der Seite Österreichs gegen Serbien begonnen. Durch bestehende Beistandsverträge auf beiden Seiten folgten weitere Kriegserklärungen. Jedoch konnte man damals daraus den Beginn des Ersten Weltkrieges weder erahnen, noch konnte man, wie nach 1918 geschehen, Deutschland ein grundloses Vom-Zaun-Brechen eines Weltkrieges vorwerfen. Eher war Österreich innerhalb der österreichisch-ungarischen Monarchie, diesem Vielvölkerstaat, mit seinem Kriegsverhalten eine Überreaktion vorzuwerfen, als es sich durch serbische Hand seines Thronfolgers beraubt sah.

So sah auch die Mehrzahl der Deutschen den späteren Vorwurf der Entente, Deutschland habe die alleinige Kriegsschuld, als Unrecht an. Die harte Bestrafung, die eher einer Demütigung gleichkam, ließ tief in der deutschen Seele Rachegefühle gedeihen gegen alle, die zu diesem „Schandvertrag" von Versailles beitrugen: Er galt nicht als „Friedensvertrag", sondern als Feindesdiktat für ein in die Knie gezwungenes, ehrverletztes Volk. 1914 hatte man nur an einen einzigen Feldzug gedacht: für den Kaiser und das Vaterland, zum Schutz der Heimat und der Angehörigen.

Heilig Vaterland in Gefahren,
deine Söhne sich um dich scharen.
Sieh uns alle hier, Sohn bei Söhnen steh'n,
du mußt bleiben, Land – wir vergeh'n.

– so sangen die Soldaten, ebenso wie schon in den Freiheitskriegen (1813–15) des vorigen Jahrhunderts, die mit Musik aus den Kasernen rückten, von der Bevölkerung zum Bahnhof geleitet und mit Blumen geschmückt. Damals war es ein Abenteuer mit prickelndem Risiko, ein Erlebnis, auf das man sich beinahe freute. Für die Älteren war es – nach Briefen und aus Erzählungen zu schließen – ein stolzes Gefühl, einen aus der eigenen Familie dabei zu haben, und alle hatten die Hoffnung auf ein baldiges Ende der kriegerischen Auseinandersetzung: „... in der Heimat, in der Heimat, da gibt's ein Wiedersehen", erschollen die Stimmen der Soldaten und der Abschiednehmenden. Alle waren sich sicher, daß der Feldzug schnell und siegreich beendet würde und daß die Soldaten bald wieder daheim wären.

Spätestens zu Weihnachten (1914!) sind wir wieder zu Hause! – Dieser tragische Irrtum lebt noch in unseren Tagen: nämlich, daß Kriege – einmal angefangen – schnell wieder zu beenden seien.

In diese Stimmung hinein wurde ich geboren. Mein Großvater, Georg Stippich, der zur Unterstützung des großen Haushalts nach Kassel gekommen war, schrieb am 9. Oktober in sein Tagebuch für die neugeborene Enkeltochter:

Zur Zeit ihrer Geburt läuteten die Glocken der Stadt Kassel den Sieg über den Fall der Festung Antwerpen ein. Freudig stimmte sie ein in den allgemeinen Jubel.

Aber der Jubel sollte sich schon bald, spätestens zu Weihnachten, in Sorge umkehren, weil das fast schon versprochene Kriegsende sich schnell als Utopie erwies: Immer mehr von Deutschlands Nachbarländern, auch befreundete Staaten, traten in das Kriegsgeschehen gegen unser Land ein.

In der Taufe, die am 21. November in der Auferstehungskirche stattfand, erhielt ich den Namen Ludwiga nach meiner Mutter Luise, man übersetzte den französischen Namen ins Deutsche. Wahrscheinlich war ein französischer Name für ein deutsches Kind – in jenen Jahren gehörte doch Frankreich zu unseren Feinden – ganz unpassend. Meine Beinamen lauteten Marie Elisabeth Emilie Ida Adele. Jeder Name war mit einer bestimmten Person verbunden. Es waren dies die beiden Großmütter, zwei Patentanten und die erste Frau meines Vaters – diesen allen sollte das Kind ähnlich werden! Das Weihnachtsfest wurde in gedämpfter Freude, aber doch von einer glücklichen Familie, zu sechst gefeiert.

Das Jahr 1915 begann mit einer schweren Erkrankung meines Vaters. Der Weihnachtsdienst war anstrengend, und nachdem er Silvester mit einer starken Erkältung noch gepredigt hatte, kam es zu raschem Fieberanstieg durch eine Lungenentzündung mit Atemnot und zu einem schnellen Dahinscheiden am 7. Januar. Sein durch die Schübe des rheumatischen Fiebers chronisch geschwächtes Herz hatte der Lungenentzündung nicht standgehalten. Für unsere Familie kam der Tod völlig überraschend, mein Vater spürte ihn herannahen und segnete noch seine drei Söhne am Krankenbett. Er starb im Beisein meiner Mutter im Alter von 56 Jahren und wurde, nach der Aufbahrung in der Auferstehungskirche, auf dem Kasseler Hauptfriedhof beerdigt.

Drei Frauen der Verwandtschaft standen sogleich meiner Mutter bei, die, nun 32jährig, mit uns vier Kindern allein stand. Für Haus und Küche und im Kinderzimmer sorgten sie, besonders Mutters Schwester Lena. Sie blieben, solange sie konnten, und wechselten sich über viele Wochen ab. Auch mein Großvater kam wieder herbeigeeilt. Es ist noch ein Brief vom 30. Januar 1915 von ihm vorhanden, den er aus Kassel nach Pirna schrieb. Er war 1915, 68jährig, gerade im Ruhestand und stellte sich gleich zur Betreuung der Enkelsöhne zur Verfügung. Martin war acht, Otfried sechs und Karl Albrecht vier Jahre alt.

Großvater beschäftigte sich gern mit ihnen, ging mit allen dreien spazieren, er erzählte ihnen Geschichten, ließ sie nachdenken und hörte ihnen zu mit „innerstem Entzücken".

Eines Tages hatte Großvater ihnen die biblische Geschichte von Jakob und Esau erzählt: „Esau aber war ein Jäger ..." Großvater brachte mit den Kindern ein Gespräch in Gang:

„Nun, Otfriedchen, wer möchtest du denn lieber sein, der Jakob oder der Esau?"

„Der Esau!"

„Warum denn lieber der Esau?"

„Der hat doch ein Schießgewehr!"

„Ja, aber bedenke doch einmal, der schießt doch das arme Rehlein tot. Möchtest du dann nicht lieber das Schäflein des Hirten Jakob sein?"

„Dann will ich lieber das Schäflein sein."

II/2 Wir vier Geschwister 1915 nach dem Tod meines Vaters

Martinchen: „Die Mutter betet doch immer mit uns: ‚Weil ich Jesu Schäflein bin', siehst du Otfried. Und außerdem hatte der Esau gar kein Schießgewehr, der hatte Pfeil und Bogen."

Karl Albrecht: „Ich hab auch Schäflein und Maria und Josef und ein Kamel."

Großvater meditierte in seinen Aufzeichnungen über seinen tiefen Blick in die Kinderseelen im Anschluss an den Bericht dieser Anekdote: *Ein Kind hört wie ein Kind und denkt wie ein Kind. Es ist klug wie ein Kind und redet wie ein Kind. All das solle ein Erwachsener bedenken.* Er blieb über Monate in Kassel und gab der vaterlosen Familie seine ganze väterliche Liebe. Meine Mutter konnte, mit schwerer innerer und äußerer Last beladen, alles mit ihrem Vater besprechen.

Am 1. September 1915 mußte das große Pfarrhaus mit zehn Zimmern geräumt, eine Wohnung gefunden und der Umzug bewerkstelligt sein. Über diese schwierige Zeit blieb Großvater bei uns und half beim Umzug in die neue Wohnung. Diese fand sich in der Nähe, im Grünen Weg, der vom Lutherplatz zur Freiligrathstraße/Ottostraße führte. Das Haus mit der Nummer 40 war eine größere, in einem Garten zurückliegende Villa älteren Stils, die der Staat erworben hatte und sie an vier Familien vermietete und – für den Fiskus günstig – im Erdgeschoß noch die Staatliche Forstkasse darin unterbrachte. Das übrige Parterre war frei und wurde meiner Mutter, die nur eine sehr kleine Witwenpension erhielt, bezahlbar angeboten. Die Forstkasse hatte einen separaten Eingang, wir bekamen eine abgeschlossene Wohnung mit Kellergeschoß, in dem sich die Küche befand: Sie war über eine Wendeltreppe vom Hochparterre aus zu erreichen.

II/3 Nach Auszug aus dem Pfarrhaus: Die Mietwohnung
Grüner Weg 40, Kassel

Wir hatten im Haushalt immer eine Hilfe („Dienstmädchen") bei uns wohnen, zudem noch ein „Springerchen", ein schulentlassenes Mädchen, das Botengänge mit Nachrichten, zum Beispiel an Freundesfamilien, Entschuldigungen für die Schulen, Einkäufe usw., zu machen hatte und in der Küche half – wahrscheinlich nur gegen Unterkunft und Essen. Zudem sollte sie, wie damals üblich, auch „gutes Benehmen" lernen.

Das Eßzimmer im Hochparterre hatte einen größeren Wintergarten mit Grünpflanzen, von dort ging eine Freitreppe in den Garten. Im Küchenherd brannte bis zum Abend ein Feuer, das morgens zwischen 6.00 und 7.00 Uhr angemacht wurde. Meine Brüder zogen sich dort abends zum Waschen aus und

II/4 Mein Großvater Stippich mit mir, seinem Enkeltöchterchen, 1915, erst mit ernstem Blick.... II/5 kurz darauf heiter!

bekamen morgens nach dem Anziehen von meiner Mutter das Frühstück und die Schulbrote.

Sie konnte abends in Ruhe die Schulkleidung für den nächsten Morgen ordnen. Ich wurde morgens aus dem Bett mitgenommen nach unten in die warme Küche, wo ich – in eine Decke eingewickelt – auf dem Tisch am Fenster abgesetzt wurde. Es war ein Kellerfenster, ziemlich hoch über dem Tisch. Wenn dann die Brüder die Schultaschen auf den Rücken nahmen und über den Gartenweg zum Gartentor stürmten, stellte ich mich auf den Tisch und winkte hinaus. Keiner vergaß, sich nach dem Fenster umzusehen und zurückzuwinken. Jedes Mal war dies ein trauriger Augenblick für mich, so allein zurückzubleiben. „Nun habe ich keine Brüder mehr", hätte ich in klagendem Ton gesagt. Meine Mutter schloß dann das Fenster und hob mich vom Tisch herunter, um mich für den Kindergarten fertig zu machen.

Unser letztes Dienstmädchen war aus Lübeck. Als es sie später, im Alter, nach Sooden verschlug, forschte sie in der Villa Westerburg bei meiner Kusine Grete

Scheele, was aus mir geworden war. Diese schrieb mir, mein Kindermädchen habe nach mir gefragt. So kam es 1985 zu einem sehr späten Wiedersehen – sie war um die 80 Jahre alt –, bei dem sie mich als ihre „kleine Ludwiga" in die Arme schloß und ein Stück weinte, was auch mir das Wasser in die Augen drückte, als ich ihr ein Sträußchen überreichte. Das anschließende Erzählen wollte kein Ende nehmen. Meine Mutter habe sie zur Frömmigkeit erzogen, die sie noch heute begleite – nur einmal sei es zu einem „Sündenfall" gekommen: Sie hatte das Geld, das sie monatlich erhielt – vielleicht waren es 10 Reichsmark? – gespart, um sich davon einen lang gehegten Wunsch zu erfüllen: Sie kaufte sich einen Hut mit großer Krempe, Blumen und Bändern, der im Schaufenster zu sehen war und wie ihn nur vornehme Damen trugen. Einmal eine solche Dame sein dürfen!

Aber ach, als sie meiner Mutter damit unter die Augen trat, war alles zunichte. „Weißt du, Else, der liebe Gott hat dir ein so hübsches Gesicht geschenkt, daß du eine solche Verschönerung nicht brauchst, zudem: zu groß, zu teuer, zu unpassend!"

Mein Großvater war oft mit mir als Zweijähriger allein, wenn die Brüder in der Schule waren und ich für mich allein spielte

Nachmittags gab es mehr Leben, wenn auch die Brüder auf dem Fußboden spielten, da ging es laut her. Ich ließ mich sehr gerne auf den Arm nehmen, um das Leben dort unten von oben zu betrachten. Je lauter es war, desto erfreuter war ich und lachte vor Vergnügen. Großvater schreibt über mich nach Pirna:

Auch am Treiben der Brüder nimmt sie viel Interesse. Am meisten amüsiert sie sich, wenn die Jungen um sie recht laut sind, dann wendet sie keinen Blick davon ab. Sie ist so munter und geistig rege, daß man besorgt ist, ihr Geist möchte zu sehr angestrengt werden. Sie sieht alles so aufmerksam an, daß man ihr Interesse auf ihrem Gesicht wahrnehmen kann, dabei ist sie das artigste Kind.

Weiter schreibt er: *Am Sonntag war ich mit den drei Jungen in Hohenkirchen.*

Ein alter Mann mit drei lebhaften Jungen zwischen vier und acht Jahren den ganzen Tag unterwegs! Fast täglich ging er mit zwei oder drei Kindern spazieren, machte mit ihnen viele Verwandtenbesuche zu seinen Brüdern und Schwestern, oftmals mit der Eisenbahn. Es machte ihm Freude, sie voranzubringen und mit ihnen für die Schule zu arbeiten. Wenn ein Kind ermüdete, dann wurde gespielt oder spazierengegangen. Es war ein großer Gewinn, so einen Großvater bei sich zu haben. Durch viel Zeit und Liebe, die er an uns verwendete, hat er Zeichen in unsere Kinderseelen gesetzt.

Welch ein Jammer, daß wir vier Kinder diese Führung und liebevolle Zuwendung nicht länger erfahren durften! Anfang des Jahres 1916 erkrankte auch unser Großvater schwer an einem Bronchialtumor. So lange es ging, blieb er bei uns. Er besuchte noch einmal das Wolfhager Land, Bründersen und Ippinghausen mit der Weidelsburg, seine Heimat, die er als Renitenter so früh hatte verlassen müssen. Sehr krank holte ihn dann seine Tochter Lena nach Pirna. Seine Gedanken werden bis zuletzt in Sorge bei uns in Kassel gewesen sein. Er starb am 21. Juni 1916 in Pirna und wurde neben unserer Großmutter Emilie, geborene Zülch, dort beigesetzt.

Man kann sich vorstellen, daß das Hinscheiden meines Großvaters für meine Mutter wieder ein schwerer Verlust war: als Beistand und Berater sowie als Miterzieher der Kinder, denen er so viel Zeit gewidmet hat. Ihre Schwestern waren durch Tante Bettas Beruf als Lehrerin ganz an die Schule in Pirna gebunden.

Gottlob hatte unsere Mutter noch eine Hilfe und Zuflucht in der Schwester unseres Vaters Katharina Scheele, unserer Tante Käthe in Sooden. Sie lud uns zur zweiten Kriegsweihnacht 1915 alle fünf nach Sooden ein. Meine Mutter hatte darum gebeten, weil sie ohne unseren Vater nicht mit uns Kindern allein sein wollte in ihrem Schmerz.

II/6 Das Haus meiner Tante Käthe Scheele in Bad Sooden (ehemals Villa Westerburg), unsere Zuflucht nach Vaters Tod

So waren wir dann weitere fünf Jahre in den Weihnachtsferien immer in Sooden, wo meine Mutter mit der Schwester ihres Mannes die Trauer teilen konnte. Sie reiste mit uns vieren mit der Eisenbahn, wobei wir in Eichenberg umsteigen mußten. Einen großen Schließkorb mit unserer Kleidung, Schuhen und Wäsche und mit allen Weihnachtsgeschenken schickte sie stets voraus, so daß jeder von uns nur einen Rucksack auf dem Rücken und Mutter einen kleinen Koffer zu tragen hatte.

Der erste Ferientag war stets Reisetag. Das letzte Mal, es war Weihnachten 1919, warteten wir zum Heiligen Abend vergeblich auf das Eintreffen des Schließkorbes. Er war mit sämtlichen Wintersachen und allen Geschenken unterwegs gestohlen worden. An einen Ersatz war nicht zu denken. Dennoch erinnere ich mich in keiner Weise, deshalb traurig gewesen zu sein. Wie immer waren wir Kinder fröhlich unter dem Soodener Weihnachtsbaum in der großen warmen Stube, beim Singen der Lieder und dem Betrachten der Soodener Krippe und spielten herrlich miteinander und mit den Erwachsenen.

Im Jahr 1918 zogen wir aus dem Parterre unseres Hauses im Grünen Weg 40 hoch in den ersten Stock. Unten zog ein weißhaariges freundliches Försterehepaar, Familie Gläser, mit einem erwachsenen Sohn ein. Die Wohnung im ersten Stock blieb von 1918 bis 1932 mein Zuhause. Hier war reichlich Platz für die aus dem Pfarrhaus am Lutherplatz stammenden Möbel. Außer den sechs Zimmern gab es ein Bad mit einer großen Zinkwanne und einem Badeofen. Doch keiner konnte es benutzen, weil es defekt und eine Reparatur offenbar zu kostspielig war. Das Badezimmer erhielt Regale und wurde zu einer Speisekammer. In der Zinkwanne fand der Zuber seinen Platz, der sonnabends in die Küche getragen wurde. Meine Mutter erhitzte das Wasser in vielen Töpfen auf dem Küchenherd, das dann meine Brüder in den Zuber schütteten. Nachdem die Familie gebadet hatte, wusch meine Mutter noch die Strümpfe der ganzen Woche in dem Badewasser mit Hilfe eines Waschbretts. Während der Woche wuschen meine Mutter und ich uns an einem großen Waschtisch, der sich in unserem gemeinsamen Schlafzimmer befand. Es handelte sich um eine polierte Holzkommode mit zwei großen Steingut-Waschgeschirren auf weißer Marmorplatte mit Aufsatz.

Es gab noch einen kleinen Raum der Wohnung, der von allen Bewohnern, auch den Untermietern, benutzt wurde und der sich im hintersten Winkel neben dem Treppenhaus befand: Es war ein „Plumpsklosett". Neben dem Sitz stand eine Emaillekanne mit Wasser „zum Nachgießen".

Im Oktober 1918 wurde ich vier Jahre alt. Wir hatten den Umzug in die obere Etage hinter uns. Die ersten Gäste kamen zu meinem Geburtstag zusammen. Da verkündete meine Mutter eine Neuigkeit: Über Nacht sei aus Ludwiga eine Elisabeth geworden. Ich sollte also meinen Namen wechseln, d. h., der Name Elisabeth war ja schon unter meinen Taufnamen aufgeführt. Wie kam meine Mutter auf so etwas? Meine Patentante Amalie, „Malchen", Klingender hatte im fernen Madrid ihre einzige Tochter Elisabeth verloren. Diese war mit dem Sohn von Theodor Fliedner verheiratet gewesen, der dort eine evangelische Gemeinde gegründet hatte. Vater Fliedner war ein bekannter Mann der Inneren Mission in Deutschland zur Zeit Wicherns und Friedrich von Bodelschwinghs. In großer Trauer hatte nun Tante Malchen meine Mutter gebeten, in ihrem Patenkind Ludwiga eine neue Elisabeth zu haben, zumal es doch in der Taufe mein zweiter Name war. Da die Freundschaft zu Klingenders für meine Mutter von großer Bedeutung war – mein Vater hatte seine Duzfreunde zur Übernahme der Patenschaft für mich gebeten –, sollte also nun jeder der Geburtstagsgäste zur Einübung mich sofort mit Elisabeth anreden. Wer es dennoch vergaß, sollte einen Pfennig in meine Sparbüchse geben. Mit dieser zog ich dann um unsere Gäste herum – es sollte wohl ein lustiges Spiel sein!?

Mit dem neuen Namen trat ich auch gleich in den Kindergarten ein. Es gab aber unter unseren Freunden auch Stimmen, die kein Verständnis für diese Änderung hatten, weil sich doch mein verstorbener Vater den Namen Ludwiga für mich gewünscht habe. Allen Protestierern voran schritt Vaters Kollege, Pfarrer Raith. Er und seine Familie blieben bei dem Namen, den ich in der Taufe erhalten hatte. Auch viel später blieb ich noch Ludwiga-Elisabeth und war damit sehr einverstanden. So benutzte ich ihn auch gern unter Briefen.

Der nächste Monat, genau der 9. November 1918, brachte uns das Ende des Ersten Weltkrieges. Auf den Waffenstillstand folgte die Kapitulation der Deutschen. Daraus wurde im Jahr 1919 kein Friedensvertrag, sondern ein „Friedensdiktat". Die Kinder und Enkel sollten noch Reparationen bezahlen in einer Höhe, die unvorstellbar war: Es ging in die Milliarden Goldmark. Mit Gebietsverlusten und vielen Jahren fremder Besatzung sollte das Land büßen.

Was hatten wir bloß getan? In der Mehrheit war man der Meinung, daß wir nach den Schüssen in Belgrad Österreich vertraglich zur Hilfe geeilt waren – wie andere Länder den Serben. Es ging ein Riß durch das bis dahin einige Deutsche

Reich: Links standen die, die den Versailler Vertrag befürworteten, rechts die Protestierer. Es wurde gefährlich. Ein Bürgerkrieg drohte – Bürgerliche gegen Arbeiter, national Gesonnene gegen international Orientierte.

Am 8. November 1918 schreibt meine Mutter an ihre Schwestern nach Pirna:

... wie ist einem heute abend das Herz so schwer, doppelt wie eigentlich zu keiner Zeit. All das Leiden, das uns Gott auferlegte, konnte man aus seiner Hand annehmen, aber was jetzt geschieht, das ist noch viel schwerer zu ertragen. Man fürchtet, daß es in Kassel morgen zu Ausschreitungen kommt wie in Hannover. Es sind hier Matrosen aus Kiel eingetroffen, die revolutionäre Gedanken vertreten. Sie hatten in Meuterei ihre Schiffe verlassen. Eben tönt ein Schuß, ob wohl doch schon Unruhen anfangen?

Am 29. November schreibt sie:

Was ist es doch für eine verworrene Zeit, es wird täglich schlimmer. Man mag schon gar nicht mehr in die Zeitung sehen ... Lastautos liegen defekt in den Straßen herum, und zwei rote Fahnen sind am Bahnhof gehißt. Ein junger Offizier habe eine herunterziehen wollen und sei deswegen erschossen worden.

Aus Pirna kam die Anfrage, was sich die Kinder zu Weihnachten wünschten. Meine Brüder sahen den Ernst der Zeit und wünschten sich nichts. Meine Mutter schrieb:

Elisabethchen wünscht sich alles, was sie im Schaufenster sieht. „Sag's aber ja dem Christkindchen!" hört man alle paar Minuten. – Ich habe drei Puppen reparieren lassen, eine mit Lederbalg will ich ihr anziehen und mit einem Papiermaché-Kopf versehen.

Schon ein halbes Jahr nach Kriegsende faßt meine Mutter neuen Mut. Sie will ihre alte Berufsausbildung als Geldquelle nutzen, nimmt Kontakt zu Schulen auf und bittet um Zuweisung von minderbegabten Kindern und solchen, die nach längerer Krankheit wieder Anschluß an die Klasse finden wollen. Während wir morgens in der Schule und im Kindergarten waren, erteilte sie nun Privatunterricht in unserer Wohnung.

Außerdem vermietete sie nach dem Umzug in die obere Etage vorn das große achteckige Zimmer mit zwei Betten. Da unsere Wohnung in der Nähe des Bahnhofes lag, bot sie die Zimmer zwei Eisenbahnern an, die turnusmäßig in Kassel übernachten mußten. Herr Wilutzki und Herr Schmoll hielten ihren

Einzug. Meine Mutter brachte ihnen morgens das Frühstück und machte in deren Abwesenheit den Zimmerdienst. Die beiden Herren waren sympathisch und rücksichtsvoll, sie kamen nie in unsere Wohnung, sondern sprachen nach Anklopfen mit meiner Mutter nur auf dem Flur.

Das ging so gut, daß meine Mutter auch das schöne Südzimmer vermietete. Es kam eine Beamtin, Fräulein Else Schleiffer, die zum Wochenende nach Hause fuhr. Auch sie war, wie die Herren, immer freundlich und stets lachend. Allem, was meine Mutter sagte, stimmte sie zu. Zuerst legte sie den Kopf zur Seite, schloß dabei genießerisch die Augen, um dann ihren Kopf zurückzuwerfen und die Augen aufzureißen. Dabei lachte sie und rief: „Ach, das ist ja glänzend!" Dabei sah ich ihre Zähne funkeln.

Diesen dreien folgte noch eine Kette von Untermietern bis ins Jahr 1932. Alles war mit Bettwäsche vermietet, Bedienung mit Frühstück. Zuletzt waren es immer junge Mädchen von der Haushaltungsschule am Lutherplatz und in der Gießbergstraße. Das große achteckige Zimmer bewohnte zuletzt ein Fräulein von Khaynach, ein verarmtes adliges Fräulein aus dem Elsaß, das uns Klingenders vermacht hatten, als sie nach Hofgeismar zogen. In ihrem Zimmer bot sie einen Lesezirkel an und las mit verschiedener Jugend Dramen mit verteilten Rollen. Mit mir las sie manchmal französische Literatur, auch meine Brüder machten gelegentlich mit.

Da alles so gut klappte, wurde auch noch unser Kinderzimmer vermietet; fortan spielten wir in der Küche. Mutter bot dann noch Abendessen an. Wer wollte, durfte anschließend mit uns spielen. Sonntags aßen die Untermieter manchmal mittags mit uns. Anschließend machten wir gern mit allen Wanderungen in Kassels herrlicher Umgebung, zum Beispiel. im Firnsbachtal oder in der Söhre.

Um das Kapitel über unsere Untermieter abzuschließen, muß noch gesagt werden, daß meine Mutter gar nicht bemerkt hatte, daß sich hier und da ein Flirt der Haushaltungsschülerinnen mit meinen Brüdern abspielte. Einmal wurde es ernst. Mein Bruder Otfried, Vikar der Theologie, hatte sich mit einer solchen Untermieterin heimlich verlobt. Als er meiner Mutter die Beichte ablegte, fürchtete sie um den guten Ruf ihres kleinen Unternehmens. Nach ungeschriebenem Gesetz durfte ein solches Paar nicht unter einem Dach wohnen. Sie war dem Mädchen herzlich gut, ging aber auf Zimmersuche für sie und quartierte sie sofort aus.

Zurück ins Jahr 1919: Meine Brüder waren zwölf, zehn und acht Jahre alt. Alle drei waren ein Jahr jünger als ihre Klassenkameraden. Das hatte folgenden Grund: Meine Mutter sah als Lehrerin, daß ihr Ältester nach seinem fünften Geburtstag schnell schulfähig wurde. Ab Oktober unterrichtete sie ihn nach Lehrplan für das erste Schuljahr. Resultat: er kam mit sechs Jahren wie alle Kinder in die Schule, aber gleich ins zweite Schuljahr. Das ging famos, er hielt bis zum Abitur auf der Landesschule Pforta bei Naumburg mit seinen älteren Klassengenossen Schritt und machte mit eben 18 Jahren die Reifeprüfung.

Was er so gut vormachte, wurde mit seinen Brüdern ebenfalls versucht. Es stellte sich aber bei ihnen heraus, daß sich gegenüber dem Klassenverband eine Unreife zeigte. Beide mußten in der Entwicklungszeit ein Jahr wiederholen und bestanden so zur rechten Zeit das Abitur auf dem humanistischen Friedrichsgymnasium.

Als ich im Herbst 1919 fünf Jahre alt wurde, freute ich mich sehr auf die Schule. In diesem Jahr war ich zum ersten Mal im Theater, und zwar mit dem alten Ehepaar Gläser, den Förstersleuten im Parterre. Sie luden mich ein zum Weihnachtsmärchen „Peterchens Mondfahrt". Ich saß vorn im Parkett zwischen den beiden Alten und war begeistert und nachhaltig beeindruckt von den märchenhaft-schönen Bühnenbildern.

An dieser Stelle will ich noch von den anderen Mitbewohnern in unserem Haus Grüner Weg 40 erzählen: Es waren zwei jüdische Familien, die die Mansardenwohnung über unserer 1. Etage teilten. Schreibers wohnten nach hinten, Selzers nach vorn. Der lange Flur war durch eine Tür zur hinteren Wohnung unterbrochen. Besonders mit Selzers – Vater, Mutter, Heinz, Georg und Zilly – war ich befreundet. Ich half gern, am Sabbat ein Streichholz zu betätigen, um die Gasflamme anzuzünden, wenn Frau Selzer für die kleine Zilly Milchbreichen kochen wollte. Ich war geehrt, daß sie mich dafür in Anspruch nahmen.

Mit Heinz und Georg („Géorg!" oder „Géorch!") spielte ich täglich, wenn ich mit den Aufgaben fertig war. Freitags wurden die beiden Jungen schon um 5 Uhr nachmittags heimgerufen zum sabbatlichen Waschen und Umkleiden, gelegentlich durfte ich mit. Ich sagte meiner Mutter Bescheid und wartete bei Selzers in der Küche, bis die Feier anfing.

II/7 Mutter Lisa mit uns vier Kindern, 1921

Frau Selzer hatte ein frisches weißes Tischtuch mit Spitzen aufgelegt. Auf dem Tisch standen festliche Leuchter mit brennenden Kerzen, in der Mitte ein frisch gebackenes Weißbrot. Die Familie trug Festkleidung, die Jungen kleine Käppis, Herr Selzer einen Hut. Zilly saß auf einem Hochstuhl, neben ihr Georg, gegenüber auf dem Sofa hatten Heinz und ich Platz genommen. Die Eltern saßen sich an den Schmalseiten des Festtisches gegenüber. Herr Selzer stimmte Gesänge an und unterbrach sie mit unverständlich gemurmelten Gebeten aus einem Buch. Alles war still und ungemein feierlich, spannend und geheimnisvoll. Anschließend gaben die Kinder ihren Eltern die Hand und bekamen mehrere Küsse. Ich blieb auf dem Sofa sitzen, bis mich jemand rufen würde. Es holte mich aber keiner. Etwas geniert erhob ich mich dann und verabschiedete mich, weil ich „dringend" zu meiner Mutter müsse. Ein anderes Mal war es ganz anders, heiterer, es gab Matzen[10] und irgend etwas dazu, ich aß alles tüchtig mit und bekam mehrere Matzen für meine Familie mit auf den Weg.

Auf das Ende des Weltkrieges folgte die Unruhe der Inflationszeit. Der Mantel und die Einkaufstasche lagen schon bereit, wenn wir morgens auf den Geldbriefträger warteten. Gleich nach Erhalt von einigen Tausend-Mark-Scheinen lief

---

[10] Ungesäuertes Brot.

meine Mutter los zum Bäcker, auf den Markt und in den Kolonialwarenladen, um schnell das Geld wieder loszuwerden, das am Nachmittag oft nur noch die Hälfte wert war.

Die Scheine wurden täglich gedruckt, mit immer höheren Beträgen, bald hielten wir Zehn-, ja Hunderttausend-Mark-Scheine in den Händen. In ein bis zwei weiteren Monaten lernten wir auch mit Milliarden- und Billionen-Mark-Scheinen umzugehen. Die Erlösung von dieser Preisspirale kam 1923 mit der Einführung der Rentenmark, eine Vorläuferin der neuen Reichsmark, eine Billion wurde nun zu einer Rentenmark.

Die Freude, die meine Mutter an der Entwicklung ihrer Kinder hätte haben können, konnte sie als solche nicht erkennen, geschweige denn genießen, denn mein allzeit froher, begeisterungsfähiger Vater fehlte ihr auf Schritt und Tritt. „Wir sind ja eigentlich gar keine Familie: Das Hauptmerkmal, der Familienvater, fehlt", schrieb sie einmal an ihre Schwestern. In den Ferien blieben die beiden Häuser im fernen Pirna (mit acht Stunden Bahnfahrt war es zu erreichen) und im nahe gelegenen Sooden für meine Mutter Stütze und Zuflucht. Die Schulzeit mußte sie allein mit uns durchstehen. Ein Umzug nach Pirna oder Sooden wurde in Betracht gezogen. Eine Villa „Waldfrieden" in der Westerburgstraße stand sehr preiswert zum Verkauf. Es war verlockend! Immer wieder hat mir meine Mutter später das Haus gezeigt. Aber die Schulen in Sooden – kein Gymnasium! Ihr Ältester kam auf der humanistischen Traditionsschule in Kassel gut voran ... In der schulfreien Zeit wurden wir Kinder bei Verwandten in Heinebach, Dresden, Kindleben, in Pirna und Sooden verteilt, um meine Mutter zu entlasten.

Der Schmerz um den Tod meines Vaters war die eine Last, eine andere war die finanzielle Not durch die wirklich zu kleine Witwenpension, die meine Mutter durch Privatstunden und Zimmervermietung nur wenig mildern konnte, eine dritte Last war aber die Nahrungsmittelknappheit für uns fünf. Deshalb klopfte sie, und nicht vergeblich, an die Türen ihrer drei Tanten, der Schwestern unseres Großvaters Georg Stippich, im Wolfhager Land, die alle drei Landwirte geheiratet hatten: Marie Wachenfeld in Wolfhagen sowie Sophie Fülling und Else Engelhard in Bründersen. Ich erinnere mich an verschiedene „Hamsterfahrten": Nach Wolfhagen, 30 km von Kassel entfernt, fuhren wir mit dem Zug und gingen mit Rucksäcken und Taschen zu Wachenfelds. Tante Mariechen erwartete uns mit Kaffee und Streuselkuchen – eine Delikatesse!

Anschließend wurde angespannt, und wir fuhren in einer Kutsche nach Bründersen, zu den anderen lieben Verwandten, die uns ebenfalls großzügig mit durchfütterten. Onkel, Tanten und später Vettern und Kusinen meiner Mutter haben uns zu keiner Zeit im Stich gelassen, die verwandtschaftliche Verbundenheit hielt noch über den Zweiten Weltkrieg hinaus, besonders in Notzeiten. In den Briefen meiner Brüder nach Pirna, die unsere Tanten aufgehoben hatten und die sich jetzt wieder in meinem Besitz befinden, steht es schwarz auf weiß, was sie uns alles einpackten an selbstgebackenem Brot, Butter, Speck, Eiern und Säckchen mit Mehl und Hafer.

Die Verwandten sprachen nordhessisch mit uns. Gern ließ ich mich durch die Ställe führen. Und zu meiner Mutter sagten sie: „Ach, Lisa, was isse doch so echte!" Das war Lob und Zuneigung zugleich.

II/8 Sophie Fülling mit Familie in Bründersen

Meiner Mutter war es nicht peinlich, beim Anblick von schnatternden Gänschen nach einer Weihnachtsgans zu fragen. Ja, wir sollten nur vor dem Fest noch einmal kommen. Mit dieser „Verheißung" zogen wir dann hochbefriedigt noch zu Engelhards. Auf diese freute ich mich immer besonders, weil sie den Dorf-

Festsaal hatten mit Bewirtung, Ausschank und einem „elektrischen Klavier", das nach Einwurf von einem Groschen mit flotten Melodien loslegte.

Im Herbst machten uns die Verwandten einen Gegenbesuch, sie kamen mit einer Fuhre Kartoffeln auf einem Wagen mit Zugtier in die Stadt und machten, von der nahen Wolfhager Straße kommend, bei uns Station, luden bei uns zwei oder drei Säcke ab, die wir aber bezahlten. Minna Wachenfeld war eine Zeitlang als Haustochter bei uns, so auch Elschen Engelhard.

Vor Weihnachten ging es wieder zu Füllings mit der Anfrage wegen der Gans.

„Jo, jo, ich hab sie euch ja verheißen", hörten wir von Tante Sophie. Zu allen alttestamentlichen Verheißungen in der Adventszeit kam dann also noch diese greifbare. Fast noch warm, verschwand sie gerupft in einem Rucksack. „Die verheißene Gans" war ein geflügeltes Wort bei uns und wurde auch auf anderes Versprochenes übertragen. Stippichs boten uns echte Hilfe zu Notzeiten und machten uns wahrlich das Betteln nicht schwer.

In diesem Zusammenhang muß noch eine Kusine meiner Mutter erwähnt werden, Änne Horn aus Frommershausen. Sie hatte in einen Kolonialwarenladen in Heinebach mit bäuerlichem Kleinbetrieb hineingeheiratet und war die Krone der Freigebigkeit. Großvater Horn, ein freikirchlicher Gemeinschaftsmann, führte die Bücher. Sie nahmen jederzeit Kinder meiner Mutter in den Ferien auf. „Otfriedchen" war ihr ganzer Liebling, er lernte sogar das Verkaufen im Laden.

Es fiel uns drei jüngeren Geschwistern nicht schwer, uns dort, wo wir zu Gast waren, nützlich zu machen. Bei mir hieß das, der Hausfrau „zur Hand" gehen. Das tat ich oft, schon auf meinen Kinderreisen im Kanton St. Gallen/Schweiz und in Rotterdam und später in vielen Haushalten – nur nicht in Pirna. Hier wollte Tante Lena alles allein machen. Wir durften zwar alle nach dem Essen das Geschirr in die Küche tragen, aber dann schloß sie sich mit dem Abwasch dort ein. Anschließend spielte sich immer durch die verschlossene Türe ein Ritual ab. Ein lautes Gespräch der Schwestern Lena und Betta war zu hören: „Bitte, mach auf, Lena, nur dieses Mal." Dieses nannte ihr jüngerer Bruder Werner, unser „Eppi", den „edlen Wettstreit", den er schon lange kannte.

Daneben standen viele Freundesfamilien meiner Mutter helfend zur Seite, allen voran das Haus Pfarrer Raiths. Mit seinem Kollegen „Amtsbruder Raith" war mein Vater seit 1912, als dieser als Pfarrer im Nordbezirk der großen Martinsgemeinde eingeführt wurde, befreundet. Die Familie Raith, die aus Oberhülsa am Knüllwald kam, wohnte mit zwei Töchtern im Alter meiner Brüder in einer Mietwohnung in der Holländischen Straße. Das Haus wurde wegen seines schönen Gartens die „Rosenvilla" genannt. Die beiden Amtsbrüder Scheele und Raith waren dienstlich oft zusammengekommen und schätzten sich gegenseitig sehr. Daraus ergaben sich bald familiäre Kontakte; die Pfarrfrauen besuchten sich. Auch gab es eine weitere Gemeinsamkeit: In beiden Familien kam noch ein Nachzüglerkind zur Welt, 1913 Hanna Gabriele („Hannele") und 1914 Ludwiga-Elisabeth. Diese beiden Kleinen gaben nun den Gesprächsstoff und wurden zusammen in Kinderwagen ausgefahren. Man brachte sie bei Besuchen mit und ließ sie schon als Kleinkinder miteinander spielen. Zwei Jahre später bezogen Raiths ein Pfarrhaus in der Hohentorstraße gegenüber der Martinskirche. Dies brachte unsere Familien näher zusammen, aber den Pfarrer Raith weit weg von seinem Teil der Martinskirchengemeinde im Holländisch-Tor-Bezirk, der „Nordstadt".

Ich erinnere mich, daß ich als Fünfjährige von meinen Brüdern zu Raiths gebracht und dort wieder abgeholt wurde. Hannele und ich spielten herrlich miteinander, so daß ich dort nur zu gern noch länger geblieben wäre. Wenn es abends hieß, die Scheele-Brüder sind da, Elisabeth soll abgeholt werden, versteckten wir beiden Freundinnen uns in den Räumen des Pfarrhauses, zum Beispiel in einem Schrank. „Mausi, komm bitte", flehte mein Bruder Martin durchs Haus. Schließlich half es nichts: Wir beiden kleinen Mädchen mußten uns trennen.

„Maus" wurde ich im Familiengebrauch genannt – auch „Mäuschen" und „Mausi", und dies noch, als ich schon erwachsen war, wie es aus Briefen meiner Mutter hervorgeht: „Liebe Maus!" Es war immer liebevoll gemeint. Hatte sie ernst mit mir zu reden, war ich stets Elisabeth. Spitznamen habe ich immer gehabt: „Liesel" in der Volksschule, später einfach „E", noch später „Echen" und sogar „Tante Echen" in den Familien Scheele, Dittmer und Stippich.

Wenn Hannele und ich auch 1920 und 1921 in verschiedenen Schulen eingeschult wurden und wir auch sonst während der Grundschuljahre nicht viel zusammen waren, so blieben wir fest verbunden. Hannele ist bis auf den heutigen Tag meine „beste Freundin", die Nummer eins unter den zahlreichen Freundschaften meines Lebens.

II/9 Elisabeth, 5jährig, 1919

II/10 Meine beste Freundin Hannele Raith (*1913) mit ihrer großen Schwester Erika (*1906), 1920

In meiner Kindheit ließ meine Gesundheit oft zu wünschen übrig: Ich war infektanfällig und hatte häufig Bronchitis. Oft war ich deshalb in Sooden zu Solekuren. Schon mit einem Jahr trug mich meine Soodener Tante Käthe zur Lösung des Hustens im Soledunst der Wandelhalle des Kurmittelhauses umher.

Im Juni 1920 durfte ich für mehrere Wochen zu einer Solekur in Wannenbädern dort bleiben und wurde täglich von Tante Käthe „zur Abhärtung" mit kalter Sole abgerieben. Sie nahm die Sole aus dem Kurmittelhaus in Flaschen mit nach Hause. Dabei fühlte ich mich zu keiner Zeit so krank und schwach, wie es die anderen von mir glaubten.

Wenn mich aber ein fiebriger Infekt erwischte, griff meine Mutter zu Radikalkuren: Ich wurde in nasse Tücher eingewickelt, „Guttapercha" [11] drum herum,

---

[11] Gummiähnliche Absonderung wie beim Kautschukbaum. Im Gegensatz zu diesem wird Guttapercha nach Eintrocknen des Milchsaftes hart und unelastisch, beim Eintauchen in warmes Wasser jedoch wieder biegsam. Es wird auf Batist aufgestrichen und als harte Folie verkauft. Als Isolierschicht wurde Guttapercha bei Schwitzpackungen benötigt.

dann Wolldecken und die Federdecken von allen Betten oben drauf. Und wenn mir die Schweißperlen auf der Stirn standen, wurde auf die Uhr gesehen, dann mußte ich eine volle Stunde Schwitzen über mich ergehen lassen. Ehe meine Mutter mich dabei allein ließ, um ihrer Hausarbeit nachzugehen, stellte sie noch eine hübsche Melodie auf der Tischorgel – mit mechanischem Werk zum Aufziehen – ein. Ich sollte davon einschlafen. Es kam mir aber oft so vor, als habe ich eine Strafe zu verbüßen, und ich war wie erlöst, nach einer Stunde Schwitzkur aus der feuchtwarmen Gruft herauszukommen. Mit trockenen, angewärmten Anziehsachen kam ich dann aufs Sofa im warmen Kinderzimmer.

Die Solebäder in Sooden habe ich dagegen in angenehmer Erinnerung. Die Wannen waren aus Holz, innen rosa, außen weiß mit rosa Streifen. Wenn nur nicht nach dem Bad ein bis zwei Stunden langweilige Bettruhe am hellichten Vormittag gefolgt wären!

Im Herbst 1920 wurde ich sechs Jahre alt, die Schulzeit nahte. Hannele war schon Schulkind, so wie alle meine Brüder. Daher sehnte auch ich mich danach, zur Schule zu gehen. Es gab ein Abschiedsfoto im Kindergarten. Viele Kinder aus dem Kindergarten traf ich dann in der Schulanfängerklasse 1b der Mädchen-Bürgerschule Nr. 16 in der Schillerstraße, einer Parallelstraße des Grünen Weges, wieder. Ich erinnere mich sehr deutlich an meine erste Klassenlehrerin, Fräulein Augner, eine weißhaarige gütige Frau, die nach meinem ersten Schuljahr als Rektorin auf eine andere Schule ging. Doch etwas überdauerte ihren Fortgang: ihre Methode zu strafen. Hatte sich ein Mädchen aggressiv verhalten, geschubst, etwas weggenommen oder ähnliches, dann wurde die „Angeklagte" vor die Klasse gestellt, die dann den Spruch skandierte: „Was du nicht willst, das man dir tu, das füg' auch keinem anderen zu!" Das bewirkte Erstaunliches. Es war das Fundament der Moral, jedem einsichtig, den Kleinen wie den Erwachsenen.

Es folgte Frau Frieda Freiling, die durch ihren Namen uns das rollende „R" beibrachte und mir jung und aktiv erschien, immer hilfsbereit, wenn ich nach längerem Fehlen zur Schule zurückkam. Laut Zeugnis habe ich im Jahr 1922 zweihundert Tage in der Schule wegen Erholungsreisen gefehlt!

1921 bekamen wir Besuch aus Amerika: Mrs. Sternbergh mit Tochter Gertrud. Deren Bruder David Sternbergh war vor dem Ersten Weltkrieg in unserem Hause am Lutherplatz als „Schüler in Logie" gewesen. Auch später noch, nach dem

Zweiten Weltkrieg, haben sie uns mit großzügigen Care-Paketen aus Amerika versorgt. Gertrud und ihre Mutter kamen mit ihrem amerikanischen Auto. Als sie vor unserem Hause hielten, waren bald die Nachbarskinder um das Gefährt versammelt, um es aus der Nähe zu betrachten, darunter auch ich. Oben in unserer Wohnung wurde inzwischen ein Plan besprochen: Sternberghs wollten uns, meine Mutter, Martin und mich, ein Stück in ihrem Auto mitnehmen, wenn sie die Weiterfahrt in den Schwarzwald antraten. So kam ich zu meiner ersten Autofahrt. Ich war ganz außer mir vor Freude, und es wurde ein Erlebnis besonderer Art: die erste Autofahrt. Schon das Einsteigen war ein feierlicher Akt – vor allen Kindern! Als wir drei auf den Rücksitzen Platz genommen hatten, wurde mittels einer Kurbel der Motor in Gang gebracht. Mit großem Krach bewegte sich das Fahrzeug, wie von unsichtbarer Hand gezogen, langsam nach vorn, allmählich schneller, ich schätze, bis auf 40 Stundenkilometer. Das Kopfsteinpflaster aus gutem Kasseler Basalt war zwar haltbar, aber es rumpelte und schüttelte uns stoßweise über die Straße hin und her, erst recht auf der Landstraße, die nur aus grobem Schotter bestand. Aber wie herrlich war das Fahren bei offenem Dach!

II/11 Erste Autofahrt meines Lebens in einem amerikanischen Wagen, 1922.
Von links: Elisabeth, Mutter Lisa, Mrs. Sternbergh, Bruder Martin,
Fahrer und Fotograf: Gertrud Sternbergh

In Fritzlar kehrten wir mit Sternberghs ein. Dabei sprach Frau Sternbergh noch mit mir, ob ich mit ihnen ein paar Tage in den Schwarzwald fahren würde. Ich war ganz begeistert, aber meine Mutter wollte mich wieder zurück mitnehmen.

Ich mußte mich also verabschieden und vergoß einige Tränen, auch beim Nachwinken. Dies ging Sternberghs zu Herzen. Nach ein paar Tagen kam ein Paket mit einer großen Schwarzwälder Trachtenpuppe, die mich trösten sollte.

Nach Ostern 1921 – ich war soeben in die Schule gekommen – gab es noch eine tiefgreifende Veränderung in unserem Familienleben: Mein Bruder Martin verließ uns nach seiner Konfirmation. Er war 14 Jahre alt und hatte die Obertertia (heute neuntes Schuljahr) des Gymnasiums abgeschlossen. Er wechselte auf dringenden Rat von Onkel Albert Klingender auf die Traditionsschule Schulpforta bei Naumburg über. Dieser setzte meiner Mutter zu, sich von dem 14jährigen Sohn zu trennen, weil er „unter männlichen Einfluß gestellt" werden müsse. Es fehlte nun im vaterlosen Hause auch noch der schon so verständige Sohn und Bruder. Aus der Zeit in Schulpforta erzählt Martins Tagebuch aus dem Jahr 1923. Ich habe es erst 1993 aus dem Nachlaß meines Bruders Karl Albrecht erhalten und erstmalig gelesen. Ein riesiger Wissensdurst, Eifer und Strebsamkeit brachten ihn auch dort wieder an die Spitze der Klasse. Meine Mutter schrieb damals an ihre Schwestern, daß sich Martin wahrscheinlich seiner Begabung entsprechend in Pforta freier entwickeln könne. Aber auch für seine jüngeren Brüder sei es für ihre Entfaltung besser, daß sie nicht mehr unter dem Leistungsdruck standen, es ihm gleichzutun. Denn Martin wollte seine Brüder mit guter Absicht immer anspornen. Meine Mutter befürchtete aber, daß er sie dadurch etwas unterdrückte.

Uns daheim fehlte der große Bruder. Wir Geschwister hatten gern zusammen gespielt und kleine Aufführungen vorbereitet. Meine Mutter hatte mit ihm schon alles besprechen können, wie finanzielle Fragen und Schulprobleme der jüngeren Brüder, die auch schon mal eine Note 4 (damals „mangelhaft") mit nach Hause brachten.

Hinzu kam die Sorge um meinen – wie sie ganz sicher glaubte – miserablen Gesundheitszustand. Dies trat besonders hervor, wenn sie mich neben meiner Freundin Hannele sah. Diese war rundlich, kräftig, mit frischen roten Backen. Sie wurde mir deshalb oft als erreichbares Ziel hingestellt, wenn ich nur wollte und recht äße. Dies war mir unmöglich, ich blieb dünn und blaß, eine wandelnde Sorge für meine Mutter. Sie klagte es brieflich Martin. Der sah das ganz anders. Er schrieb aus Pforta: „Wenn Elisabethchen nicht zunimmt, ist das nicht zu ihrem Nachteil ..."

Im Jahr 1921 – die Kriegszeit lag hinter uns – war die Inflationszeit, als Kind sagte ich „Infalation", in vollem Gange, die Arbeitslosigkeit nahm zu, die Nahrungsmittel waren knapp, es war Hungerszeit. Viele Kinder hatten Untergewicht, darunter mein Bruder Otfried und ich. Ich bekam schon lange den Viertelliter Vollmilch nicht mehr und war zunehmend appetitlos. Ich nahm bei allem Wachstum nicht an Gewicht zu. Meine Mutter sah es mit Sorge und fürchtete, mich zu verlieren, wenn ich fieberhaft erkrankte. Meine Eltern hatten beide kleine Geschwister durch den Tod verloren, und ich versuchte mir vorzustellen, wie das wäre, wenn mich die Engel in den Himmel brächten – ganz ohne Angst, im Gegenteil, ich dachte, es müsse schön sein.

Vom Ausland aus beobachtete man die Nachkriegssituation der deutschen Kinder. Besonders Holland und die Schweiz waren bereit, Kinder aus Deutschland zum Aufpäppeln bei sich aufzunehmen. Über das Kasseler Städtische Gesundheitsamt wurden Schulen aufgefordert, untergewichtige Kinder zur Untersuchung aufs Rathaus zu schicken. Meine Mutter erhielt danach ein Angebot, mich für drei Wochen in ein Kinderheim nach Holland zu geben; wenn kein Erfolg zu erzielen war, sollte der Aufenthalt in Holland sechs Wochen dauern.

Schweren Herzens gab meine Mutter mich, ein siebenjähriges Kind, blaß und dünn, im April 1922 mit auf die weite Reise nach Holland. Sie ließ es sich nicht anmerken, denn ich war unbekümmert. Ja, ich freute mich auf die Reise und war gespannt auf Den Haag und das große Meer in Scheveningen. Das Ziel war das Juliana-Kinderheim im Haag, das die junge Kronprinzessin Juliane mit sechzehn Jahren eingeweiht hatte und das unter ihre besondere Obhut gestellt wurde. Es war schon ein großartiges Unternehmen der beiden Nachbarländer Schweiz und Holland, die in Mitgefühl an die deutschen Frauen und Kinder während der Hungerblockade dachten.

Alle drei Wochen fuhren Kasseler Kinder mit einem Sonderzug nach Den Haag. Die Damen des städtischen Jugendamtes waren mit den Eltern bei der Abreise auf dem Hauptbahnhof dabei. Mehrere deutsche Frauen mit Armbinde begleiteten die Kinder bis ans Ziel und brachten die Aufgepäppelten gleich zurück nach Kassel.

Die Reise ging langsam vonstatten. Irgendwo mußte der Zug drei Stunden auf die Weiterfahrt auf einem Nebengleis warten. Nach etwa 24 Stunden waren wir im Bummelzug zum Ziel gelangt. Das Kinderheim öffnete seine Pforten mit genauer Hausordnung und Tagesablauf.

Von der Heimleitung wurde dafür gesorgt, daß alle Kinder am Sonntag nach Hause schrieben. Leider hatte ich nach einer Woche Heimweh und wollte dies meiner Mutter schreiben und mein Herz ausschütten, so gut dies einer Siebenjährigen gelang. Aber der Brief ging nicht durch die Kontrolle. Was hätte auch meine Mutter tun sollen! So wurde ich auf irgendeinem Schoß getröstet und konnte mich ausweinen. Man nahm es mir nicht übel, da man es nicht als Undankbarkeit ansah. Nach einigem Zureden schrieben wir gemeinsam einen neuen Brief, der dann allerdings mit fremder Schrift bei meiner Mutter ankam. Sie bat daraufhin die Heimleitung, mich selber schreiben zu lassen. Sieben Briefe von dort sind noch vorhanden.

Ich gewöhnte mich allmählich ein – nur hatte ich nach wie vor keinen rechten Appetit. Der Erfolg auf der Waage war gleich Null. Ich durfte weder nach drei noch nach sechs Wochen die Heimreise antreten, hatte mich aber sehr gut eingelebt und freute mich sehr auf die Fahrten nach Scheveningen, auf das Spielen am Strand und das Ballspielen. Dort kam ab und zu ein junger Mann mit „Bauchladen" zu den spielenden Kindern und fütterte uns mit Keksen, Milch und Schokolade. Auch Bananen und Apfelsinen lernte ich hier kennen.

Bei der Rückreise vom 4. auf den 5. Juli schliefen wir wieder nachts im Transportzug, so wie auf der Hinreise. Nur 300 Gramm hatte ich zugenommen. Ich empfand so etwas wie Schuld, mindestens Versagen. Ich konnte meiner Mutter keine Freude mit nach Hause bringen, wo sie sich solche Sorgen um meine Unterernährung machte und der Trennung von ihrem Nesthäkchen nicht leichten Herzens zugestimmt hatte.

Es war noch im September des gleichen Jahres, als wieder ein Angebot vom Kasseler Jugendamt an meine Mutter kam – diesmal für die Schweiz. Es waren christlich eingestellte Familien, die dem Aufruf folgten, ein Kind aus den im Krieg unterlegenen Ländern aufzunehmen. Im Kasseler Gesundheitsamt spielten ganz sicher auch soziale Gründe eine Rolle, daß ich, als viertes Kind einer Witwe, im gleichen Jahr zweimal ausgewählt wurde.

Diesmal sollte ich in Brienzwiler, einem hoch gelegenen Dörfchen im Berner Oberland über dem Brienzer See, gefüttert werden. Es war im Oktober, ich war gerade acht Jahre alt geworden, als die Reise losging. Eine Familie Frutiger erwartete mich. Das Haupt der Familie war der „Großätti". Er vertrat mit einem Büro der Kreiskommandantur das Dorf Brienzwiler beim Kanton Bern.

II/12 Brienzwiler/Berner Oberland: Haus Frutiger, wo ich 1922 als 8jährige zum „Aufpäppeln" war

Das Dorf mit einer Hauptstraße, die am Berghang entlang waagerecht verlief, war durch ansteigende Seitensträßchen mit den beiden parallel verlaufenden Straßen oberhalb und unterhalb der Hauptstraße verbunden. Jedes Haus mit Blick zu den gegenüberliegenden Bergen sah über das Dach des Nachbarn unterhalb hinweg. Unser Haus hatte nach vorn zwei, nach hinten nur ein Stockwerk unter dem tief herabreichenden Dach. Oberhalb des Ladens lief ums ganze Haus herum ein Holzbalkon, auf dem gerade die Walnußernte zum Trocknen ausgebreitet lag.

Vorn ging man an Schaufenstern entlang bis zur Eingangstür in einen langgestreckten Laden mit Schreibwaren links und Textilien rechts. Für mich interessant war damals nur, daß es links Buntstifte gab und rechts Haarschleifen in vielen Farben. Ich bekam jeden Sonntag eine neue. Sie wurden mit Zentimetermaß abgemessen und von den Rollen mit einer Lage Papier dazwischen abgeschnitten.

Was es aber sonst noch alles in dem Laden gab, erfuhr meine Mutter, als ich zu Weihnachten nach Hause kam und wir den Leinensack mit unserer Kasseler Anschrift auspackten: Strickjacken, Röckchen, Wollstrümpfe, Schuhe mit Holzsohle und derben braunen Lederschäften – auf dem Holz angenagelt – und Unterwäsche für mich! Und natürlich Schokolade, zum Beispiel „Cailler".

Die Bewohner des Hauses waren: zunächst das Oberhaupt der Familie, der ehrwürdige Großätti, eine Art Bürgermeister des winzigen Ortes. Wie schon erwähnt, hatte er die „Kreiskommandantur", eventuell auch für einzelne Almhütten; an seiner Seite die kleine geliebte Großmüetti. Der älteste Sohn, ein Arzt in Brienz, war schon gestorben. Seine Witwe Elsi Frutiger-Schild führte den

Haushalt. Sie war die „Muetti" der kleinen achtjährigen Anneli. Zum Haushalt gehörte auch noch eine Tochter Grety oder Greteli Frutiger, die bald zu einer Ausbildung als Krankenpflegerin nach Bern gehen würde. Sehr zu meinem Glück war sie noch daheim und kümmerte sich rührend um mich, denn im Hause Frutiger war Alltag, der in Haus und Stall (Kuh und Ziegen), in Büro und Laden trotz meiner Anwesenheit weiterlief.

Auch Anni, „Schwesterli" auf Zeit, mußte zur Schule – oft auch nachmittags – und Schulaufgaben machen. Vom Laden aus führte eine Wendeltreppe hinauf in die Diele des Hauses; diese war zugleich Küche, geräumiger Wohn- und Arbeitsraum. Greti saß hier oft mit der Nähmaschine, mit Stopf- und Handarbeiten. Von der Wendeltreppe aus, gerade gegenüber, führte eine Tür nach hinten ins Freie. Man trat auf ein Stück des umlaufenden Balkons, der überdacht war. Von der hinteren Tür aus links ging es zum Schlafraum von Großätti und Großmuetti. Ich habe ihn nie betreten. Es muß sich auch noch ein Wohnzimmerchen, ein Refugium der alten Leute, dort

II/13 Anneli Frutiger (*1913), die Tochter meiner Schweizer Gastfamilie, 1924

befunden haben, denn ich habe sie oft gar nicht gesehen, auch nicht zum Essen. Rechts fand sich die gute Stube mit Polstermöbeln, hier stand mein Kinderbett. Dahinter in einer Stube schliefen Elsi, Anneli und Greti.

Ich war also mit Malen, Häkeln und ein paar Schreibübungen meist bei Greti. Sie sang sehr gern, so daß wir hier etwas hatten, was wir beiden gleichgern taten. Ich lernte manches neue Lied, auch in Schwyzerdütsch: „Uff'm Bergli bin i g'sesse un han Steinli g'worfe ..." und „Dr Früelig, dr Früelig, dem Winter si Chind, den womer jetzt taufi, sin Götti heißt Wind ..." Außerdem erinnere ich mich an „Die Tiroler sind lustig", „Gold und Silber lieb ich sehr" und „Rote Wolken am Himmel, in den Bergen der Föhn ...". Ganz bestimmt waren es noch viel mehr Lieder.

War Greti mal weg, saß ich mit Anneli unter Mutter Elsis Aufsicht im Laden und malte mit Buntstiften und sogar mit Wasserfarben, denn hier gab es alles, was die Brienzwiler Schulkinder brauchten. War Anni in der Schule, durfte ich mit ihren Puppen spielen und mit drei Kätzchen.

Zu essen gab es fast zu allen Mahlzeiten Brotstücke. Das Weizenbrot war dunkel gebacken, innen ganz weiß – unseres daheim war dunkelgraues Roggenbrot –, es stand in keilförmigen Brocken abgeschnitten auf dem Tisch. Jeder hatte ein Stück Butter auf dem Teller, legte sich eine Messerspitze davon auf das Brot, das gleich abgebissen wurde. Dazu gab es Suppe – häufig Kartoffelsuppe mit Schweizer Käse, sehr fein, oder Kaffee, Milch, Honig und Marmelade. Abends bekamen wir Kinder Zwiebäcke auf einen Suppenteller mit Zucker bestreut und heiße Milch darüber. Auch morgens erhielt ich zwischendurch ein Glas Milch frisch aus dem Stall.

Ich blieb wieder neun Wochen, vom 15. Oktober bis zum 20. Dezember 1922, und nahm an Gewicht zu. Im nächsten Sommer sollte ich wiederkommen. Frutigers hatten sich schon in Kassel für mich angemeldet, doch Mutter Elsi wurde krank. Sie bat den Bruder ihres Mannes, Paul Frutiger in Bern, für sie einzuspringen und mich in Bern für neun Wochen aufzunehmen.

So kam es, daß ich 1923 die Schweizer Hauptstadt kennenlernte. Paul und Erni Frutiger hatten keine Kinder. Ich spielte oft allein im Vorgarten des Hauses in der Allemaniastraße. Meine Pflegeeltern gaben sich alle Mühe, bei mir keine Langeweile aufkommen zu lassen. Ich durfte sie Onkel und Tante nennen. Morgens, wenn Onkel Paul schon zum Dienst – als juristischer Berater bei der Kantonalbank in Bern – aus dem Hause war, kam ich noch zu Tante Erni ins Bett; wir erzählten uns Lustiges und alles, was ich damals so wissen wollte, alles in Schwyzerdütsch, das ich bei meinem zweiten Aufenthalt in der Schweiz gut sprechen konnte.

Onkel Paul hatte ein Auto. Sie nahmen mich mit zu ihren Freunden und Verwandten, zum Beispiel in eine Käserei auf dem Lande. Diese Leute hatten ein Motorrad mit Beiwagen. Darin zu fahren war meine ganze Freude. Paul und Erni zeigten mir auch Bern: Wir waren im berühmten Rosarium und bei den Berner Bären, die ich mit Möhren füttern durfte. Auch spielte ich gerne im Vorgarten mit einer Katze, vor allem gab es dort eine Schaukel für mich ganz allein.

Anni besuchte mich in Bern mit Greti. An jenem Tage trugen wir die gleichen Kleider aus dunkelblauem Leinen mit einem bunten, dicht bestickten Oberteil, das meine Mutter auch für Anni angefertigt hatte und das von Anni noch 50 Jahre aufgehoben wurde!

Wir verabredeten uns zu schreiben. Es schloß sich ein über Jahre währender, aber nur gelegentlicher Briefwechsel auch unserer Mütter an, mit dem wir uns – erwachsener werdend – auf dem laufenden hielten: Anni kam nach der Schulzeit in ein Pfarrhaus der französisch sprechenden Schweiz, um gutes Französisch zu erlernen. In Bern wurde sie zur Lehrerin ausgebildet, und in England erweiterte sie ihre Sprachstudien.

Sie hat dann in Bern einen Dr. Ing. Artur Nyffeler geheiratet und eine Familie gegründet. Während des Krieges brach der Briefwechsel für Jahre ab. Als der Krieg zu Ende war, hat sie sich sehr um mich gesorgt. So machte sie sich im Sommer 1946 auf und fuhr mit ihrem Mann nach Kassel, ohne mich dort zu finden: So groß und so zerstört hatte sie sich diese Stadt nicht vorgestellt.

Im Jahr 1973 war ich mit meinem Sohn Temmo nach dessen Abitur in Interlaken/Schweiz. Von ihrer Haushälterin erfuhr ich, daß Anni mit ihrem Mann auf Reisen sei. Wir suchten auch Brienzwiler auf, nun ein verlassenes Almdörfchen, Fenster und Türen meines ehemaligen Feriendomizils waren zugenagelt, wir gingen um Frutigers Haus herum, es war alles still und unheimlich.

Erst im Jahre 1999, als ich schon an dieser Biographie arbeitete, gelang es, Kontakt aufzunehmen. Temmo rief dort an, und wir beiden – Anni und Elisabeth – sprachen als 85jährige noch einmal über all die Jahre miteinander: in Freude über diese Verbindung und in Herzlichkeit mit Abschiedsküssis durchs Telefon.

Nun zurück zu der Schilderung meiner fünf Auslandsreisen als Sieben- bis Zehnjährige. Vom 9. Januar bis 6. März 1925 nahm ich an einem Kindertransport des Kasseler Gesundheitsamtes teil; es ging nach Rotterdam, Bergsingel 129, in eine Pfarrersfamilie Bavink. Sie sprachen mit mir in gutem Deutsch, aber sehr wenig. Das Hausmädchen sprach nur Holländisch, trotzdem war ich am liebsten bei ihr und half ihr in der Küche beim Abtrocknen. Auch hatte sie eine Sammlung von phosphoreszierenden, also im Dunkeln leuchtenden Gegenständen, zum Beispiel eine Halskette oder ein Wandkreuz. Diese sahen wir uns in der fensterlosen Mantelgarderobe an. Ich lernte von ihr mein erstes Wort auf Holländisch für „schön": Es heißt „mooi". Dieses Wort war meine Sprachstütze für alles, was mir gefiel.

Im Haushalt war ich fürs Eindecken des Eßtisches verantwortlich, mit Messerbänkchen und mit Servietten in Ringen.

Oft strebte ich ins Nachbarhaus, wo ein Kasseler Junge bei einer Familie Buffinga untergebracht war. Mit Rudolf bastelte ich Windrädchen aus Pappe, die auf der Straße im Wind laufen konnten. Dies zog andere Kinder an. Wir stellten uns in eine Reihe auf und versuchten das von einem Kind auf die windige Straße gesetzte Papprädchen nicht durchzulassen. Diese Kinderschar war wunderbar zum Einhören ins Holländische. Es ging auf einmal ganz schnell, ich wunderte mich, daß ich mich plötzlich verständigen konnte.

Zur Familie Bavink gehörten ein alter Vater und zwei unverheiratete Töchter, die jüngeren Kinder waren schon aus dem Haus. Sie waren streng reformiert: Sonntags war es wegen eiserner Sonntagsruhe äußerst langweilig. Man ging vormittags und nachmittags zur Kirche und hatte mehrere Stunden stillzusitzen in dem schmucklosen, kühlen Kirchensaal. Ich beschäftigte mich mit Zählen von Leuchtern und Kerzen.

Wochentags wurde ich oft zu Freunden mitgenommen, zum Beispiel zu einem kleinen Mädchen Anda, die viele herrliche Puppen mit Puppenwagen hatte, den ich auch schieben durfte, wortlos, denn ich konnte im Anfang nichts verstehen und sprechen. Die kleine Anda hat mir aber eine Puppe geliehen mit allem Zubehör zum Waschen, Kämmen und Ausgehen. Es war eine von 13 Puppen – so schrieb ich nach Hause im Januar 1924 aus Rotterdam.

Am 6. März kam ich nach neun Wochen wieder zurück nach Kassel. Es folgte im März 1924 die Aufnahmeprüfung für das Lyzeum am Ständeplatz in die Klasse „Septima", einer Vorbereitungsklasse für die Höhere Schule. Nach nur drei Jahren Grundschule wurde ich also schon ins Lyzeum geschickt. Ich bekam nun neue Mitschülerinnen. Durch das viele Fortsein war ich sowieso mit den Klassengenossinnen nicht so zusammengewachsen.

Im Spätherbst, kurz nach meinem zehnten Geburtstag, schickte man mich noch einmal mit einem Kindertransport in die Schweiz. Diesmal wurde allen

Kindern ein Schild um den Hals gehängt mit Namen und Zielort. Vielleicht war mal eins verlorengegangen?

Kurze Zeit vor der Abfahrt des Zuges hatten die für mich bestimmten Pflegeeltern abgesagt. Meine Mutter erhielt diese Nachricht am Zug im Bahnhof Kassel. Ich sollte vorläufig in Basel bleiben, bis die Leitung wußte, wohin ich kam. Es fanden sich aber noch Ersatzeltern. Ich blieb wieder neun Wochen, diesmal auch über Weihnachten, in der Schweiz, und zwar im Norden, bei St. Gallen; Sulgen hieß das Dorf. Hier wohnte ich bei einem älteren Pfarrerehepaar Högger mit ihrem Hausmädchen Marie. Die Tochter Vreni war als Lehrerin aus dem Haus. Diesmal hatte ich keine Spielgenossen, aber ich konnte mich gut allein beschäftigen mit Handarbeiten. Auch mit dem Kater „Gay" konnte ich am Fenster sitzen und das Leben auf der Hauptstraße beobachten. Einmal kam ein festlicher katholischer Leichenzug mit goldenen Schildern und einer kleinen Madonna vorbei. So was Interessantes! Es hielt mich nicht am Fenster, ich lief hinunter und schloß mich dem Zug der Trauernden an. Mit großer Spannung sah ich von einem guten Platz aus, was auf dem Friedhof am Grabe alles stattfand, besonders die Versenkung des Sarges – so was!

Die Kirche in Sulgen war sehr groß. Sie wurde von beiden Konfessionen einträchtig genutzt. So hing das „Ewige Licht" auch während unseres reformierten Gottesdienstes neben dem Altar, und der herrliche Weihrauchgeruch schwebte noch von der vorangegangenen Messe über unserer evangelischen Gemeinde. Mir gefiel das, es machte mich andächtig.

Diesmal fiel mir das lange Fernbleiben von daheim am Ende sehr schwer. Der Kater Gay war mein Trost, denn die Atmosphäre war nicht so warmherzig wie die in Brienzwiler. Dort war ich zu Hause, bei Herrn und Frau Pfarrer Högger war ich Gast. Vielleicht wurde auch ihnen die Zeit zu lang. Ich bat immer wieder um Schweizer Briefmarken zum Schreiben an alle Verwandten und Freundinnen, auch hatte ich zu Weihnachten allen erdenklichen Leuten Handarbeiten gemacht wie Topfanfasser, Eierwärmer und Deckchen, für die ich ebenfalls Marken brauchte. Es fiel mir erst später – besonders aus der heutigen Sicht – als unzumutbar auf, daß ich so oft um Porto bat.

Die Klassenlehrerin im Lyzeum gab meiner Mutter die Empfehlung, mir wöchentlich Rechenaufgaben aus der Schule zu senden. Meine Mutter holte sie in der Schule, eine Klassengenossin brachte sie zurück.

Ich schrieb auch an meine Schulklasse Grüße. Der Postwechsel wurde vom Ausland aus immer umfangreicher, was mir noch heute peinlich ist wegen des Portos.

Am Nikolaustag durfte ich mit in die Schule kommen, auch sonst hatte ich keine Probleme, mit fremden Kindern zu spielen, Schlitten zu fahren oder mit größeren Mädchen spazierenzugehen. Elsi Frutiger schrieb mir aus Brienzwiler nach Sulgen einen lieben Brief, der noch vorhanden ist, auch Anneli. Diese Briefe erreichten mich über Kassel. Am 10. Januar 1925 kam ich wieder nach Hause.

Im März wurde Karl Albrecht konfirmiert und kam dann auch nach Schulpforta. Der Aufenthalt in der Klosterschule war für ihn aufgrund der hohen Anforderungen eine Leidenszeit – im Gegensatz zu meinem Bruder Martin, der mit eben 18 Jahren gerade dort sein Abitur bestanden und das erste Semester Philologie in Leipzig begonnen hatte. Als mein ältester Bruder von unserer Mutter hörte, daß Karl Albrecht in der Klosterschule – Martins verehrtem Schulpforta – unglücklich sei, traf er sich in den Pfingstferien mit ihm bei Verwandten in Korbetha bei Naumburg, um ihn etwas aufzurichten. Unser Martin war immer besorgt um seine Geschwister und half uns, wenn's nötig war.

Ich wurde noch ein letztes Mal vom Kasseler Jugendamt zur Kräftigung verschickt, und zwar vier Wochen an die Ostsee, an den Timmendorfer Strand. Es war im Mai und Juni 1925. Ich habe keine guten Erinnerungen, weil ich zum ersten Mal getadelt wurde wegen meines Betragens: Ich war mit einer Gruppe Kinder vom Strand weggelaufen. Wir hatten uns versteckt, waren unauffindbar, verursachten Aufregung und wurden bestraft. Einen Brief bekam meine Mutter aber nicht. Bisher hatte sie nur liebe Worte über mich bekommen. Ich war wohl überall gehorsam und fröhlich, „unser singendes Ferienkind" hieß es aus Brienzwiler an unsere Mutter mit „Grüeßi an Elisabethchen" und mit einem „Küßli auf beide Bäckchen".

In den Sommerferien 1925 verreiste ich mit Mutter und Karl Albrecht nach Sachsen. Wir unterbrachen unsere Fahrt in Gotha-Kindleben, um das Baby Margarete, ein Enkelkind von Tante Ida Zülch, zu sehen. So oft ich an das Körbchen im Schlafzimmer der Eltern trat, schlief es leider immer hinter einem Tüllschleier und wurde deshalb auch nicht hochgenommen. Meine Mutter beruhigte mich: Es sei ja auch noch zu klein, um es auf den Schoß zu nehmen. Ich war etwas enttäuscht, als wir wieder nach Gotha mußten.

Wir fuhren weiter nach Dresden. Die Reise zu den Tanten in Pirna wurden Tage voller Erleben: Wir machten Wanderungen, fuhren mit dem Elbdampfer flußaufwärts, auch nach Schandau, dem letzten Ort vor der tschechischen Grenze, und kletterten in einem Wald hinab an den Grenzbach zur Tschechei. Auf der Burg Sonnenstein über Pirna erlebte ich die „Camera obscura", mit der man lebende Bilder aus den Straßen von Pirna mittels eines Spiegels und einer Linse auf einen runden Tisch des dunklen Raums projizieren konnte.

Es wurde immer viel unternommen, wenn wir in Pirna bei den Tanten Lena und Betta waren, und erst recht, wenn wir von dort aus tagsüber nach Dresden zu Onkel Werner, Tante Wiltraut und den zwei Bäschen fuhren. Es war doch besser, unter der Autorität und dem Schutz meiner Mutter zu stehen, ich fühlte mich in der Familie nach so viel Reisen allein doch wohler als im Kinderheim.

Im Sommer 1926 wurden meine Mutter und ich nach Schmerzke eingeladen, zum Bruder meines Vaters, Onkel Fried, und Tante Emmi geborene Flemming und Gretchen, meiner einzigen Scheele-Kusine, sonst waren es nur zwölf Brüder und Vettern in unserer Familie.

Grete hatte – angeblich – eine zarte Gesundheit, und meine Mutter ermahnte mich, daß sie von mir Wildfang nicht überanstrengt werden dürfe. Sie wollte mir aber auf ihrem Fahrrad das Radeln beibringen und rannte bis zur Erschöpfung, meinen Sattel festhaltend, neben mir her, bis es klappte und ich mit ihr meine erste Radtour machte, nach Brandenburg, wo sie zur Schule gegangen war. Grete und ich schlossen nicht nur eine herzliche Freundschaft, sie betreute und bemutterte mich auch rührend in schweren Zeiten der nächsten fünfzig Jahre. So fürsorglich blieb sie nämlich bis zu ihrem Tod 1976.

1927 wurde ich, inzwischen 13jährig, nach Dahme/Mark Brandenburg vom ältesten Bruder meines Vaters, Paul, eingeladen. Meine Mutter brachte mich dorthin. Wir unterbrachen die Fahrt in Berlin-Charlottenburg und besuchten einen Vetter meines Vaters, Hans Scheele, er war Diplomingenieur und Brandmeister. Er hatte eine große Dienstwohnung über der Bereitschaft der Feuerwehr. Von seinem Schlafzimmer ging eine Stange abwärts in den Mannschaftsschlafraum. An dieser rutschte er hinunter, um sofort mit allen ausrücken zu können, wenn es in Charlottenburg brannte.

Aber vor allem hatten sie für uns ein Programm für Berlin: das Brandenburger Tor, die Siegessäule, den Pergamonaltar, den Reichstag, die Spree. Wir blieben dort nur eine Nacht, denn Dahme, die Superintendentur, war das Ziel. Onkel Paul und Tante Martha hatten für mich noch zwei Mädchen in meinem Alter – zwölf Jahre – eingeladen. Es waren dies ihre Enkelin Hanna aus Halle und die Tochter seines Freundes, Christa Zimmermann aus Berlin-Zehlendorf. Wir drei „Backfische" – heute „Teenager" – schliefen zusammen in einem geräumigen Zimmer, wir hatten viel Spaß miteinander, es ging nicht immer leise dabei zu, so daß wir ermahnt werden mußten.

Dann kamen noch zwei meiner großen Vettern zu Besuch. Alle zusammen halfen wir im Garten bei der Beerenernte. Ein warmer Sommerabend ist mir in Erinnerung, wo die Vettern mit uns in der Dämmerung um die Kirche herum „Verstecken" spielten mit „Anschlag". Wir drei Mädchen schwärmten aus, um die zwei Vettern zu suchen. Dabei täuschte Friedhelm einen alten, hinkenden, krummen Mann vor, ging unerkannt an uns vorbei und gelangte zum Anschlag an die Kirchenmauer.

Als mein Onkel Paul hörte, daß ich noch nicht schwimmen konnte, sollte ich die Zeit bei ihnen dafür nutzen, um es zu lernen. Er ließ mir Schwimmunterricht geben, den ich mit dem Freischwimmer-Schein abschloß.

Im Oktober 1927 war der Familientag Zülch in Kassel, und meine Mutter nahm uns vier Kinder alle mit. Unserer Großmutter Emilie Stippich geb. Zülch, also Mutters Mutter, verdankten wir die Zugehörigkeit zu diesem genealogisch so interessanten und so herzlich verbundenen Familienzusammenschluß, zu dem unter anderem auch die Familie Reemtsma, die Zigarettendynastie, zählt. Die Familientage fanden regelmäßig alle zwei Jahre statt – die Kriegspause ausgenommen –, so daß wir im Jahr 2000 das 75jährige Bestehen seit der Gründung feiern konnten.

Ich war also 13 Jahre alt geworden, als ich das erste Mal teilnahm. Bis auf den heutigen Tag hält das feste Familienband – also über 70 Jahre. Im letzten Jahrzehnt konnte ich mich sogar aktiv an der Arbeit beteiligen.

Der Familientag Zülch 1927 verlief sehr festlich im Stadtpark-Hotel am Garde-du-Corps-Platz in Kassel. Am Abend vorher traf man sich schon zur Begrüßung und zum Kennenlernen. Es wurde auch getanzt, was mich besonders beeindruckte, nur hatte ich noch keine Tanzstunde und war Zuschauer.

Aber mein Bruder Martin und Erich Wenning forderten mich trotzdem zum Tanzen auf.

Der Vorsitzende Georg Zülch und seine beiden Schwestern Luise und Flora waren sehr engagiert. Sie redeten auch vor der Versammlung, und Flora sagte zu den Erschienenen der Familie Reemtsma, daß sie wissen sollten, daß aus ihrer Firma nicht das geworden wäre, was sie ist, wenn ihre Mutter nicht eine Zülch gewesen wäre. Sie meinte wohl persönliche Bescheidenheit und unglaubliche Stärke und Einsatzbereitschaft für die Sache. Ihre Schwester forderte die Jugend auf, sich untereinander bekannt zu machen und den Abend fröhlich zu verbringen.

Es wurde auch eine Stiftung geschaffen zur Förderung der studierenden Zülch-Jugend. Mein Bruder Martin gehörte mindestens für zwei Semester zu den Empfängern. Es mußte beantragt und eine Fleißprüfung abgelegt werden.

Nach Ostern 1928 fingen meine Konfirmandenstunden an. Ich sollte eigentlich noch ein Jahr warten, aber die Familie Raith bat meine Mutter, mich den Konfirmandenunterricht mit Hannele gemeinsam bei ihrem Vater nehmen zu lassen. Das war eine gute Entscheidung, obwohl wir im Unterricht nicht zusammensitzen konnten, denn die Mädchen saßen alphabetisch geordnet in Reihen. Der Hauptspruch über der ganzen Konfirmandenzeit war der 23. Psalm: „Der Herr ist mein Hirte, mir wird nichts mangeln." Unter diesem großen Thema nahm Herr Pfarrer Raith mit uns alle Gedanken der christlichen Lehre durch und diktierte uns die Kernsätze jeder Konfirmandenstunde in ein Heft, das ich noch besitze. In jeder Stunde lernten wir mehrere Strophen von Gesangbuchliedern. Herr Pfarrer übte auch die Melodien mit uns – ich glaube, mit Harmonium-Begleitung. Disziplinschwierigkeiten hatte er nicht. Alle waren still und aufmerksam.

So konnte er mir auch vieles mitgeben auf meinen Lebensweg, vor allem auch die schönen Paul-Gerhard-Lieder, die ich heute noch auswendig kann und die ein festes Fundament für meinen späteren Lebensweg wurden. Die Konfirmation feierten wir beiden, Hannele und Elisabeth, gemeinsam, denn im Grünen Weg 40 fand der Nachmittagskaffee für beide Familien statt und das festliche Abendessen bei Raiths in der Spohrstraße 10. Es war der „Weiße Sonntag" 1929, er bildete einen gewissen Abschluß meiner Kinderzeit.

Aus den sechs Jahren 1923 bis 1929 habe ich vor allem von den Reisen der

Kinderzeit berichtet. Rückblickend haben sie einen äußeren Abstand von meinem Zuhause geschaffen. Ich konnte mich immer schnell in anderen Häusern zurechtfinden und immer neue Kontakte knüpfen. Das Allerschönste war es aber doch, wenn unsere Familie vollzählig zusammen war, was wir selten genug erlebten.

II/14 Mein Konfirmator Pfarrer Raith und seine Familie,
rechts meine Freundin Hannele

Schon zeitig fühlte ich mich im Pfarrhaus Raith heimisch. Hanneles Eltern hießen mich willkommen, so oft ich es nötig hatte, so oft Hannele darum bat – dies sollte bald noch deutlicher werden. Den Hintergrund bildete aber der Alltag mit Schule, Schulkameradinnen, Aufgaben und immer wieder das Zusammensein mit Hannele: unser erster Versuch, ein Kleid zu nähen, eine Lochkamera zu basteln oder einen Brief an den Kaiser Wilhelm nach Holland zu schreiben, der dann von seinem Sekretär beantwortet wurde! „Nesthäkchen" und „Familie Pfäffling" war unsere Lektüre. Und das Wichtigste waren unsere Plaudereien über alles Erleben, im dämmrigen, warmen Wohnzimmer bei Raiths auf dem Sofa sitzend. Für die Gespräche in der ausklingenden Kinder- und in der Backfisch-/Jungmädchen-Zeit brauchten wir Ruhe in einem Raum, in dem wir nicht gestört werden wollten. Hier hatten wir ihn – miteinander allein sein, nur mit Hannele, das war mein Ideal für alle Pläne, die wir schmiedeten, für Geheimnisse, die beileibe kein anderer erfahren durfte, für unsere Zukunftsträume, wenn wir mal selbst Kinder hätten, dazu gehörte wohl auch ein Mann, der uns auf Händen tragen würde, wie es Hannele schon aus diesem und jenem Buch wußte. Ja, so etwas wie der Graf und das Seelchen müßte es sein wie in dem Buch „Die Heilige und ihr Narr" von Agnes Günther. Ich wünschte mir dieses Buch mit dem seltsamen Titel zur Konfirmation; ich bekam es, allerdings, wegen des Titels, mit einigem Bedenken für mein evangelisches Glaubensverständnis. Meine Mutter las das Buch, ihre Sorge konnte dann wohl als erledigt gelten.

Der Bericht über meine Kindheit soll hier ein Ende haben. Wenn so ein langer Lebensweg hinter einem liegt, kann unmöglich alles beschrieben werden, so lieb und wert es einem ist. Begleitet mich also weiter, liebe Leser, auf meiner Lebenswanderung. Es soll euch auch nicht ermüden oder gar langweilen durch zu große Ausführlichkeit.

III. Die Backfischjahre (1929–1936)

Das Jahr 1929 – ich war 14 Jahre alt – brachte nach der Konfirmation mehr Zeit für anderes, denn bis dahin hatten wir zweimal in der Woche zwei Stunden Konfirmandenunterricht gehabt. Die freigewordenen Nachmittage verbrachte ich nun oft mit vermehrten Schulaufgaben und mit den Mitschülerinnen.

Meine Mutter war häufig bei ihren Schwestern in Pirna, um Tante Betta bei der Pflege von Tante Lena zu helfen, welche an Brustkrebs erkrankt war. Sie hatte es lange vor ihrer Schwester verschwiegen – bis eine Operation ohne Chance war. Tante Betta war neben der Schule völlig überlastet, denn den Haushalt hatte ihr ja stets ihre Schwester Lena rundherum versorgt. Am 28. Mai starb sie. In ihrem neuen Alleinsein schloß sich Tante Betta noch mehr an ihre Schwester Lisa an. Meine Mutter konnte uns Kinder zwar in der Schulzeit noch nicht ganz allein lassen, doch suchte sie uns in den Ferien in der Verwandtschaft unterzubringen: in Heinebach, Sooden, Kindleben, Korbetha und bei Freunden. Die beiden Schwestern machten fortan jährlich eine ausgiebige Sommerreise. Weihnachten kam Tante Betta zu uns als stets gern gesehener Gast. Als sehr geliebte Tante, meine Patentante, gehörte sie fortan eng zu unserer Familie und teilte noch mehr alle Sorgen ihrer Schwester um uns Kinder und half, so viel sie konnte, auch finanziell. Die meiste Zeit des Jahres hatte sie aber Anlehnung an das Haus ihres Bruders Werner in Dresden mit ihren reizenden Nichten, meinen Bäschen Wiltraut („Mickchen") und Marianne („Schrattchen"), wo sie wohl viele Sonntage verbrachte.

Martin war 22 Jahre alt und strebsamer Student der Philologie mit den Fächern Deutsch, Latein und Geschichte in Leipzig. Otfried, 20 Jahre alt, studierte nach der Militärzeit Theologie in Marburg. Karl Albrecht war in der Unterprima und hatte dort Freunde, die – meiner Mutter zufolge – „nicht zu uns paßten", da sie liberal in ihren Ansichten waren und neumodische Kleidung trugen, zum Beispiel Trenchcoat, Knickerbocker, Cachenez und Schuhgamaschen. Da er gern andere Gegenden kennenlernen wollte, gestattete ihm meine Mutter eine Radreise allein an den Rhein. Karl Albrecht durfte von Köln nach Karlsruhe fahren, aber nicht, wie er gern wollte, nach Frankreich, vor allem weil er in der

Schule kein Französisch gelernt hatte. Sie erlaubte ihm daher nicht, einen Paß für eine Auslandsreise zu beantragen, womit eine Reise nach Paris ausgeschlossen schien. Meine Mutter wartete 14 lange Tage auf Nachricht von Karl Albrecht, bis er sich aus Karlsruhe wieder meldete mit seinem Geständnis, sich die herrliche Stadt Paris angesehen zu haben. Er hatte sein Fahrrad an der Paßkontrolle vorbei über die „grüne Grenze" durch einen Wald geschoben.

Auch ich hatte Freiheitswünsche, wenn auch nicht nach anderen Ländern. Ich strebte – von der folgsamen Konfirmandin, dem anschmiegsamen Kind, vom Artigsein der Mutter zuliebe – zu neuem Selbstbewußtsein, zur Selbstbestimmung. Zum Beispiel wollte ich selbst bestimmen, wie lang ich Klavier üben sollte, ob die Schulaufgaben früher oder später erledigt werden sollten, und ich wollte die Zeit für ein Treffen mit Hannele oder den Schulfreundinnen selbst festlegen. Auch wollte ich mich zu allem möglichen Guten selbst zwingen, obwohl ich eigentlich keine Lust hatte. „Control yourself!" hatte die Englischlehrerin mahnend in die Klasse gerufen. Nicht schlecht, genau das wollte ich, es war aber wohl verbunden mit einem gewissen Trotz. Mein Bruder Otfried hatte das erfaßt und schrieb mir in mein Poesiealbum ein Gedicht von Goethe:

Berherzigung

Feiger Gedanken
bängliches Schwanken,
weibisches Zagen,
ängstliches Klagen
wendet kein Elend,
macht dich nicht frei.

Allen Gewalten
zum Trotz sich erhalten,
nimmer sich beugen,
kräftig sich zeigen,
rufet die Arme
der Götter herbei.

Dies gab wieder, was ich dachte und was ich wollte in dieser Zeit der Loslösung vom alleinigen Planen meiner Mutter. In diesem Zusammenhang soll das Poesiealbum gleich noch einmal zitiert werden. Mein Bruder Martin schrieb:

Im Herzen tief innen ist alles daheim:
der Freude Saaten, der Schmerzen Keim.
Drum frisch sei das Herz und lebendig der Sinn,
dann brauset ihr Stürme daher und dahin!
Wir aber sind allzeit zu singen bereit,
noch ist die blühende goldene Zeit,
noch sind die Tage der Rosen!

Meine Mutter schenkte mir das kleine Büchlein zum elften Geburtstag mit dem Bibelspruch:

Befiehl dem Herrn deine Wege und hoffe auf ihn, er wird's wohlmachen.[12]

Gedenke dieses Spruches bei all deinem Tun, Deine treue Mutter.

Die Familie hatte Verständnis für das, was ich empfand, Freude und Ernst legten sie mir ans Herz als Rüstzeug und Zehrung für die Wanderung durchs Leben. Ich konnte mich in diesem engsten Kreis geborgen fühlen.

Durch die nun engere Verbundenheit der beiden Schwestern Lisa und Betta konnte sich meine feste Bindung an meine Mutter, ohne ihr zu sehr weh zu tun, etwas lösen. Ich habe mehr Einladungen Hanneles und ihrer Eltern wahrnehmen können – oft waren sie auch von meiner Mutter erbeten – und mich dorthingezogen gefühlt. Mein Denken und Wünschen führte aber nicht gradlinig auf dem Wege der größeren Freiheit zu meinem Ideal und zur Persönlichkeitsfindung. Es gab viele Umwege, es waren eben Zeichen der Entwicklungszeit; Hannele und ich heckten gemeinsam Streiche aus, wir ordneten uns in Gemeinschaften ungern unter und widersetzten uns den Wünschen Älterer

---

[12] **Psalm 37.**

und offizieller Anordnungen. Für mich waren das alles neue und herrliche Erlebnisse, während Hannele schon einen gewissen Ideenreichtum auf diesem Gebiet mitbrachte von einigen ihrer Klassenkameradinnen. Sie war schon ein Schuljahr weiter als ich und in einer anderen Schule vom Typ Realgymnasium mit Latein als zweiter Fremdsprache.

Wir vier Geschwister Scheele (von links nach rechts):
III/1 Martin 1933, Studienassessor der Philologie
III/2 Otfried 1930, Theologiestudent in Marburg (Burschenschaft Frankonia)
III/3 Karl Albrecht 1940, Ökonomiestudent in Chicago/Illinois/USA
III/4 Elisabeth 1934, Abiturientin

Zur Verwirklichung der Wünsche dieser Altersphase bot sich geradezu an, daß wir in den Sommerferien 1929 gemeinsam verreisten mit einer Gruppe von zwölf Kasseler Mädchen. Vom Kasseler Jugendamt war der Gruppe eine junge, scheint's unerfahrene Reisebegleiterin, „Fräulein Hermann", mitgegeben worden. Die Reise ging an die Nordsee auf die Insel Sylt, in das Jugendferienlager „Puan Klent". Für Hannele war die See ein erstmaliges Erlebnis. Ich kannte sie schon aus meiner Kinderreisezeit nach Holland. In unserer kleinen Gruppe mit Mädchen von elf bis 15 Jahren reiste auch eine 18jährige mit, die sich selbstverständlich die Freiheit nahm, den Aufforderungen der etwa 20jährigen Reisebegleiterin nicht zu folgen, und eigene Wanderungen ohne die Gruppe unternahm. Wie gern wären wir, Hannele und ich, auch allein und nicht „mit der Herde" gegangen! Als Monika von Trott zu Solz bereit war, uns mitzunehmen, baten wir Fräulein Hermann, dies zu erlauben; wir setzten uns künftig immer ab und waren von da ab selbständig, unabhängig und ein wenig keß zu der Leiterin

Hermann, die einesteils bereute, daß sie die Erlaubnis gegeben hatte, mit dem älteren Mädchen loszuziehen, was sie eigentlich nicht durfte, andererseits ihre Ruhe hatte, wenn sie uns Widerborstige los war.

Als es aber auch zu Klagen über Hannele und mich kam, z. B. von der Lehrerin einer Hamburger Mädchengruppe – der wir eine Kehrschaufel voll Sand ins Bett gekippt hatten –, meldete Fräulein Hermann dies an das Kasseler Jugendamt. Von diesem wurden in Kassel Hanneles Eltern benachrichtigt. die wiederum meine Mutter informierten, welche mit Tante Betta bereits in die Ferien gereist war, und zwar nach Amrum. Welch unglückliches Zusammentreffen! Meine Mutter hörte die Klage über ihre unfolgsame Tochter in der ersten Sommerfrische, die sie nach schweren Jahren genießen wollte, irgendwie tat sie mir leid, wir machten ja nur „Jux". Das Briefchen, das meine Mutter mir von Amrum aus nach Sylt schrieb, habe ich heute noch. Sie war nicht nur traurig, sondern geradezu empört über mich, ich sollte mich sofort bei Fräulein Hermann entschuldigen. Ich war etwas reumütig, jedenfalls ging es mir zu Herzen, daß ich meiner Mutter und Tante Betta die Ferien vermiest hatte – wo sie doch noch in Trauer um den Tod ihrer Schwester Lena waren – und sie sich mit uns auf Amrum treffen wollten.

Aber die Spaziergänge und das Faulenzen in den Dünen mit dem Mädchen Monika waren trotzdem immer schön gewesen. Wir hatten schon ganz „erwachsene Gespräche" mit ihr geführt, zum Beispiel über das, was sie gerade gelesen hatte, sie trug uns auch Gedichte vor, erzählte uns von ihrem Leben daheim im herrschaftlichen Landschloß der Familie von Trott zu Solz und ihren vielen Geschwistern. Auch daß sie gern bei Mondschein nackt baden wollte, um das Meeresleuchten im Wasser zu sehen, ließ sie uns wissen. Wir waren beide ganz hingerissen von ihr und liebten sie sehr, ganz heimlich, und wagten kaum, ihren Namen voll auszusprechen, es war geheimnisvoll – nur „M". Ich genoß ihre Nähe, doch aus anderer Sicht als Hannele. Für sie bedeutete „M" über Jahre hinaus noch mehr, sie wurde ihr geistiger Führer, ihr Ideal, der sie ganz nachzustreben suchte und sogar ihre Schrift der steilen, dekorativen von Monika nachbildete. Hannele stand auch manchmal „zufällig" an einer Häuserecke, wenn „M" aus der Schule kam. Ich war damals mit Wonne in Hanneles Schlepptau und wollte am liebsten auch an der Häuserecke mit Veilchen in der Hand stehen, auch meine Schrift sollte steiler werden. „M" ließ die Schwärmerei der jüngeren Mädchen gern geschehen, doch interessierte sie sich ihrerseits nur für Hannele. Sie war sicher das willkommene Echo ihrer Gedanken, nicht ich. Trotzdem erzähle ich diese Episode in meinen Erinnerungen ausführlicher, weil es die Phase der Wende aus der Kinderzeit in die Jungmädchenzeit aus meiner heutigen Sicht deutlich macht. So etwas wie „Verliebtsein" tauchte in meinem Inneren auf, ganz von allein.

Es sollte sich in den nächsten Jahren noch öfters wiederholen, daß so ein Gefühl der Zuneigung und Zu-einem-anderen-Streben in mir aufstieg, mich überwältigte – ich achtete streng darauf, daß es bloß nicht jemand merkte, es war immer geheim, nur Hannele erfuhr wohl mal etwas davon.

Mit 15 Jahren, im Sommer 1930, begann die Tanzstunde. Mein Tanzstundenherr war ein 17jähriger Schüler des Friedrichsgymnasiums, der eine zarte Künstlernatur, zugleich eine große und kräftige Figur hatte. Er wurde später Bildhauer. Meine Mutter amüsierte sich vom Fenster aus hinter der Gardine, wenn er mich von der Tanzstunde nach Hause brachte und vor dem Hause unten den Abschied zelebrierte – mit einem tiefen Diener, ohne mir die Hand zu geben. Er hatte wohl gelernt, daß man einer Dame nur dann die Hand gibt, wenn sie einem die ihre entgegenstreckt. Da die Dame dies aber nicht wußte, schritt er ohne Händedruck wieder dem Gartentor zu. Aber das Tanzen war wunderbar. Ich konnte gar nicht genug bekommen, mich im Rhythmus zu bewegen und die verschiedenen Schritte des Tangos und des Englischen Walzers wiegend zu genießen. Da Rudolf die ganze Zeit an mir festhielt und wir gut zusammen tanzen konnten, habe ich mich in ihn verliebt – aber nicht lange, denn es gab nach dem Schlußball keinen Kontakt mehr mit ihm.

Ein Brief nach Pirna schildert die erste Tanzstunde. Er wurde auch für meine zehn- und neunjährigen Kusinchen in Dresden ein Erlebnis. Sie spannten schon lange darauf, von der Tanzstunde im weiß-goldenen Spiegelsaal mit Parkett und roten Teppichen auf den Gängen zu hören, von schönen Kleidern und tiefen Hofknicksen für die zuschauenden Eltern. Davon mußte ich ihnen auch später immer wieder erzählen.

Im Frühjahr des Jahres 1930 wurde den Eltern durch das Kasseler Oberlyzeum ein Schülerinnenaustausch mit Finnland angeboten. Meine Mutter besprach es mit Hanneles Mutter für uns beide. Unser Schuldirektor, Dr. Friedrich, wollte mit seiner Frau die Reise leiten. Diese Ostseefahrt war für die Mütter ein wundervoller Gedanke, aber diese große Sache sollten wir uns erst mit einer guten Tat verdienen. Es bot sich an, sich an einer Straßensammlung zu beteiligen, bei der eine Dame und ein Mädchen je mit einer Büchse Spenden für ein Müttererholungswerk sammeln sollten. Für einen Einwurf in die Büchse bekam der Geber von dem jungen Mädchen eine Margerite aus Papier angesteckt. Hannele und ich lehnten diese Tätigkeit ab. Es war uns peinlich, auf der Straße zu betteln. Die Mütter reagierten auf unsere Ablehnung unterschiedlich: Hanneles Mutter sagte einfach, dann ist der Traum aus mit Finnland und einer zweitägigen Seefahrt. Hannele durfte nicht fahren. Meine Mutter versuchte mich zu überzeugen, daß eine gute Tat eine Kleinigkeit sei für so ein großes Geschenk wie die Finnlandreise. Ich verharrte in Trotz und Ablehnung, meine Mutter ging ins Nebenzimmer, setzte sich ratlos auf einen Sessel und schaute zum Fenster hinaus, ich sah das im Spiegel. Auf einmal sah ich Tränen hervortreten. Ich kam näher, sie sagte weinend: „Dieser krasse Egoismus, das hätte ich dir nicht zugetraut!" Da wurde mein Herz weich und ich sagte doch zu, an der Spendensammlung teilzunehmen.

Es war etwas Schlimmes passiert zwischen meiner Mutter und mir und zwischen Hannele und mir. Ich glaube, ich habe dann auch noch geweint. Ich ging zur Straßensammlung in der Frankfurter Straße mit Frau Pfarrer Stehfen. Die Menschen blieben weg, weil es regnete, wir stellten uns unter einer Brücke auf der „Beamtenlaufbahn" auf. Es waren schrecklich langweilige, sich endlos erstreckende vier oder fünf Stunden! Was den Inhalt der Sammelbüchsen anbetraf, war das Ergebnis mager.

Raiths erfuhren von meiner Entscheidung. Ganz sicher hat es Hanneles Mutter nun ganz besonders leid getan für ihre Tochter. Es bot sich für Hannele ein Ausgleich, sie durfte eine Ersatzreise nach der Halbinsel Zingst an der Ostsee machen. Wir fuhren nun beide an die Ostsee – aber eben nicht zusammen.

Es wurde also ein Sommer ohne Hannele durch meine Reise nach Finnland mit vorheriger vierwöchiger Aufnahme einer finnischen Schülerin. In deren Familie wurde ich dann meinerseits für vier Wochen aufgenommen. Das Mädchen hieß Sisko-Lachia Laitinen. Sie hatte schon mehrere Jahre Deutsch in der Schule und war ein Jahr älter als ich.

Es wurde aber auch in anderer Hinsicht ein Sommer ohne Hannele. Wie schon erwähnt, hatte ich Tanzstunde mit den Unterprimanern des Friedrichsgymnasiums, und zwar ab 15. April. Sie ging bis in den September hinein. Der „Mittelball" fand aber zur Halbzeit, am 1. Juni, statt. Just an diesem Tage traf der Gast aus dem hohen Norden ein. Wir mußten Sisko gleich nach der Ankunft verkünden, daß ich an ihrem Ankunftstage etwas anderes vorhätte, daß sie aber bei mir zu Hause gute Gesellschaft hätte und früh schlafen gehen könne nach der Reise – es sei nämlich gerade Mittelball, den ich nicht versäumen dürfe. Als sie das Wort „Mittelball" hörte, wußte sie sofort Bescheid, lief zu ihrem Koffer, zog ein seidenes langes Ballkleid heraus und bat dringend mitzudürfen.

Es war mir sehr peinlich, daß ich sie mitnehmen mußte. Wir kannten uns doch noch gar nicht! Sie trottete in Galarobe mit, während wir Mädchen nur festliche Sommerkleider anhatten. Ganz schnell zog sie die Aufmerksamkeit auf sich. Die jungen Tanzherren interessierten sich für die Exotin, ihr etwas eskimohaftes Aussehen, das gebrochene Deutsch und ihre sehr guten Tanzkenntnisse waren anziehend. Sie saß bei meiner Mutter, wurde ständig zum Tanzen geholt, dafür mußte eine von uns immer aussetzen. Man gönnte ihr aber diesen herrlichen Auftakt ihres Deutschlandaufenthaltes.

III/5 Meine finnische Freundin Sisko, links, Austauschschülerin aus Joensuu

Sisko hatte es gut getroffen, es wurde viel mit ihr unternommen, auch kleinere Reisen in die Umgebung, bis nach Sooden zu unserer Tante Käthe. Wir waren im Theater und haben Wanderungen unternommen. Dann kam die Reise in ihre Heimat und ein jahrelang anhaltender Briefwechsel.

Den folgenden Brief an die Geschwister meines Vaters sehe ich heute als den besten meiner Finnlandberichte an. Er soll daher als Beispiel für diese Zeit dienen:

Kassel, den 12. 9. 1930
Lieber Onkel Paul, lieber Onkel Fried und liebe Tante Käthe!
Gern will ich Euch einmal etwas von Finnland erzählen. Also, nach der schönen zweitägigen Seereise sind wir glücklich, d. h. ohne seekrank geworden zu sein, in Helfingfors (finn. Helsinki) eingelaufen, Sisko, meine Freundin, und ich konnten erst in der Nacht weiterfahren, bis wir am Nachmittag gegen 5 Uhr in Joensuu ankamen. Ich wurde sehr freundlich empfangen. „Willkommen Sie sehr herzlich", sagte Siskos Bruder. Ihre Mutter konnte leider kein bißchen Deutsch. Nun fuhren wir von dem Bahnhof aus mit einem Mietauto vor dem niedrigen Holzhaus vor. Weil nun Holz einmal Finnlands Reichtum ist, bauen sie alles aus Holz. In einem Ort war sogar die Kirche außen und innen vollständig aus Brettern.

Nun also wurde ich hineingeführt und war erstaunt, wie klein und einfach die Zimmer waren. Ich kam gleich in das beste und sah kein einziges gutes oder schönes Möbelstück außer einem Flügel. Aber als ich ihn dann einmal spielte, merkte ich, daß es mit dem auch nicht so weit her war. Dann stand da nur noch ein Küchenschrank, ein Tisch einfachster Art und an jeder Seite eine Bank ohne Lehne und eine Bank mit Lehne, die abends immer in ein Bett verwandelt wurde. Daneben war die Küche: ein großer Herd mit Rauchfang, ein Tisch und auch wieder solch ein Bankbett. Außer diesen beiden Räumen haben sie noch drei Zimmer. Also im ganzen vier Zimmer für elf Personen. In der Küche schliefen die drei Dienstmädchen. Sisko, ihre Mutter und ich schliefen auf dem (Dach-)Boden. Dort hatten sie für mich ein ganz ansehnliches „Zimmer" eingerichtet: Die „Wände" des Zimmers waren gespannte Leinen, über denen Vorhänge und Decken hingen, die mich vom übrigen Boden abschirmten.

Es war jedenfalls alles darin, was man brauchte. Jeder Tropfen Wasser mußte allerdings erst aus dem Brunnen auf dem Hofe (mit einer Winde) hochgedreht werden. Es sah immer ganz gelb aus. An jedem Haus steht eine Feuerwehrleiter. Also sind sie immer auf Brände gefaßt.

Als ich so durch die Straßen Joensuus ging, sah ich immer wieder Trümmerhaufen, wo ein Haus abgebrannt war. Es wird gar nicht so viel davon gesprochen, denn so schlimm ist es ja nicht, weil sie nicht viele Kostbarkeiten zu verlieren haben. Was mich am ersten Abend auch sehr befremdete, das war diese Helligkeit in der Nacht. Man hätte gut am Fenster die ganze Nacht durch lesen können. Das Morgenrot ist ja immer am Himmel und leuchtet sehr hell.

Wir haben auch viele Ausflüge gemacht, aber meistens Sisko und ich allein. Da habe ich schon einige von den 40tausend Seen kennengelernt. Manche sind so groß, daß man die andere Küste gar nicht mehr sehen konnte.

Das Essen schmeckte mir ganz verschieden. Einiges war sehr gut, anderes ungenießbar, wie zum Beispiel eine Suppe, die ich Aquariumsuppe nannte, als ich einem anderen deutschen Austauschmädchen davon erzählte. Da schwammen die Fische mit Köpfen, Schwänzen, Flossen und Schuppen drin herum. Sie wurden sogar auch mit allen dran gegessen. Das konnte ich natürlich nicht. Die Nationalspeise ist piirakka. Das sind solche Reiskuchen, die eine besondere Form haben und mit Butter gegessen werden.

Etwas echt Finnisches ist auch die Badestube, ihre Sauna. Ihr habt vielleicht schon einmal davon gehört. Es ist ein kleines Haus, was man auch bei der ärmsten Hütte findet. Es besteht aus zwei Räumen. In dem kleineren zieht man sich um. In dem anderen ist an einer Seite eine Pritsche, zu welcher eine kleine Treppe hinaufführt. In einer Ecke steht der Kamin. Er wird sehr stark gefeuert und dann Wasser darüber gegossen. Es entwickelt sich Dampf, sehr heißer sogar. Dann geht man auf die Pritsche und schwitzt und schlägt sich mit Birkenzweigen den ganzen Körper ab. Man hat natürlich gar nichts an.

Wenn man genügend geschlagen hat, steigt man herunter und gießt sich aus Kübeln lauwarmes Wasser über. Gewöhnlich liegt die Sauna an einem See. Und wenn sich die Leute richtig gesäubert haben, gehen sie gleich in den See, um sich abkühlen zu lassen. Dann geht es weiter an die Arbeit. Das ist in der Woche ca. 3-4 mal.

Übrigens, dieser kleine Raum ist bloß zum Umziehen da. Außer in dieser Sauna waschen sie sich überhaupt nicht. Jedenfalls habe ich nichts gemerkt. Für mich war aber Waschgeschirr da.

Es ist noch viel mehr zu erzählen. Ihr müßt uns mal besuchen, lieber Onkel Paul und lieber Onkel Fried, dann könnte ich Euch alles erzählen. Hoffentlich habt Ihr nun einen kleinen Einblick in die finnischen Verhältnisse!! Es grüßt Euch alle sehr herzlich

Eure Nichte Ludwiga-Elisabeth

Den Namen „Adolf Hitler" muß ich 1930 zum ersten Mal gehört haben. Ich las ihn flüchtig, als ich auf dem Schulweg am Schaufenster unserer Schulbuchhandlung Viétor am Ständeplatz vorbeikam. Es war voll mit einem Buchtitel – „Adolf Hitler: Mein Kampf" – ausgelegt. Im selben Schaufenster war Monate vorher ein anderer „Bestseller" ausgestellt, der von sich reden machte. Er hieß „Im Westen nichts Neues" von Erich Maria Remarque. Waren beide Bücher von Frontkämpfern mit Berichten ihrer Kriegserlebnisse geschrieben und erschienen sie wegen des Grauens, das sie erlebt hatten, erst über zehn Jahre nach Kriegsende? So brachte ich auch das Buch „Mein Kampf" in die Reihe der Kriegserlebnisse, ohne zu wissen, welche Bedeutung der Autor, welchen Inhalt das Buch und welche Bedeutung das Wort „Kampf" hatte.

Die Ereignisse des Jahres 1930 mit Finnlandreise und die Tanzstunde mitsamt ihren Verliebtheiten in Kassel und dem finnischen Joensuu traten bald in den Hintergrund.

Zu Weihnachten 1930 – im Oktober war mein 16. Geburtstag – schenkte mir Hannele ein kleines Buch von Walter Flex, von dem sie mir schon vorher erzählt hatte. Das Büchlein mit ihrer Widmung steht noch immer bei den Lieblingsbüchern in meiner greifbaren Nähe. Es heißt: „Wanderer zwischen beiden Welten" – gemeint war die materielle und die geistige Welt – und betraf Gedanken eines deutschen Soldaten im Krieg 1914–1918. Der Autor Walter Flex schrieb es autobiographisch und ist danach gefallen auf der Insel Oesel in der Ostsee, nachdem er kurz vorher an der Westfront gestanden hatte. Er beschreibt auch seinen Freund, der als Leutnant eine Soldatengruppe zu leiten hatte und allen mit seiner hohen Ethik und Moral zum Vorbild wurde. Beide Soldaten hatten in der Heimat ihre Bräute und waren auch in dieser Hinsicht gedanklich miteinander verbunden.

Manche Zitate aus diesem Büchlein wirkten nachhaltig auf mich, besonders wie sie, die Soldaten, über ihre Verlobten dachten. Ja, so wünschte ich mir einmal den Gefährten an meiner Seite. Alle jungen Männer, die mir von nun an begegneten, wurden an diesem Leutnant Ernst Wurche gemessen. Walter Flex beschreibt auch den Soldatentod seines Freundes. Ein Wort, das der Dichter dem Freund in den Mund legte, war: „Vorleben ist schwerer als Vorsterben." Und: „Rein bleiben und reif werden ist schönste und schwerste Lebenskunst."

Sätze wie diese las ich als Mahnung, sich in Liebschaften – wie sie meine

Klassenkameradinnen schon hatten – nicht zu verzetteln. Lieber wollte ich mich „aufheben für den einen", um ihm meine Liebe unverdorben und kraftvoll zu schenken. Diese Auffassung gehörte zu den Werten der damaligen Jugend ebenso wie Aufrichtigkeit, Opferbereitschaft und etwas mehr an andere als an sich zu denken.

Der folgende Spruch hing in unserem Kinderzimmer:

> *Gutes ehren,*
> *Bösem wehren,*
> *Schweres üben,*
> *Schönes lieben.*

Ein Gedicht von Gustav Falke lernte ich durch Hannele kennen; es kam ebenso meinen Idealen sehr nahe.

> *Herr, laß mich hungern dann und wann,*
> *Sattsein macht matt und träge,*
> *und gib mir Feinde, Mann um Mann,*
> *Kampf hält die Kräfte rege.*
> *Gib leichten Fuß zu Spiel und Tanz,*
> *Flugkraft in gold'ne Ferne,*
> *und häng den Kranz, den vollen Kranz,*
> *mir höher in die Sterne.*[13]

Unter „Feinden" stellte ich mir Gegner, Andersdenkende vor, Menschen, die eine Herausforderung für mich bedeuteten und an denen ich wachsen konnte.

Ostern 1931 kam ich in die Oberstufe, d. h. in die Klasse elf. Es hieß damals: Ich komme in die Obersekunda. Damit hatte ich die mittlere Reife abgeschlossen, am 25. März 1931 war die Abschlußfeier. Viele Klassengenossen der ehemalig dreißig Schülerinnen verließen uns. Wir trafen uns erst nach 50 Jahren wieder im Kasseler Ratskeller. Von jetzt an waren wir nur zwölf Mädchen in der neuen Klasse. Nachmittags gab es Angebote in freiwilligen Arbeitsgemeinschaften. Ich

---

[13] **G. Falke: Gebet.**

wählte die Deutsch-AG beim Schuldirektor und die Mathematik-AG bei unserem neuen Mathematik-Lehrer, Herrn Prenzel. Er förderte mich in besonderer Weise in diesem Fach, und bei ihm legte ich auch meine Abiturprüfung ab. Meine Neigung lag ganz eindeutig auf dem Gebiet der Naturwissenschaften: Physik, Chemie, Biologie und Mathematik.

Noch etwas ist zur Deutsch-AG, an der ich über zwei Jahre teilnahm, zu sagen: Als erstes sollten wir unseren Lieblingsautor und unser liebstes Werk nennen und darüber berichten. Mich hatte Walter Flex noch nicht losgelassen, so hielt ich ein Referat über ihn und lieh mir ein Buch, das von seiner Mutter, Margarete Flex, handelte und das von einer ihrer im Krieg verwitweten Schwiegertöchter geschrieben worden war: „Wer Gottes Fahrt gewagt". Mutter Flex hatte von ihren vier Söhnen drei im Krieg verloren; sie hat, von tiefem Leid und festem christlichen Glauben geprägt, vielen Menschen in der Nachkriegszeit Hilfe und Halt sein können. Mein Manuskript zu dem Referat über Walter Flex und den „Wanderer zwischen beiden Welten" ist noch vorhanden. Die Auseinandersetzung mit diesem Autor war der Ursprung von vielen meiner späteren Entscheidungen, die ich vor allem im vierten Kapitel noch beschreiben werde.

Aber wir wollen nun wieder die Zeitgeschichte, die den Hintergrund zu diesem zweiten Abschnitt meines Lebens abgab, beleuchten. Es war der Beginn der Hitlerzeit. Woher ich mein Wissen über den „Führer" schließlich bekam, ist mir nicht ganz klar, ich vermute aber, daß wir vor Eintreffen des Lehrers, z. B. vor der Deutsch-AG, über die neue Partei diskutierten. National, also patriotisch sein und zum Vaterland stehen, wollten viele von uns, wenn es z. B. um deutsche Literatur, um Dichter und Denker und um unsere kulturellen Güter wie Volkslied, Wandern und Volkstanz, eben um das Deutschsein ging. Und sozial erst recht, wenn man an die Verarmten dachte, sei es durch das Kriegsgeschehen, die Geldentwertung oder die Industrialisierung. National und sozialistisch war also eine gute Kombination für eine Partei in unseren Augen. Vom Sozialismus hatte ich damals keine Vorstellung, mehr von sozialer Einstellung.

Es hieß: Vor allem die Jugend sollte zu ihrem Recht kommen. Es gab kleine vergoldete Hakenkreuze, die man sich ans Kleid steckte, um kundzutun: Ja, ich bin dafür. Ich kann nicht mehr sagen, warum ich nicht zu denen gehörte, die das Zeichen trugen. Vielleicht konnte ich mir das kleine Schmuckstück von meinem Taschengeld schlicht nicht leisten. Jedenfalls hatte ich wegen der Rune des Sonnenrades, also einem heidnischen Symbol, keinerlei Bedenken.

1932 war ich erfreut, daß die Nationalsozialisten einen freiwilligen Arbeitsdienst für die vielen Arbeitslosen einrichten wollten und daß sie Gegner der Kommunisten waren. Die Partei hatte schon viel Zuspruch, die Wahlen von 1932 ergaben aber zunächst keine Mehrheit für Hitler, desgleichen die Neuwahl Anfang 1933. Nur über eine Koalition reichte es für seine Machtübernahme.

Im Sommer 1933 wurde viel zur Vorsicht gemahnt, die nächste Wahl dürften die Nationalsozialisten keinesfalls gewinnen. Die nationalsozialistischen Organisationen wie „Sturmabteilung", „Schutzstaffel" (SA, SS) und „Hitlerjugend" schossen wie Pilze aus der Erde. Viele standen nachdenklich zur Seite. Erst wurde die deutsche Jugend als Ganzes gerufen, zu den Parteiformationen zu kommen, dann kam es sehr schnell zu Verboten anderer selbständiger Jugendgruppen, z. B. vieler völkischer „Bünde" und Jugendverbände.[14] Diese waren meist Nachfolger der Pfadfinder- und der Jugendbewegung aus Wandergruppen und Volksliedchören. Auch unabhängige Vereine zur Wehrertüchtigung und Turner gehörten dazu. All dieses wurde nur noch in parteiuntergeordneten Verbänden angeboten – „gleichgeschaltet" hieß es damals.

Mich betraf es zunächst nicht, weil ich der bündischen Jugend nicht angehörte, doch weiß ich, daß ich in jener Zeit Angst vor einem Bürgerkrieg – Kommunisten gegen Nationalsozialisten – hatte. Als ich zur Klavierstunde durch die Kölnische Allee ging, sah ich durch die Querstraßen, wie sich in der Hohenzollernstraße (heute Friedrich-Ebert-Straße) ein langer Zug mit roten Fahnen und Geschrei von Parolen voranbewegte. Ich fürchtete mich. In den nächsten Tagen stand in der Zeitung, Ernst Thälmann, der Kommunistenführer, verlange einen Volksentscheid. Darauf folgte prompt Adolf Hitler: „Ja, ja, das wollen wir ja auch!" (Natürlich jeder für seine Idee, um den anderen auszubooten.) Ein Karikaturist zeichnete die verworrene Situation: Thälmann

---

[14] Der Zusammenschluß verschiedener Jugendgruppen im 20. Jahrhundert geht zurück auf den „Wandervogel", einen 1895 gegründeten Schülerverband, der somit zum Ausgangspunkt der deutschen Jugendbewegung wurde. Er erstrebte die Überwindung der Großstadtzivilisation und versuchte einen jugendspezifischen Lebensstil zu entwickeln. 1913 hatte der Wandervogel 25 000 Mitglieder. 1933 erfolgte die Auflösung im Zuge nationalsozialistischer Gleichschaltung. Nach dem Zweiten Weltkrieg wurden zahlreiche Wandergruppen neu gegründet.

und Hitler hielten zwischen sich eine Tafel hoch: „Zur Erinnerung an unseren gemeinsamen Volksentscheid".

Nun möchte ich mich wieder dem Alltag zuwenden, für den ich mich auf verläßlich genaue Daten stützen kann durch meine Schulkalender mit vielen Eintragungen aus den Jahren 1930–1936, ich war also sechzehn bis einundzwanzig Jahre alt.

Die Nachmittage meiner letzten Schuljahre wurden häufig mit Radtouren und Wanderungen mit allen möglichen Mitschülerinnen, Freundinnen und Freunden verbracht (einige Namen: Trudel Schulze, Luise Specht, Edelgarde von Rabenau, Helene Ostheim, Trudel Levi, Dieter Eisenberg, Ruth Schirmer, Lisa Berend, Gretchen Witepski). So schlenderten wir z. B. über die Messe auf dem Ständeplatz. Die 20 Pfennig Messegeld gab man damals für Zuckerwatte und bunte Perlen für Halsketten aus. Sehr neugierig waren wir auch, wenn die Wahrsagerin einem die Zukunft nach einem Horoskop deuten wollte. Man bekam es sogar schriftlich auf einem Zettel. Nach meinem Horoskop vom Jahrmarkt der damaligen Jahre würde ich einmal sein: „eine Volkskämpferin, eine Gottgelobte, eine Schmeichlerin und eine Holde". Ich wußte gar nicht mehr, daß ich mich mit so etwas beschäftigt hatte, ganz sicher nicht mehr als eine Nachmittagsstunde lang, immerhin hielt ich es für eintragenswert in den Schulkalender, den „Merker".

Beeindruckt war man, wenn der Zeppelin in Kassel landete, dann strömte es nur so nach Waldau zum Flugplatz. Bei dieser Gelegenheit wurden auch Rundflüge über Kassel verlost, doch gehörte ich nicht zu den Glückspilzen.

Wenn meine Mutter Frühjahrshausputz machte, habe ich immer feste mitgeholfen, auch habe ich sonntags schon mal gekocht. Doch war ich gänzlich überfordert, wenn meine Mutter mit Tante Betta verreist war, die Hausfrau zu ersetzen.

Am 28. Juli 1931 wurde ich nach einer Ferienreise zu Verwandten von Ingeborg Raith abends von der Bahn abgeholt, da meine Mutter noch verreist war. Ich erhielt bei Raiths Abendbrot und wurde dann von Ingeborg noch nach Hause gebracht. Niemand war in der Wohnung. Ich konnte vor Angst kaum schlafen und war froh, als am nächsten Tag mein Bruder Martin an der Wohnungstür schellte. Seine erste Frage war, ob ich etwas Geld hätte, er sei ganz pleite. Ich hatte aber von meinem Reisetaschengeld so gut wie nichts mehr – auch in der

Speisekammer war nichts Eßbares zu finden. Wir wollten beide am 31. Juli an einem studentischen Stiftungsfest in Göttingen teilnehmen. Wir gingen erst einmal zu Onkel Magnus und Tante Julchen Riebeling, so um die Essenszeit! Herzlich luden sie uns ein und halfen uns mit einer Leihgabe für Göttingen aus. Am nächsten Tag gingen wir mit Raiths zum Essen „bei Grünewald" und nachmittags zu meiner Schulfreundin Trudel Schulze (mit Abendessen!).

Als wir beiden von dem schönen Tanzfest zurückkamen, war unsere Mutter noch nicht zurück, dagegen erschienen mehrere Freundinnen und Freunde von Martin und mir im Grünen Weg 40. Was wir ihnen vorgesetzt haben, ist im „Merker" nicht „vermerkt". Nur, daß wir Geschwisterpaar uns am nächsten Tag zum Mittagessen wieder bei Riebelings einstellten. Morgens hatte ich unsere „Aufwartefrau", Frau Simon, zu Hilfe gerufen, weil die Wohnung chaotisch aussah mit Bergen von Abwasch. Abends kam meine Mutter aus Kärnten zurück. Es war nichts Eßbares im Hause. Es war Sonnabend, die Läden alle zu. Da erschien auch noch mein Bruder Otfried aus Marburg. So sind wir wohl zu unserer alten Untermieterin, Fräulein von Khaynach, dem verarmten Freifräulein von elsässischem Adel, gegangen. Im Merker steht jedenfalls: „Alle vier zum Essen bei Fräulein von Khaynach."

Aber am Montag wurde eingekauft. Ich habe gekocht. Hannele kam am nächsten Tag zu uns. Tags drauf machte ich mit Frau Simon die große Wäsche.

Dies ist eine Skizze unseres Alltagslebens nach den Eintragungen im Schulkalender. Ich habe kaum noch Erinnerungen an das Geschehen. So fuhren wir 1931 zu sechst einfach mal zum Spaziergang nach Park Schönfeld: Hannele und ich mit den Rädern, Martin und Otfried „per pedes", Frau Pfarrer Raith und meine Mutter mit der „Elektrischen". Warum? Einfach so, aus lauter Zeitvertreib. Es wurde auch viel gewandert, oft am Abend gespielt. Ob wir da die heraufziehende Katastrophe 1933 geahnt oder sie gefürchtet haben? Wohl kaum!

Im Herbst 1932 sind wir dann nach Crumbach (heute Lohfelden) umgezogen. Die Wohnung in Kassel war zu teuer geworden, die Crumbacher kostete nur 40 Reichsmark Monatsmiete.

Mein Bruder Martin bekam eine Anstellung im Friedrichsgymnasium und anschließend im Wilhelmsgymnasium in Kassel. Ich ging zur Schule. Wir fuhren von Crumbach aus alle Tage mit dem Bus nach Kassel. Wenn Martin und ich nachmittags wieder in der Schule sein mußten, wurden wir immer mittags von Raiths eingeladen, es war großzügig und selbstverständliche Freundschaft von ihnen aus.

In den Pfingstferien 1932 fuhr ich mit meiner Mutter nach Pirna, wo Tante Betta viel mit uns unternahm. So fuhren wir mit der Drahtseilbahn nach Loschwitz und genossen dort die Aussicht auf Dresden. Wir besuchten mit meinen „Bäschen" „Micke" und Marianne (früher noch „Schrattchen", später „Ranni" genannt) den Zoo. Auf der Elbe wurden oft mit dem Raddampfer Flußfahrten unternommen, z. B. nach Schloß Pillnitz und nach Dresden.

Im selben Jahr ging's zu den Verwandten nach Niemegk in der Mark Brandenburg. Auch dort gab es wieder viele Wanderungen durch Wald und Feld, Kaffeetrinken im Garten und Pilzesammeln im Wald. Im Herbst 1932 fand in Kassel vom 8. bis 10. Oktober der Zülchtag statt. Wir nahmen wieder alle teil.

Karl Albrecht zog mit seinem Freund Lothar Wolf von der Universität Göttingen nach Hamburg zum Jurastudium. Die beiden wohnten äußerst bescheiden zusammen in einer kleinen, dunklen „Bude". Karl Albrecht, der bis dahin den Kontakt zu Schulkameraden gesucht hatte, die auf „großem Fuß" lebten, begriff nun den Ernst des Lebens. Die beiden Freunde waren sehr fleißig. Karl Albrecht bekam ein Stipendium von Scheele'scher Seite, das „Salig'sche Stipendium" von einer Stiftung zur Förderung der Studierenden der Familie Scheele. Sie hatte ihren Sitz in Burg bei Magdeburg. Er mußte dann eine Fleißprüfung über das bezuschußte Semester ablegen. Auch Martin erhielte eine Zuwendung: von der Familie Reemtsma, also der Zülch'schen Seite. Beide Stiftungen wurden nur bis 1939 ausbezahlt.

III/6 Unsere Kasseler Wohnung im Parterre der Eulenburgstraße 6, 1933 bis 1951

III/7 Adolf Hitler in Kassel 1935 bei einer Kundgebung vom Balkon des Roten Palais' am Friedrichsplatz, Kassel, Foto eines Kasseler Schülers

Im Juni 1933 unternahm das Oberlyzeum mit uns Primanerinnen – es waren zwei Parallelklassen – einen großangelegten Landaufenthalt auf der Burg Rothenfels am Main. Unsere Klasse hatte zwei Zimmer für je sechs Betten. Alle Lehrer der wichtigsten Fächer für das Abitur, also für die Hauptfächer, waren mit uns dort. Nach Möglichkeit fand der Unterricht im Freien statt.

Am 1. Oktober zogen wir wieder von Crumbach nach Kassel zurück. Für mich bedeutete dies bei den Arbeiten für die Reifeprüfung eine große Erleichterung. Die Busfahrten fielen weg, statt dessen hatte ich eine Schülerfahrkarte der Straßenbahn, die alle 15 Minuten fuhr. Die Wohnung Eulenburgstraße 6 (heute Lassallestraße) im Hause des Fräulein von Lettow-Vorbeck war mit 80 Reichsmark monatlich damals gerade noch tragbar für uns.

Daß sich der zeitgeschichtliche Hintergrund plötzlich wieder sehr bemerkbar machte, zeigt mein Merker: Hitler war im Januar an die Macht gekommen. Am 13. Oktober 1933 trat Deutschland aus dem Völkerbund aus. Hitlers Regierung sagte sich los von einigen vertraglich festgelegten Punkten des Versailler Vertrages. Er wollte aufrüsten, ein größeres Heer – eine Volkswehr von 100.000 Mann war bis dahin den Deutschen nur gestattet.

Hannele, die Anfang des Jahres schon Abitur gemacht hatte, ging am 1. Oktober zum Arbeitsdienst nach Barvin/Hinterpommern. Mein schriftlicher Lebenslauf, der im Januar 1934 bei Beginn der schriftlichen Arbeiten für das Abitur vorliegen mußte und am 29. November abgegeben werden sollte, war nicht fertig! Ich tat mich sehr schwer damit, wie auch mit Schulaufsätzen, die – eingesperrt in der Atmosphäre eines Klassenraumes und in begrenzter Zeit – fertiggestellt sein mußten. Beim Verfassen des Lebenslaufes nun fiel es mir schwer zu entscheiden, was wichtig war und was man lieber nicht erwähnte, zudem mußte mir die Formulierung meiner Gedanken gefallen. Es gab nur einen Ausweg aus der Not: Ich schwänzte am 29. November die Schule, zum ersten und letzten Mal!

Das Jahr 1934 begann, gleich am 11. Januar, mit den schriftlichen Arbeiten zur Reifeprüfung. Am 27. Januar folgte das Turnexamen, am 23. und 24. Februar war dann das „Mündliche", das auch meine Wahlfachprüfung in Mathematik über „Abbildungen auf imaginären Ebenen", „Umgang mit der Zahl i" (= Wurzel aus -1) umfaßte, daneben noch eine Prüfung in der Aula des Oberlyzeums im Fach Musik. Es ging um J. S. Bach und seine Inventionen, von denen ich eine vor der Kommission auswendig spielte. Eine fremde Musiklehrerin begründete die „Eins" mit dem guten Spiel und dem schönen Anschlag! Damit war der Musiklehrer Kleist bestätigt, der mir erstmalig im Abiturzeugnis die beste Note gab. Die festliche Schulentlassung wurde für drei Parallelklassen im Hochzeitssaal der Stadthalle veranstaltet. Wegen fehlender Herren in unserer Mädchenschule tanzten viele Mädchen miteinander.

III/8 Oberlyzeum, Kassel, Ständeplatz, meine Schule bis zum Abitur 1934

Am 1. April sollte ich eine Stelle in England auf der Isle of Wight in einem Zweipersonenhaushalt – Mutter und Tochter – anfangen, also als „Haustochter", heute „Au-pair-Mädchen", zur Verbesserung meiner Haushalts- und meiner Englischkenntnisse sowie zur Kräftigung meiner Gesundheit in der Seeluft am Nachmittag. Vorher fuhr ich noch allein für zwei Wochen nach Dresden zur Konfirmation meiner Kusine „Micke" am 25. März und zum Besichtigen der Kunstschätze in der Stadt. In diese unbeschwerten Dresdner Tage hinein platzte ein Brief meiner Mutter aus Kassel: Aus meiner Englandreise würde nichts. Warum? Alle Plätze der Linienschiffe seien für unbestimmte Zeit nur jüdischen Flüchtlingen aus Deutschland vorbehalten. Ein Visum für alle anderen Englandreisenden gab es nur auf Antrag wegen Dringlichkeit.

Hitler hatte zum Judenboykott aufgerufen. Der zeitgeschichtliche Hintergrund trat damit wieder einmal ganz nach vorn, mitten in mein Privatleben hinein. „Kauft nicht bei Juden" hieß die Parole. Auch wenn mir damals die kleinen jüdischen Händler leid taten, bei denen man nun nicht mehr einkaufen durfte, obwohl sie uns doch nichts getan hatten, so meinten wir doch, daß die großen jüdischen Kaufhäuser in Kassel mit ihren niedrigen Preisen unsere deutschen Geschäfte schädigten, bei denen unsere Familie bevorzugt einkaufte.

Was sollte nun aus der Abiturientin werden, womit sollte sie ihre Zeit nutzen? Meine Mutter rannte ratsuchend zum Deutsch-Evangelischen Frauenbund, dem sie angehörte. Sie erhoffte von der Leiterin Fräulein Schönian eine Haushaltsstelle für mich. Ein gutes Mädchenpensionat in Wilhelmshöhe kam für mich aus Geldgründen nicht in Frage. Ein Gespräch meiner Mutter mit der Leiterin des Frauenbundes und mit der Leiterin der Haushaltungsschule, Frau Margarete Wiederhold, brachte aber die Lösung: der Pensionspreis für die Haushaltungsschule, die dem Zehlendorfer Diakonie-Verein unterstand, wurde um ein Drittel herabgesetzt. Welches Glück! In Anbetracht eines alten Wunsches meiner Mutter, daß ihre Tochter noch vor der Berufsausbildung Kenntnis und Übung in Haus und Küche erwerben sollte, war ihr die Lösung hochwillkommen. Auch wenn es finanzielle Opfer zu bringen galt: 80 Reichsmark im Monat. Woher nehmen?

Für Abiturienten nahm die Haushaltungsschule nur ein halbes Jahr in Anspruch; es war eine Intensivschulung von morgens bis abends: Schon vor dem Frühstück mußten die Schlafzimmer aufgeräumt sein und wurden – während die Schülerinnen (dort „Heimchen" genannt) frühstückten – kontrolliert. Nach dem Frühstück und vor dem theoretischen Unterricht wurden die Heimchen in ihren Zimmern auf Fehlerhaftes

III/9 Margarete Wiederhold verh. Bachmann, Leiterin meiner Haushaltungsschule und spätere mütterliche Freundin

und Praktisches – etwa wie man ein Bett zum Lüften auslegt – hingewiesen. Dann, nach ein bis zwei Stunden Theorie, gab es drei Gruppen: eine Kochgruppe, eine Haushalts- und eine Gartengruppe; sie verteilten sich überall im Haus und auf dem Gelände – auch im Gewächshaus. Das Essen wurde für 50 Personen gekocht. Nachmittags gab es weiteren Unterricht: Kunstgeschichte, Turnen, Handarbeit, Chorgesang und „Häusliche Feste arrangieren", z. B. eine Festtafel decken. Auch eine gute Tischunterhaltung gehörte zur täglichen Übung der Schülerinnen, denn mittags und abends wurden die Lehrerinnen immer von zwei Heimchen bei Tisch unterhalten, die rechts und links von ihnen saßen. Heimlich wurde ein Alphabet mit Unterhaltungsthemen erstellt und

III/10 Als Hilfsschwester des Roten Kreuzes, Kassel 1937

herumgereicht, für manche, denen nichts einfallen wollte, zum Beispiel. die folgende Eselsbrücke eingesetzt:

A = Aberglaube, Abendspaziergang, der nach dem Abendessen fällig war;
B = Blumenschmuck: Welcher war am schönsten? Bergfest, Bismarckturm;
S = Sehenswertes in Kassel und so weiter.

Ich hatte eine Laute und sang gern mit meinen Mitheimchen auf der großen Terrasse. Wir trugen eine Tracht, blau-weiß-gestreifte Kleider mit weißen Schürzen, nach dem Vorbild der Rot-Kreuz-Schwestern. Ich hatte die Kleider später noch jahrelang an: als Hilfsheimchen, als Arzthelferin, im Krieg mit Häubchen als Hilfsschwester beim Roten Kreuz. Eines hab ich mir zur Erinnerung aufgehoben.

Zwischen unserer Leiterin, Fräulein Wiederhold, und mir entwickelte sich ein gegenseitiges Verhältnis der Zuneigung, das lange anhielt, auch nachdem sie den Religionslehrer der Haushaltungsschule, Superintendent Bachmann, geheiratet und ich mich verlobt hatte. Sie stand mir in mütterlicher Freundschaft und mit wertvollen Gesprächen und Ratschlägen, z. B. bei der Berufsfindung, zur Seite.

Die Abschlußprüfung hieß „Hausfrauentag". Jede Schülerin sollte an ihrem Prüfungstag „Hausfrau" sein und „Gäste" (z. B. zwei Lehrerinnen, die Leiterin, zwei Mitheimchen) dazu einladen. Also mußte man zunächst einmal formgerechte Einladungen schreiben, drei verschiedene Formen: an die Frau Leiterin, an die Eltern und an die Freundin. Man hatte den Tisch mit Tischkarten zu decken. Man hatte als „bessere Dame des Hauses" eine Hilfe zur Seite, die die Haustür öffnete und die Speisen der Hausfrau zur Kontrolle brachte, um sie dann gekonnt zu servieren. Jedes Heimchen mußte mal den dienstbaren Geist spielen.

Auch das gegenseitige Bekanntmachen im „Entree" durfte nicht vergessen werden und hatte in der richtigen Reihenfolge – wer zuerst wem vorgestellt wurde – zu geschehen. Bei Tisch mußten die Prüflinge das selbstgekochte Menü mitessen und waren doch so aufgeregt: Ich vergaß die Kartoffeln herumzureichen, die auf dem Tisch stehende Nachspeise kam „der Hausfrau" ganz aus dem Sinn, weil sie selbstverständlich auch für gute Unterhaltung zu sorgen hatte – Themen hierzu mußte man sich vorher überlegen. Bei meinem „Hausfrauentag" meldete sich schließlich ein Gast an der Festtafel, nämlich die Schulleiterin, ob sie mal etwas von der schönen Nachspeise probieren dürfe. Beinahe hätte ich die Tafel schon aufgehoben zum Abschied ohne die Nachspeise – oh, wie peinlich!

Die Schule wurde mit „staatlicher Prüfung", das heißt in Anwesenheit eines offiziellen staatlichen Prüfers und mit schriftlichem Zeugnis, abgeschlossen. Mit diesem konnte ich später angehende Schwestern in meinem Haushalt ausbilden.

Allmählich wurde ich mir über mein Berufsziel klar: Ich wollte Volksschullehrerin werden. Dazu mußte ich vorher den Arbeitsdienst[15] ableisten.

Daß der zeitgeschichtliche Hintergrund immer mehr die Aufrichtigkeit der politischen Ansichten und Aussagen bedrängte, die man öffentlich, das heißt

---

[15] Freiwilliger Arbeitsdienst (FAD) und Reichsarbeitsdienst (RAD), ab 26. 6. 1935 Gesetz zur Arbeitsdienstpflicht für männliche und weibliche Jugendliche zwischen 18 und 25 Jahren.

bei Prüfungen o. ä., beweisen sollte – man mußte schließlich „würdig" sein, einen Beruf als Lehrerin auszufüllen, d. h. linientreu mit den Nationalsozialisten –, wurde in den Arbeitsdienstmonaten 1935, die ich zunächst in einem Schulungslager, dann in einem Bauernhilfslager im Erzgebirge ableistete, ganz offenkundig: Man durfte nicht mehr alles sagen, was man an Kritik und ernsten Bedenken für unser Vaterland als „Hitler-Deutschland" auf dem Herzen hatte. Im Arbeitsdienst gingen wir Älteren, d. h. die Abiturientinnen, in der Abenddämmerung aus dem Schulungslager, einem Gutshof, raus. Wir waren etwa zehn Mädchen und setzten uns in einen Wiesenrain zu je fünf gegenüber. Hier konnte man mit gedämpften Stimmen manches aussprechen und das Lied „Die Gedanken sind frei" singen.

Eine der „Maiden", Lies de Bary, kam aus Belgien. Sie war Pfadfinderin und eine erstklassige Sportlerin. Wir blieben fortan befreundet. Sie wollte in Deutschland als Auslandsdeutsche studieren. Sie wußte viele Dinge, die bei uns schon lange nicht mehr in der Zeitung standen, wie Ungünstiges über Hitler und die Regierung. Manche, die positiv zur neuen Weltanschauung standen, wurden gründlich belehrt und bekehrt.

III/11 Gutshaus Obersaida/Erzgebirge: Abiturientinnen im Reichsarbeitsdienst, 1935 (2. von rechts Elisabeth, 5. von rechts Lies de Bary)

III/12 Mittagspause bei der Feldarbeit im Arbeitsdienst

Morgens standen wir alle um den Fahnenmast vor dem Lagertor herum, wenn die Hakenkreuzfahne aufgezogen, der Arm zum Hitlergruß erhoben und das Hitlerlied „Die Fahne hoch, die Reihen fest geschlossen" gesungen wurde. Abends, wenn die Fahne eingeholt wurde, bestimmte die Leiterin jemanden, der ein Lied vorschlug. Meist waren es Abendlieder. Als ich mir das Lied „Die Gedanken sind frei" wünschte, war dies für Lies die Besiegelung unserer Freundschaft, wie sie später Hannele erzählte. Unsere Wege trennten sich zunächst. Sie studierte Philologie und Meteorologie – das Fach, in dem sie promovierte –, später wurde sie an der Mainzer Universität Dozentin. Die Verbindung riß bis in die letzten Jahre – sie starb 1996 – nicht ab.

Bei der 1936 folgenden Aufnahmeprüfung in Hannover für die „Hochschule für Lehrerinnenbildung" wurde mir hintersinnig die Frage gestellt, was mir denn besser gefallen hätte, das halbe Jahr in der Haushaltungsschule des Zehlendorfer Diakonievereines oder das halbe Jahr im nationalsozialistischen Arbeitsdienst. Die erwünschte Antwort, die einer angehenden Lehrerin „würdig" gewesen wäre, habe ich Gottlob nicht gegeben. Ich habe kurz das Positive der beiden Einrichtungen gegenübergestellt, nämlich, was an Arbeiten gelernt wurde, und dann gesagt, ich möchte keine von beiden missen.

Warum ich nicht der NSDAP und nicht dem BDM („Bund deutscher Mädchen") angehörte, wurde erfragt, aber nicht kommentiert, nur mit dem Hinweis, daß dies wohl noch käme. Ich brauchte irgendwoher noch ein Dokument für Hannover, das ich meiner Bewerbung beigeben mußte, irgendwo mußte ich meine Mitarbeit in einer NS-Organisation bewiesen haben. Nicht in der Partei und nicht im BDM zu sein, war schon höchst anstößig für eine angehende Lehrerin.

Ich habe dann in der NS-Frauenschaft an einem Strickabend für ältere Frauen teilgenommen, einen Abend habe ich dort Adressen geschrieben, bei der NS-Volkswohlfahrt habe ich bei der „Pfundspende" geholfen, bei der jeder Wohnungsinhaber ein Pfund Hafer, Linsen, Mehl o. ä. vor der Wohnungstür abstellen sollte. Dann mußten junge Leute diese Pfunde in Körben abholen. Ich erhielt das Dokument von der NS-Frauenschaft und trug mich als Mitglied dort ein. Dies erschien mir damals ein gangbarer Weg zum Studium in Hannover. Die NS-Frauenschaft hat nie wieder etwas von ihrem Mitglied Elisabeth Scheele verlangt und gehört, auch keine Beitragszahlungen gesehen. Aber im Rahmen der Entnazifizierung 1946 mußte ich deshalb 12 Reichsmark Bußgeld zahlen.

Die Nachricht von der Aufnahme in Hannover erhielt ich am 19. Februar 1936. Nach Ostern fuhr ich hin und schrieb mich als Studierende im ersten Semester der „Hochschule für Lehrerinnenbildung" ein. Es war für damalige Verhältnisse ein hochmoderner weißer Gebäudekomplex, ein Kastenbau mit einem alles überragenden viereckigen Turm, in dem übereinander mehrere Übungsorgeln untergebracht waren, die sich, weil der Schall nach außen in alle Richtungen ging, gegenseitig nicht stören sollten. Ich fand das herrlich und liebäugelte mit der Möglichkeit, Orgelunterricht zu nehmen.

III/13 Hochschule für Lehrerinnenbildung in Hannover, 1936

Es gab einen festen Stundenplan, wie in der Schule, aber noch genügend Zeit, um mir noch viele Wünsche von dem Angebot des freiwilligen Unterrichts zu erfüllen: kunstgewerbliche Arbeiten und in der Woche noch zehn weitere Stunden von Fächern mit Musik, es waren darunter Chorsingen, Chorleiten, Blockflöte, ein „Auswahlchor" und Volkstanzen. Außerdem erhielten wir verbindlich für den Stundenplan Sprechunterricht und Deklamieren von einem Dozenten, der auch Schauspieler ausbildete. Viel Sportunterricht war auch dabei. Ich habe alles genossen.

Das Singen im Blankenburgchor in Kassel – vom Bärenreiter-Verlag unterstützt (die Besitzer Vötterle sangen dort mit) – fehlte mir trotzdem. Es wurden aber auch in Hannover Singwochen angeboten, wie ich sie von Walter Hensel kannte vom November 1935 im Kasseler Wilhelmsgymnasium. Weiterhin sangen wir in Kassel bei liturgischen Abendfeiern. Der Liturg war der später sehr bekannt gewordene Pfarrer Hermann Schafft.

Otfried wurde 1935 nach seiner zweiten theologischen Prüfung Vikar in Bebra, dann auf dem Prediger-Seminar in Hofgeismar. Von hier wurde er zu einer kirchlichen „Singefreizeit" nach Loshausen in die Schwalm geschickt. Ganz begeistert von den Tagen dort kam Otfried zurück und empfahl seiner singbegeisterten Schwester, im nächsten Sommer mit ihm dort teilzunehmen. Doch Otfried wurde zum Militär einberufen. So machte ich mich mit Hanneles ältester Schwester Erika im August 1936 auf den Weg in die Schwalm, nach Loshausen. Es war der 2. August 1936: ein denkwürdiges Datum für mich, an dem die Singwoche begann, denn hier lernte ich Martin Viering, meinen späteren Ehemann, kennen.

III/14 Auswahl-Chor der Singefreizeit im Park von Loshausen/Schwalm, 1935, li. sitzend Kantor Stier aus Dresden, im Hintergrund, nur halb zu sehen, mein späterer Mann Martin Viering, rechts mit weißem Kragen „Mutti Dittmer" (Friedel), die Seele des Chors

IV. Meine Brautzeit (1936–1941)

*Nun brennen die Fackeln der Maienzeit –
Kastanien, Tulpen, Narzissen.
Sie haben mich alle voll Heimlichkeit
aus Traum und Stube gerissen.*

*Wie Jünglinge ragen die Zweige ins Blau,
die Augen, die winterkranken,
sie trinken sich hell an grünender Au.
Dem Himmel muß ich danken.*

*Drum singe, du Herz, in der Maienzeit
mit Amseln und Finken und Meisen,
das lockende Blau ist unendlich weit –
ach, Sonne, verschenke dein güldenes Kleid,
heut will ich zur Liebsten reisen.*

*Die Liebste hat einen Fliederstrauß
befestigt am pochenden Mieder.
Oh, sieh nur! Sie winket zum Fenster hinaus,
vernahm sie den Quell meiner Lieder?*

*Vernahm sie den eiligen Wanderschritt
unter Linden und Lärchen und Föhren?
Oder ward sie aus Träumen gerissen und litt,
weil wir beide zusammengehören?*

Martin für Elisabeth, Pfingsten 1937 in Usseln

Ich gehe das Wagnis ein, über meine Brautzeit zu erzählen, andere daran teilnehmen zu lassen – auch im Einverständnis mit meinem Liebsten aus jenen Jahren, der meine Gedanken noch immer begleitet. Ich möchte, daß er, Martin Viering, nicht vergessen wird, solange noch an mich gedacht wird. Er hat mein Leben nicht nur unendlich bereichert, er war richtunggebend für meinen späteren Lebensweg.

Anfang August 1936 fuhr ich also nach Loshausen, südlich von Treysa in der Schwalm. Dort gab es einen Herrensitz mit einem Park, durch den ein Seitenarm der Schwalm floß, und ein zugehöriges Gut. Das Anwesen war in kirchlichen Besitz übergegangen, die Ländereien wurden verpachtet. Aber die Räume für die landwirtschaftlichen Arbeiter und natürlich alle Zimmer des Schlosses konnten als Unterkunft bei Tagungen genutzt werden. Ich bekam ein Bett in einem großen Zimmer im „Haupthaus" zusammen mit fünf anderen Mädchen.

Für Martin und mich bedeutete der Ankunftsabend den letzten Schritt eines jahrelangen Aufeinanderzugehens. Es war so außergewöhnlich, daß wir es beide – jeder aus seiner Sicht – aufgeschrieben haben. Von da an haben wir getrennt einen jeden Tag unseres Zusammenseins beschrieben. Es wurde eine Art Tagebuch zu zweit. Was Martin zu unserem ersten Zusammentreffen zu sagen hatte, erzähle ich jetzt mit meinen Worten nach:

Bei dem ersten Abendessen habe er mich an der langen Tafel, sehr weit von sich weg, entdeckt. Er hatte mich im Abenddämmerlicht nur im Profil sehen können, im lebhaften Gespräch mit meinen Tischnachbarn. Beim Verlassen des Speisesaals sei ich aber sogleich seinen Blicken wieder abhanden gekommen. Doch ging er zu meinem Platz, um an der Tischkarte zu sehen, wie mein Name war. Als er gleich am nächsten Tage zu der Gruppe für das Tischdecken eingeteilt war und ein anderer die Tischkarten verteilte, ist Martin, kurz bevor der Gong zum Frühstück ertönte und die Eßsaaltüren geöffnet wurden, sehr hastig noch an den Eßtischen entlanggerannt, um die Karte „Elisabeth Scheele" mit der Karte der Dame neben seinem Gedeck zu tauschen. Nun beobachtete er von weitem, wie ich eintrat und meinen Platz suchte. Rechts von mir war der Platz vom jüngsten Tenor, einem Oberschüler, besetzt. Ich war wieder im Gespräch nach der rechten Seite, als Martin sich an meiner linken Seite niederließ.

Nein, ich ahnte nichts von einer Absicht, auch nicht als er sich bei mir sehr angelegentlich nach allem möglichen erkundigte. Ich hielt es für gutes Benehmen. Er kam mir sehr nett und auch sympathisch aussehend vor, nur hatte ich mir den Namen auf seiner Tischkarte nicht gemerkt – aber die offizielle Vorstellung aller Teilnehmer sollte ja gleich nach dem Kaffee erfolgen. Dies fand statt in einem anderen Raum, wo wir uns im Kreis versammelten. Wir saßen auf dem Fußboden, auf Stühlen und auf Tischen. Ich hatte einen Stuhl, Martin hockte auf dem Fußboden mir gegenüber. Als sein Name aufgerufen wurde, sprang er hoch, sein Blick traf mich und meiner ihn. Es war kaum zu fassen: Alles, was nun kam, lief nur noch folgerichtig ab; wir fühlten uns von diesem Augenblick an voneinander angezogen, da wir beide auf dieses Ereignis gewartet und darauf zugelebt hatten. Doch wir waren ungläubig, hielten es mehr für einen Traum oder für eine Einbildung und sprachen nicht darüber. Die Worte mußten wir erst finden – und die Gewißheit, daß es tatsächlich Wirklichkeit war. Paßten wir mit der Sprache des Herzens zusammen – und mit der Sprache des Verstandes? Denn Verstand mußte dazukommen. Es konnte also nicht allein vom Herzen durch einen „ersten Blick" entschieden werden. So kam es, daß wir die endgültige Entscheidung füreinander erst sieben Monate später trafen, im März 1937 bei einem Treffen in Hannover. Es gingen viele Briefe hin und her zwischen Gütersloh und Hannover, und ab und zu trafen wir uns in Hannover oder Kassel mit dem herrlichen Erleben einer größer werdenden Sicherheit, aber stets mit der Frage im Unterbewußten: Was machen wir nur miteinander, was soll daraus werden? Denn realistisch gesehen, hing alles in der Luft durch unsere angestrebten Berufe, der zeitgeschichtliche Hintergrund drohte alles zu zerstören: Als werdende Lehrerin, die einmal in staatlichen, also nationalsozialistischen Schulen arbeiten sollte, hielt ich mich – solange es ging – im Verborgenen. Martin hingegen, als Pfarrer bei der Widerstandsbewegung, der „Bekennenden Kirche" – wie sollte das enden?

Doch das Jawort sollte von uns beiden endgültig und unverbrüchlich sein. Die Klötze, die uns im Wege standen, versuchten wir nach allen Kräften auszuräumen. Hinzu kam meine anfängliche Unsicherheit, denn verliebt hatte ich mich schon oft. Konnte ich mir selber trauen? Doch meine Zuversicht wuchs. Ja, diesmal war es wirklich ganz anders.

Martin, der in Königsberg sein Studium der Philologie mit den Fächern Deutsch, Geschichte und Religion begonnen und zudem viel Kirchenmusik als Sänger im Domchor und als Oboist im Domorchester betrieben hatte, wechselte zur Universität Leipzig, wo er dann insbesondere Kirchenmusik studierte. Als Pastorensohn empfand er dies auch als eine Art Verkündigung des Evangeliums.

Dort war er sich bald im klaren, daß er Theologie studieren wollte, und zwar in Tübingen. Auch hierfür gaben seine – wie er sagte – „Pflegeeltern" Heinrich und Agnes Mohn, die sein ganzes Studium finanzierten, ihre volle Zustimmung. Agnes Mohn war die älteste der Enkel des Kaufmanns Köhne (Kleider- und Textilien-Haus) in Gütersloh und Martin der jüngste. Sie war 20 Jahre älter, Cousine und Patentante und sorgte mit für ihn. Ihr Mann, Heinrich Mohn, war der Urenkel des Verlagsgründers Carl Bertelsmann in Gütersloh. Somit war er der Erbe und Alleininhaber des damals noch nicht so großen Verlages.

Martin wurde als achtes Kind des Pfarrers August Viering und seiner Frau Agnes im Pfarrhaus Bünde/Westfalen am 25. September 1912 geboren. Er wuchs in einer der Hausmusik sehr zugetanen Pastorenfamilie auf. Auf seine Geburtsanzeige hatte der Vater setzen lassen:

Nun singen die Kinder im Doppelquartett,
vier Buben, vier Mädchen, ist das nicht nett?

IV/1 Pastorenfamilie Viering in Bünde/Westfalen 1922 (Martin vorn in der Mitte)

Mit dem ältesten Sohn von Agnes Mohn ging Martin in eine Klasse. Dieser hieß Hans Heinrich, „Hanger", und war über Jahre unumstrittener Primus und Empfänger des alljährlich verteilten Buchpreises der Schule. Mutter Viering erzählte gern amüsiert folgende Begebenheit: Als es bei der Schlußfeier wieder einmal hieß: „Den diesjährigen Buchpreis vergeben wir heute ...", habe sich Hanger bei diesen Worten schon halb von seinem Sitz erhoben. Aber der Direktor fuhr fort: „... an Martin Viering." Der guckte sich ganz verdutzt um, ob er wirklich gemeint war, ehe er sich erhob und nach vorn zum Podium schritt.

Die nach dem Tod August Vierings vaterlose Familie zog 1930 in eine Mietwohnung nach Gütersloh. Die neue Anschrift: Gütersloh, Hohenzollernstraße, lag nicht weit von der Kurfürstenstraße, in der Heinrich Mohn ein großes, wunderschönes Wohnhaus mit einem Park für seine achtköpfige Familie – und für viele Gäste und reichlich Hauspersonal – gebaut hatte. Es mag ein lebhaftes Hin und Her gewesen sein, vor allem für den 17jährigen Martin, der dort, im Mohnhaus, ein Paradies zur Stillung seines Wissensdurstes vorfand: reichlich neue Literatur und Noten aller Art. Die Klavierstunden gingen weiter, in der Schule wurde musiziert und – wie daheim – die Musik hochgehalten.

Im Mittelpunkt der Viering-Familie stand die Mutter, eine kleine, kluge, liebevolle, aber energische Frau, meine spätere Schwiegermutter. Ich war zwar auch von einer frommen Mutter erzogen worden, aber es kam mir so vor, als ob ich noch einmal missioniert werden müßte und mir noch viel fehlte, um dieser Familie an Frömmigkeit ebenbürtig zu sein.

Auch ich kam aus der christlichen Tradition des 19. Jahrhunderts. Manche der Scheele'schen Theologen in Brandenburg und Anhalt in der Mitte des 19. Jahrhunderts wollten allmählich weg vom oberflächlichen Halbchristentum der „Dichterfürsten" der Salons, von allem Schöngeistigen, dem sich auch Theologen nicht versagen konnten. Sie strebten hin zum persönlichen Einsatz nach dem Vorbild Jesu, des „Heilandes". Es fand eine weitgreifende Erneuerungsbewegung statt, auch „Erweckungsbewegung" genannt.

Die Schwester meines Großvaters, Marie Scheele verheiratete von Nathusius, gründete die Neinstedter Anstalten für Waisenkinder in ihrem Wohnhaus in der Nähe von Quedlinburg. Auf einem hierfür erworbenen Gutshof wurde gewohnt, ausgebaut, erweitert, die Mitarbeiterschaft wuchs und wurde diakonisch geschult. Bei täglichen gemeinsamen Andachten wurden die Herzen geöffnet und begeistert für das tätige Christentum: für Diakonie und Innere Mission.

Daneben wurde von Marie Scheeles Ehemann, Philipp von Nathusius, eine Zeitung, das „Christliche Volksblatt", herausgegeben und die Gedanken der konservativen Politik mit dem pietistischen Anliegen zusammen verbreitet. Maries Freundin Fürstin Reuß stand ihr mütterlich zur Seite mit allem Einfluß, den sie hatte. Maries jüngster Bruder, mein Großvater Ferdinand Scheele, gründete – wie zuvor schon geschildert – seine Blönsdorfer Missionsfeste in der Berliner Gegend, ebenfalls in missionarischer Absicht für die deutsche Innere Mission, so wie Friedrich von Bodelschwingh und Johann Hinrich Wichern.

Nicht alle Brüder Maries konnten ihrer Schwester zustimmen und taten ihre Erneuerungsabsichten als Schwärmerei und Träumerei ab. Marie (1817–1857), ahnend, daß ihr nicht allzuviel Erdenzeit zugemessen war, ging auch mit Erzählungen und Romanen an die Öffentlichkeit, dorthin, wo sie ihre Leser erreichen wollte. Ihre schriftstellerische Tätigkeit ließ sie zu einer damals gern gelesenen Autorin christlicher Bücher werden – trotz der Unruhe durch ihre große Kinderschar. Sie schrieb auch für die Wochenzeitschriften ihres Mannes Artikel. Mehr zur Erinnerung an Marie von Nathusius wurden nach ihrem Tode noch ihre Lieder veröffentlicht: teils mit ihren eigenen Texten, in Halbleder gebunden: „Hundert Nathusius-Lieder", mit bequem spielbarer Klavierbegleitung und einfacher melodischer Singweise. Ein Exemplar ist auf mich überkommen; ich habe die Lieder als junges Mädchen gesungen und am Klavier begleitet. Nach ihrem frühen Tod entstand noch einiges an Sekundärliteratur über sie und ihr Werk. Von dieser Großtante sprang ein Funken auf mich über. Marie Nathusius gehörte zu meinen Vorbildern. Ihre „Neinstedter Anstalten" bestehen auch heute noch. Sie haben 40 Jahre DDR überstanden. Auch die „Kinderheilanstalt" in Bad Sooden-Allendorf, die mein Vater im 19. Jahrhundert gründete und dafür mit dem Roten-Adler-Orden durch Kaiser Wilhelm ausgezeichnet wurde, besteht als „Kinderkurheim Werraland" noch heute sehr lebhaft, wie ich im April 2000 auf einem Spaziergang feststellte.

Ein anderer Sproß des Pietismus der Biedermeierzeit wurzelte im Ravensberger Land zwischen Wiehengebirge und dem Teutoburger Wald mit den Städten Bielefeld (Bethel) und Bünde. Auch dort kam es vor 1880 zu einer Erweckungsbewegung. Es war aber eine ganz andere Richtung oder Färbung des Christenglaubens als im Sachsen-Anhaltinisch-Brandenburgischen. Man war in Endzeitstimmung und wollte Gnade und Sündenvergebung noch vor dem Jüngsten Gericht erlangen. Die Anhänger glaubten, daß vorher noch der Satan vom Osten über das Land kommen sollte, und packten für die Flucht vor ihm auf dem Lande schon mal Hab und Gut in Kutschen und stellten die Pferde dafür bereit. Als sich nichts Entsprechendes ereignete, blieb aber noch die Warnung vor dem Jüngsten Gericht.

Als ich Martin nach unserem ersten gemeinsamen Gang zum Abendmahl in Gütersloh am nächsten Morgen fragte, für wie lang denn die Vergebung durch das gestrige Abendmahl gültig wäre, mußte er lachen, und ich war dankbar erleichtert, daß er es nicht für zu ernst nahm. Jedoch fragte er mich: „Hast du denn gar kein Schuldbewußtsein?" Ich sagte ehrlich: „Nein." Da meinte er lächelnd: „Dann kann ich dir auch nicht helfen!"

Später erst erkannte ich, daß wir in ganz verschiedenen Glaubensrichtungen aufgewachsen waren, jeder hielt die seine für die richtige. Aber wir waren tolerant und sahen mehr das Gemeinsame unseres Glaubens – und das war nicht wenig!

IV/2 Mit Martin, Mai 1937

Etwas anderes wurde hin und wieder für Martin zum Problem: Er schrieb sehr lange Briefe, die wie meine rasch aufeinanderfolgten, und dachte auch sonst so viel an unsere Freundschaft und die deutlicher werdende Verbundenheit, die wir der wirklich endgültigen Entscheidung füreinander bewußt vorangehen lassen wollten, daß er um die Konzentration auf seine Examensarbeit fürchtete. Martin wollte viel lieber bei mir sein, und statt der langen Briefe wollte er lieber mit mir reden. Er fühlte auch Verantwortung, weil alles bei uns auf das Zusammenleben gerichtet war und wir beide noch lange keine Anstellung, geschweige denn eine Wohnung in Aussicht hatten. Die Realität hieß: völlige Mittel- und Wohnungslosigkeit.

So kam es auch, daß er bei seinem ersten Besuch bei mir in Kassel im Januar 1937 mit meiner Mutter einfach nicht über seine Absichten reden konnte, weil er mir „gar nichts zu bieten" hatte. Man traf sich nicht mit einem Mädchen in Hannover und Kassel, ließ alle zwei bis drei Tage durch Briefe im Briefkasten von seiner Anwesenheit wissen, erschien sogar in der Wohnung des Mädchens und saß als Gast am Tisch ihrer Familie, ohne daß Tacheles geredet wurde. Aber Mütter wissen sowieso schon alles, paaren es aber meist mit Verständnis, anstatt – wie im vorigen Jahrhundert, in der Jugendzeit der Großmütter – zuallererst eine formgerechte Abklärung des Bewerbers zu verlangen. Wir gaben uns trotz aller äußeren Schwierigkeiten am 25. März 1937 in Hannover in meinem Studentenzimmer das feste Versprechen zum Zusammenbleiben.

Pfingsten 1937 wurde ich in der Familie Viering vorgestellt, und zwar im Hause von Martins ältestem Bruder, Pfarrer Dr. Karl-August Viering, in Usseln.

Es folgt ein Zitat aus dem gemeinsamen Tagebuch, das Martin und ich seit unserem Kennenlernen schrieben, über die Reise nach Usseln am 14. Mai 1937:

E.: den 14. 5. Bruder Martin brachte mich um ½ 1 h in Kassel an die Bahn, um 1 h fuhr der D-Zug ab. Mit Handarbeiten und Zum-Fenster-Hinausschauen verging die Zeit bis 14.40 leidlich schnell. 14.40! Brilon-Wald. Mein Martin erwartete mich am Zuge.

M.: Elisabeth, meine Liebste, winkte mir gleich aus dem Zuge zu. Jedesmal, wenn ich sie nach längerer Zeit wiedersehe, bin ich ganz überrascht, wie nett und lieb sie aussieht, so daß ich immer ganz stolz bin, daß das meine Liebste ist. So ging es mir da auch.

E.: Nun hatten wir das letzte Stück Fahrt bis Usseln gemeinsam.

M.: Wir hatten ein Abteil für uns allein, in das nur einmal der Schaffner schmunzelnd hineinschaute. Was darin geschah, kurz bevor der Zug in Usseln hielt, das wissen nur Elisabeth und ich allein ...

Im Juli 1937 hütete ich das Landhaus bei Scheele-Verwandten in Vollmerhausen bei Gummersbach mit meiner Mutter. Es war das Beerenobst zu ernten und die Dogge „Faust" zu versorgen. Nachdem Martin sein erstes theologisches Examen abgelegt hatte, kam er als Vikar in das Städtchen Schwelm im Ruhrgebiet. So ergab sich ein Urlaubswochenende für uns „heimlich Verlobte". Bis in diese Sommertage hinein mußte sich meine Mutter gedulden, bis Martin mit ihr unter vier Augen sprach. Ich hatte mir das Gespräch für meine Mutter gewünscht und von ihm erbeten. Es fiel ihm verflixt schwer, dieser Bitte nachzukommen. In bitterem Humor sagte er damals: „Sei froh, daß du meine Mutter nicht um meine Hand anhalten mußt!"

Wir luden ihn für ein Wochenende nach Vollmerhausen ein. Von diesem entscheidenden Wort zwischen Martin und meiner Mutter kann ich deshalb berichten, weil ich an der Tür lauschte, nachdem er eingetreten war.

„Ich wollte Ihnen einmal sagen, daß ich Elisabeth sehr lieb habe ...", begann er seine Rede.

Meine Mutter war gerührt und ersparte ihm alles übrige. „Ich habe es mir doch beinah schon gedacht!" unterbrach sie ihn.

Sie hat es ihm ganz leicht gemacht weiterzureden. Meine Mutter sagte zum Schluß, daß sie nun zu ihrer Tochter noch einen Sohn hinzubekäme und wie schön das sei. Martin war auf einmal von ihr begeistert und meinte, wenn meine Mutter keine anderen Vorzüge hätte, als meine Mutter zu sein, dann sei sie schon für ihn sehr wichtig. Es sei liebenswert gewesen, wie sie ihm entgegengekommen war.

Wie ich unserem gemeinsamen Tagebuch entnehme, berichtete er mir auf dem Weg vom Bahnhof „von der schlimmen kirchlichen Lage, daß die Zahl der verhafteten Pfarrer und anderer Mitglieder dauernd stiege und von Kanzelabkündigungen, die auch er habe verlesen müssen, wie es von der Bekennenden Kirche verlangt wurde. Mir waren das doch erschreckende Nachrichten. Ehe wir zum Hause Koethe-Scheele kamen, nahm er mich bei der Hand und sagte mir, daß er nun aber froh sei, daß er jetzt bei mir sein könne ..."

Während des anschließenden Kaffeetrinkens mit meiner Mutter berichtete Martin noch einmal von den kirchenpolitischen Schwierigkeiten. Es bildete sich in Westfalen eine außerkirchliche Opposition: „Kein anderes Evangelium". Der Zustrom war groß. Man hörte einige Zeit später, daß von den damals 600 westfälischen Pfarrern 500 sich als zur Bekennenden Kirche zugehörig eingetragen hatten, was bedeutete, daß die restlichen 100 Pfarrer die neuen nationalsozialistischen Ideen in der Kirche aufnahmen. Diese leiteten die Verwaltung, und sie allein wurden auch weiter aus der Kirchenkasse bezahlt. Zudem nahmen sie die Prüfungen der jungen Theologen ab. Der Bischof verlangte, daß die Prüfungsanträge bei ihm eingereicht wurden, und nach bestandenem Examen wurden nur von ihm die Stellen besetzt. Es entbrannte ein Kirchenkampf, da die westfälischen Gemeinden – mehr in den Kleinstädten und auf dem weiten Lande – fest zu ihren Pastoren und deren Überzeugung, das Evangelium wie bisher zu verkünden, standen. Das machte sich in Notopfern, d. h. Spenden und Naturalien, bemerkbar, mit denen die Pfarrer unterstützt wurden, die kein Geld erhielten.

An der Spitze der Bekennenden Kirche Westfalens stand Synodalpräses Karl Koch (1876–1951) in Bethel bei Bielefeld. Neben ihm stand der „Bruderrat", der aber radikaler im Widerstand war als der Präses. In den Briefen von Martin kann man vieles an Details nachlesen.

Was Martin uns im Juli 1937 über die Oppositionsbewegung „Kein anderes Evangelium" berichtete, war mir bereits durch eine kirchliche Kundgebung bekannt, die am 18. März 1937 in Kassel stattgefunden hatte. Von diesem Ereignis erzählt ein Brief, den ich am 20. März 1937 an meine Patentante Betta in Pirna geschrieben habe:

Am Donnerstag abend war hier eine kirchliche Kundgebung. So einen Betrieb hat Kassel seit Jahren nicht gesehen. Es sollten in der St. Martinskirche und in der Alten Lutherischen Kirche am Graben auswärtige Redner sprechen. Als wir ¼ vor 8 zur Martinskirche kamen, war sie wegen Überfüllung schon geschlossen, alles strömte deshalb zur Alten Lutherischen, aber auch diese war überfüllt. Der Strom der Menschheit wälzte sich durch die Altstadt zur Brüderkirche, die noch geöffnet wurde. Die Menschen stauten sich vor allen Eingängen: auch hier wurde wegen Überfüllung geschlossen. Die Lutherkirche, die Unterneustädter Kirche und die Karlskirche wurden dann geöffnet. Innerhalb kurzer Zeit waren auch diese drei

Kirchen besetzt. Wer sollte da überall predigen? Pfarrer, die selber als Zuhörer zur Kirche gegangen waren, wurden aus den gepferchten Gängen irgendeiner anderen Kirche herausgeholt, in ein Auto verladen und auf eine Kanzel gestellt. So ging es auch Onkel Magnus Riebeling, der gestern davon erzählte, als wir auf Tante Julchens Geburtstag waren.

Wir (Mutter und ich) waren in der Karlskirche gelandet. Als die Menschenmenge ruhig geworden war, fing ein alter Mann mit lauter Stimme an (und alle fielen ein): „Die Sach' ist dein, Herr Jesu Christ, die Sach', an der wir steh'n. Und weil es deine Sache ist, kann sie nicht untergeh'n." Es war ja gar kein Organist da. Wenn ich schon ein bißchen mehr könnte, hätte ich mich da an die Orgel gesetzt. – In der Alten Lutherischen Kirche haben die Leute auf den Treppenstufen gesessen und auf den Altarstufen: Na, jedenfalls war der Abend ein eigenartiges Erlebnis. Aber es ist an vielen Orten jetzt so. In Gütersloh sind auch die Bekenntnisgottesdienste so voll gewesen wie sonst nie. – Leider muß ich ja nun wieder eine solche olle Semesterarbeit schreiben über das kleine Buch von Peter Raabe: „Die Musik im Dritten Reich".

Im Herbst 1937 trafen Martin und ich uns noch mehrmals in Kassel, Usseln und Gütersloh bis zu unserer „öffentlichen Verlobung" am 28. Dezember 1937 – mit der Anzeigenversendung, dem Tragen unserer Ringe und dem Familienfest in Kassel, mit dem Bekanntmachen unserer Familien Stippich, Scheele, Viering und Mohn. Es gab Tischreden und Lustiges über unser Kennenlernen in Loshausen, zum Beispiel über unsere geliebte „Singemutti" Friedel Dittmer.

IV/3 Martin und Elisabeth als Verlobte im Dezember 1937

In aller Fröhlichkeit und in allem Glück des zu Ende gehenden Jahres 1937 schob sich die Zeitgeschichte immer aufdringlicher und bedrohlicher in das Privatleben hinein. Einen Ausweg aus den kirchenpolitischen Schwierigkeiten hätte es für uns beide gegeben, wenn Martin seine zweite theologische Prüfung vor dem nordhessischen Konsistorium in Kassel abgelegt hätte. Meine Mutter wollte ihm in Kassel ein Zimmer zum ruhigen, ernsthaften Lernen für einige Monate einräumen. Er wäre dann wie sein ältester Bruder Karl August in Hessen angestellt worden. Doch er konnte sich nicht dazu entschließen, seine Heimatkirche in Westfalen wegen des starken Widerstandes gegen den Nationalsozialismus zu verlassen und zur kurhessischen Kirche überzuwechseln. Wenn er an die vielen theologischen Freunde in der gleichen Notlage dachte, kam er sich treulos vor. Wenn er jetzt also gegen sein Gewissen handelte, hätte er nicht sich, sondern nur mir das Leben erleichtert. So war an die Gründung einer Familie vorerst nicht zu denken. Ich war natürlich enttäuscht, glaubte aber fest an eine baldige Änderung der Situation, an einen Ausweg.

Was sollte nun werden? Martin bewarb sich auf eine voll bezahlte Hauslehrerstelle an einem Privatgymnasium mit Alumnat (Schülerwohnheim) in Schnepfental, aber er erhielt keine Antwort. Auch die Förderung im theologischen Hochschulbereich mit dem Ziel, nach einem Aufbaustudium Dozent zu werden, kam nicht in Frage, weil es unsere Wartezeit um zwei bis drei Jahre verlängert hätte. Immer mehr Zeit wurde von unseren häufigen und länger werdenden Briefen verbraucht, an jeder Kleinigkeit (und Unwichtigkeit!) sollte der andere teilhaben, um die Trennung zu überbrücken.

Eine seelische Marschpause stellte es dar, wenn er als Soldat (Gefreiter) alljährlich zu einer Übung von sechs Wochen einberufen wurde. Als Reservist der Wehrmacht war Martin der Infanterie des Heeres zugeordnet und leistete 1937 in Arnsberg und 1938 in Herford seinen Dienst ab. In der Kaserne war er „Unterführer", zum Beispiel „Stubenältester". Er schrieb mir über den vorherrschenden frohen Ton dort, ob beim Spielen, Marschieren oder beim Feiern.

Alle vierzehn Tage gab es Urlaub. Martin erschien bei mir in Kassel im „Sonntags-Soldatenrock", d. h. mit Soldatenjacke. Der Anzug kam mir reichlich martialisch vor. Als er ihn über die Stuhllehne hängte, hatte ich Gelegenheit, ihn mir näher anzusehen. Einmal zog ich heimlich an einem Griff am abgelegten Koppel und förderte einen zweiseitig scharfen Dolch zutage. Was sollte er bloß damit? Schrecklich! Schnell schob ich ihn zurück in die Lederscheide, das ging schwer, und er war auch nicht ganz drin.

Nach dem Urlaubstag war Uniformappell auf dem Kasernenhof. Ehe der Feldwebel jeden einzeln vortreten ließ, um ihn zu inspizieren, flüsterte ein Kamerad Martin zu: „Dein Seitengewehr steckt falsch herum drin!"

„Au Backe, das hätte was gegeben! Ja, wie kommt denn das?"

Dann schwante ihm etwas ...

Nachdem Martin sein erstes theologisches Examen an der Theologischen Hochschule in Bethel bestanden hatte, begann er als Vikar in Schwelm. In den Jahren 1938 und 1939 waren wir oft zusammen und teilten gemeinsame Interessen: Neben häufigen und ausgedehnten Fußwanderungen erfreuten wir uns vor allem am vierhändigen Klavierspiel, zum Beispiel den Händel-Orgelkonzerten und Symphonien von Mozart. Auch habe ich ihn zur Oboe am Klavier begleitet. Außerdem sangen wir die verschiedensten Lieder mit Klavierbegleitung, Martin Bariton, ich Sopran. Es waren vor allem Lieder von Bach, Löns und Brahms, dazu Cornelius-Weihnachtslieder sowie die Wiegen- und Kinderlieder von Krausbauer. Unter seiner Leitung und mit Hilfe seiner Wahl der passenden Noten machten mein Klavierspiel und mein Gesang Fortschritte. Ich sollte auch fürs nächste Wiedersehen meinen Teil beim vierhändigen Klavierspiel üben: Wir kauften „Max Reger, Variationen über ein Thema von Mozart op. 132".

Am meisten jedoch genoß ich es, wenn Martin sang und sich am Klavier selbst begleitete – fast meine ich es noch im Ohr zu haben: „Die schönen weißen Wolken ziehen dahin" von Brahms und „So habe ich doch die ganze Woche mein Feinsliebchen nicht gesehen". Seine Stimme war gleichermaßen voll und kraftvoll als auch innig zart und leise – eben ein echter Bariton.

Neben den vielen ernsten Gesprächen wollten wir einmal richtig unsere Rollen tauschen und ausprobieren, was ist, wenn er ich und ich er wäre. Zu diesem Zweck zog ich Martins Anzug mit seinem Oberhemd an und Martin mein grau-blaues Wollkleid mit weißem kleinen Kragen und Ledergürtel sowie meiner Kette darauf.

Martins Schwester Christa war auch dabei und hatte ein Kleid ihrer Mutter angezogen. Als wir aus den verschiedenen Zimmern in dieser Aufmachung hervorkamen, konnten wir vor Lachen nicht reden, vor allem nicht in unseren neuen Rollen des anderen, bei jedem Wort wurde das Lachen stärker – bis zum Ersticken.

Da schellte es an der Haustür, Christa mußte zur Tür, wir beide lauschten, wer das wohl sein könnte. Jemand kam mit schweren Stiefeln die Treppe herauf: ein älterer steiflicher Mitkandidat, der Martin wegen des Examens in Bielefeld eine Nachricht überbringen wollte. Christa führte ihn – verkleidet – ins beste Zimmer. Dem Besucher war an Christas altmodischer Kleidung nichts aufgefallen.

Sie kam an Martins Tür. „Martin, Herr Köker will dich dringend sprechen!"

Martin kam aber nicht aus meinem engen Kleid heraus und brauchte Hilfe – großes Gekicher. Sein Anzug war bei mir im Badezimmer, Martin stand in der Unterhose und klopfte heftig an die Tür, ich reichte ihm alles heraus. Oh weia, war das ein Gehusche über den Flur ...

In diesen Tagen lud uns auch Hanger Mohn nach Iserlohn ein, wo er als Kompaniechef in einem von uns sehr bestaunten Appartement mit zwei Zimmern, Küche und Bad in einer neuen Kaserne wohnte. Er holte und brachte uns mit seinem Auto. Er war der gemachte Mann und hatte es sichtbar schon zu etwas gebracht. Später sollte er seinen Vater im Verlag ablösen und Bertelsmann-Chef werden, auch seine drei jüngeren Brüder Sigbert, Reinhard und Gerd zog es in leitende Stellungen des damals rein christlichen Familienbetriebs. Eine vielversprechende Zukunft lag vor allen.

Ich selber hatte 1937 mein Studium in Hannover abgebrochen. Nach längerem Kranksein und einem Erholungsaufenthalt hatte ich nicht die Kraft, mit den politischen Anforderungen an eine junge Lehrerin zu kämpfen. Dazu gehörte es zum Beispiel, die nationalsozialistischen Gedanken an die Schulkinder heranzutragen. Auch hatte ich schon mal bei irgendeiner kleinen Feier an einem mit einer Hakenkreuzfahne geschmückten Rednerpult ein Gedicht vorzutragen und etwas zur Begrüßung zu sagen.

Inzwischen schrieben wir das Jahr 1938, das für Martin und mich mit vielen Schwierigkeiten verbunden war: dem Nicht-mehr-warten-Wollen der Brautleute, den Examensnöten, der Auswegsuche. Aber beide waren wir zu der Überzeugung gekommen, daß wir nicht glücklich werden könnten, wenn Martin nur einen Schritt gegen sein Gewissen tun würde.

Trotzdem war es mein großer Wunsch, daß uns sein Gewissen nicht einen zu schweren Weg auferlegen sollte. Wir wollten unsere Ideale nicht vergessen, auch „das Schwere zu üben". Nicht nur das „Gib leichten Fuß zu Spiel und Tanz, Flugkraft in gold'ne Ferne", sondern auch das „und häng den Kranz, den vollen Kranz mir höher in die Sterne". Wir empfanden oft unser Glück, zusammengehören zu dürfen, als eine so ungeheure Bevorzugung, daß wir anderen davon abgeben wollten. In unserer Gegenwart sollten sich andere Hinzukommende nie ausgegrenzt fühlen, wir wollten sie freudig in unsere Mitte holen.

Aber wie schwer war das, wenn man zusammen war und allein sein wollte. Auch wir wollten natürlich unsere Liebe voll genießen, sie sollte sogar noch stärker und schöner werden, unsere Gefühle reichten von „du, nur du", über „sich selbst zurückstellen, wenn es für den anderen gut ist" bis hin zu der Entscheidung: „Alles, was du möchtest, das will ich auch, soweit es irgend geht."

Aber unsere Liebe, die von Martin später als „jung, stark und so schön" bezeichnet wurde, begann immer mehr Herrschaft für sich zu beanspruchen. Nur sie war uns wichtig auf dieser Welt, ja, wir waren sogar bereit, alles andere zurückzustellen, zum Beispiel Martins Fortbildung und – das war die absolute Spitze – sogar seinen Pfarrerberuf mit dem langen Warten auf unser Zusammenwohnen und mit so viel Problemen durch den Nationalsozialismus.

Der Hauptlehrer, bei dem ich ein Dorfschulpraktikum machte, hatte schon Anstoß daran genommen, daß ich in seinem Dorf an die Kirchenorgel wollte, um zu üben. Alles nicht schlimm, aber wie hätte es weitergehen sollen mit der Lehrerin, die mit einem Pfarrer der Widerstandsrichtung verheiratet war? Die große Lust zu meinem Beruf war dahingeschwunden. Statt dessen hatte ich nun eine Stelle als Arzthelferin bei dem Vater meiner Schulfreundin Ruth Schirmer in Aussicht. Nur mußte ich vorher in einem Krankenhaus als Stationshilfe arbeiten und mich im Labor einige Wochen darauf vorbereiten. Die Stelle trat ich am 1. April 1939 bei Dr. Max Schirmer an, einem Internisten mit Homöopathie in Kassel, ganz in der Nähe unserer Wohnung in der Eulenburgstraße. Ich trug meine blau-weiß-gestreiften Kleider mit weißer Schürze von der Haushaltungsschule, hatte morgens und viermal in der Woche nachmittags Dienst und aß mittags an Schirmers Familientisch. Weiterhin half ich bei der Abrechnung und gelegentlich noch im Haushalt der kinderreichen Familie. Ich war manche Sorge los, verdiente und war finanziell selbständig. Es war eine gute Lösung. Politisch war ich dort in der Nische gut aufgehoben, niemand fragte nach mir.

So konnte ich Martin eine Stütze sein, er kam nun öfter nach Kassel, nur war ich jetzt absolut an meine Dienstzeiten gebunden.

Mein Chef, „Dr. Max", wie wir ihn liebevoll nannten, war der Neffe von Max Planck, dem Atomphysiker, Forscher und Erfinder der Quantentheorie. Dr. Max wußte viel von ihm zu erzählen und freute sich, wenn sein Onkel aus Berlin mal kurz bei ihm auftauchte. Die beiden unterhielten sich gern, waren politisch auf einer Linie und bekannten sich beide zum Christentum. Doch ich greife voraus, denn ich lernte Max Planck persönlich erst im Jahr 1943 kennen. Davon soll später berichtet werden.

In der Zusammenarbeit mit Dr. Max, der durch die Bechterewsche Krankheit der Wirbelsäule in seiner Beweglichkeit sehr eingeschränkt, aber ein geistig aktiver, hochinteressanter und sehr humorvoller Mediziner war, entdeckte ich meine Neigung zum Heilberuf, d. h., mein Wissensdurst auf diesem Gebiet wurde bei der Arbeit, z. B. beim Herstellen homöopathischer Pulver und Tropfen oder den Laboruntersuchungen, geweckt und in der Folge immer größer.

Das Jahr 1939 brachte der Familie Scheele neben dem Kriegsausbruch ein weiteres Problem: Mein Bruder Karl Albrecht hatte schon seit 1937 zu sagen gewagt, daß Hitlers Politik bei allem wohlwollenden Stillhalten von England und Frankreich zum Krieg führen würde, und im Sommer 1938 meiner Mutter seine Flucht aus Deutschland angekündigt, falls es Krieg gäbe, er habe genug Freunde in Amerika.

Meine Mutter traf sich mit ihm am 29. September 1938 in Berlin, wo er studierte, zu einem Gespräch. Als die beiden in einem Restaurant im Radio vom glücklichen Ausgang des Münchner Abkommens (Hitler mit Chamberlain, Mussolini und Daladier) hörten, entspannten sie sich. Karl Albrecht erhob das Glas und sagte beim Anstoßen: „Friede auf Erden" und „Ich bleibe hier". Erleichtert fuhr meine Mutter nach Hause.

Nur ein Jahr später – im September 1939 – flüchtete mein Bruder dann doch heimlich über Schweden in die USA. Er ging nach Chicago, zunächst als Tellerwäscher, dann zur Universität als Student der Wirtschaftskunde und machte den Magisterabschluß. Daß er drei Jahre später auf abenteuerliche Weise über Amerikas Westküste, den Pazifik, Japan und Sibirien wieder heimkam und in Berlin beim Statistischen Reichsamt mit offenen Armen aufgenommen wurde, gehört ins fünfte Kapitel dieses Berichts.

Zurück ins Jahr 1938. Eine immer stärker werdende Furcht vor einem Krieg – durch Hitlers Provokationen des europäischen Auslandes hervorgerufen – griff um sich. Martin und ich sprachen in aller Offenheit über unsere Ängste, doch stets bewahrten wir uns die Zuversicht, daß Gott unser Glück erhalten würde, da wir doch der Kirche dienen wollten.

Ich war im Dienst bei Schirmers, als die Meldung durch das Radio in Schirmers Eßzimmer kam, es war der 1. September 1939. Wir hörten die Stimme: Polen habe auf unsere Stellungen an der deutsch-polnischen Grenze geschossen. – „Seit 5.45 Uhr heute morgen wird zurückgeschossen!"

Deutschland im Krieg mit Polen! In der Mittagspause lief ich schnell nach Hause zu meiner Mutter. Wir beruhigten uns, das könne nicht lange dauern, und Martin ist in Bethel.

Dort, in den Bodelschwingh'schen Anstalten, wo Martin neben Schwelm und Minden seine Vikarszeit nach dem Examen 1938 verbrachte, erreichte ihn im Kandidatenkonvikt für die Vorbereitung zum theologischen Endexamen die Nachricht vom Kriegsausbruch und, Wochen später, auch seine Einberufung. Doch zunächst ging der Unterricht dort weiter.

Einige Tage später traf Martin einen seiner Lehrer auf der Straße in Bielefeld in Uniform, ebenso gingen andere schon stolz in ihren Uniformen einher. Da die Mobilmachung im August begonnen hatte, waren viele bereits eingekleidet. Martins Briefe an mich aus Bethel berichten von seinen Gefühlen – „Ich möchte auch dabei sein", „Ich gehöre zu den Kameraden" oder „Wir Männer müssen die Heimat schützen" –, die auf einmal stärker als die Angst waren.

Kompaniechef Hanger Mohn gehörte zu den ersten, die eine Weichselbrücke erreichten. Die Polen waren zurückgewichen. Hier traf ihn das Geschoß eines Partisanen, das ihn sofort tötete. Es war die erste Kriegswoche.

In einem hinterlassenen Abschiedsbrief an seine Eltern war zu lesen, daß er, sollte es ihn treffen, auf der Höhe seines Glückes sein Leben hingegeben hätte. So viel war ihm der Soldatentod wert! Ähnlich muß es den Männern schon vor tausend Jahren zumute gewesen sein, man kann sonst die Kriege einfach nicht verstehen. Die Psyche verändert sich: Alle Zweifel, die vorher da waren, sind verschwunden, alle Angst vor dem Tod gewichen, der „Schulterschluß" funktioniert – so war es 1914 mit Begeisterung, so war es 1939 ohne Begeisterung.

Am 21. September erhielt auch Martin seine Einberufung zu einer Übung auf dem Truppenübungsplatz Wildflecken bei Neu-Isenburg, von hier aus rückte er mit seiner Truppe aus in Richtung Westen. Sie blieben fürs erste in Kehl am Rhein, alles war dort ruhig, nur sahen sie, daß sich gegenüber, am anderen Rheinufer, französische Soldaten einrichteten. So sahen sie also aus, „die Feinde". Sie riefen etwas, das nicht verstanden wurde, sich aber gar nicht nach kriegerischen Tönen anhörte. Sie richteten ein weißes Schild auf mit großen Buchstaben in Deutsch: „Schießt nicht, wir schießen auch nicht!" Nicht lange, da kam die deutsche Antwort: „Ne tirez pas, nous ne tirons pas aussi!"

Es wurde ein friedlicher Winter. Bei Schnee gab es kleine Feuerchen mit Teekochen rechts und links des Rheins, und Schutzhütten zum Aufwärmen wurden gebaut. Weihnachten war Martin noch bei der Truppe. Anfang des Jahres 1940 stellte er bei der Heeresleitung einen Antrag, sein Examen machen zu dürfen. Es wurde genehmigt, da keine weitere Kriegsgefahr bestehe, und Martin war Ersatzreserve II. Wer kann unseren Jubel beschreiben?

Er fuhr nach Gütersloh zur Examensvorbereitung. Da er jetzt vor einem staatlich anerkanntem Konsistorium das Examen machen sollte, mußte er das erste Examen, das er vor der Bekennenden Kirche absolviert hatte, wiederholen, das er glänzend bestand. Für beide Examina war ein ungeheurer Wissensstoff zu bewältigen, es gab kaum Zeit für Briefe an seine Braut, dafür aber zwischen Examenstermin und Rückkehr an die Front noch drei Tage für das Paar.

Dann mußte ich zum Dienst bei Schirmers zurück und Martin mit dem Zug nach Trier, um sich dort zu melden. Er schrieb am 20. Februar 1940 von Belgien aus, und es klang wie ein Abschiedsbrief an mich.

„... und ich brauche das ja auch gar nicht zu verhehlen, daß mich in Trier ein großer Katzenjammer überfiel. Ich hatte da besonders Sehnsucht nach Dir und Verlangen nach Deiner Gegenwart. Aber was hilft's, man muß ja da durch. Ich bin Dir, wenn ich jetzt an den Abschied in Gütersloh denke, so besonders dankbar, daß Du so tapfer warst, Du Liebste."

Und später:

„Ich bin ja so glücklich, daß ich Dich habe, Du, meine liebe, liebe Elisabeth, Du. Und wenn uns kein Wiedersehen mehr geschenkt werden sollte – wir müssen ja auch das sehen, Liebste, Du."

"... unsere Liebe zueinander hat uns ja so reich gemacht. Wir können nicht dankbar genug dafür sein. Gott behüte Dich, Elisabeth, immerdar."

"Was uns beiden innerlich geschenkt wurde, das kann uns, auch wenn Du nun allein den Weg ins Leben gehen solltest, nie mehr wieder aus dem Herzen kommen ..."

"... aber wir hoffen ja beide auf ein fröhliches Wiedersehen ..."

"Gott behüte Dich, und sei von ganzem heißliebenden Herzen gegrüßt von Deinem Martin."

Am 3. März 1940 erhielt Martin die „Feuertaufe" im Artilleriefeuer „mit Schreien und Beten" – er blieb bewahrt.

In Belgien gab es dann eine große Überraschung: Die Kompanie kam nach Neu-Isenburg, viele wurden nach sechs Wochen Truppenübungsplatz entlassen, darunter auch Martin. Er ging nach Gütersloh und erhielt eine Hilfspfarrerstelle in Bünde. Die Ordination war am 29. September 1940 in der alten Bündener Kirche, in der er 1912 getauft wurde. Er zog zunächst zu Pastor Busse in die Wilhelmstraße in Bünde. Erst 1941 wurde das Pfarrhaus Ennigloh bei Bünde dem 27jährigen Hilfspfarrer zugesagt, in dem noch ein alter emeritierter Pastor wohnte. Bei der nächsten Gelegenheit fuhren wir zusammen dorthin. Wir hatten eine Bleibe in Aussicht! Im Jahr 1941 konnten wir endlich ans Heiraten denken.

Möbel wurden bestellt. Das Klavier wurde total überholt, dann konnte man mit dem Musizieren in Ennigloh gleich beginnen! Alles, was wir für unseren Hausrat ergattern konnten, wurde nun dorthin geschickt und gesammelt: Als erstes die neuen Küchenmöbel, Daunendecken für die Betten, Sessel, Lampen und Geschirr kamen dorthin. Und als Tante Frieda Viering in Oeynhausen starb, kam der große Nachlaß in das Haus in Ennigloh. Die Hochzeitsvorbereitungen liefen an, die Einladungen wurden angekündigt, „Termin noch unsicher".

Beruflich hatte ich nur sonntags frei, und gerade da hatte Martin Predigtdienst. So war es auch Weihnachten. Nun war er in der Heimat, aber wir litten, da wir uns nicht sehen konnten. Es wurde noch schwieriger, als Pastor Busse als Soldat eingezogen wurde. Martin war überfordert und hatte Versagensängste, überall sah er Konflikte. Da wurde auch er Anfang Februar wieder einberufen.

Wir mußten also eine Kriegshochzeit beantragen. Inzwischen hatte ich bei Schirmers gekündigt. Dr. Max wollte mich aber im März noch nach Wiesbaden zu einer Kur mitnehmen, als Stütze und zur Gesellschaft beim Essen. Martin nahm eine Wohnung in Neu-Isenburg, weil er zur Verfügung stehen sollte. In Bethel starb unerwartet Martins Bruder Paul Gerd, und ich hatte – aus Unwissenheit – Angst, eventuell schwanger zu sein – die Tage wurden chaotisch! Unmöglich, alles Wichtige zu schildern.

Die offizielle Kirche in Bielefeld verlangte plötzlich den Nachweis über die arische Abstammung von ihren Pfarrern, was Martin sehr betrübte. War das Thema jetzt so wichtig? Martin fuhr noch einmal nach Bünde, um Matratzen für unsere Betten zu bestellen. Per Brief teilte er mir mit, daß er die Kriegstrauung beim Feldwebel beantragt hatte und daraufhin „runtergeputzt" worden sei! Wieder beim Militär, wurde er von seinen westfälischen Kameraden und Freunden getrennt und hatte jetzt noch unter starkem Heimweh zu leiden. Seine Freunde Wischnath und Wolff wurden vom Militärdienst befreit. Soldatsein war jetzt für Martin „Einsamkeit und Hölle".

Doch dann bekam er ganz überraschend doch Hochzeitsurlaub. Am 14. oder 15. April erreichte er Kassel, und unsere Hochzeit fand am 18. April 1941 statt. Die Gäste waren wieder fast die gleichen wie bei der Verlobung. Das Fest wurde also, auch wegen des engen Wohnzimmers, wieder in der engsten Familie gefeiert.

IV/4 Unsere Hochzeit am 18. April 1941

Die Trauung fand im Gotteshaus unserer Wehlheider Gemeinde, der Adventkirche, statt. Gemeindepfarrer war zu dieser Zeit der spätere Bischof Wüstemann. Getraut hat uns Martins Bruder, Dr. theol. Karl August Viering. Der Hochzeitszug bewegte sich von der Kirche nur zwei Häuser weiter zu unserer Wohnung im Von-Lettow-Vorbeck'schen Hause. Wie bei der Verlobung wurden Tischreden gehalten. Es wurde viel gesungen, Gedichte und Schnaderhupferl kamen zu Gehör.

Das schönste dieser Feier war, daß Martin sich überwand, mir vor allen Zuhörern ein Lied am Klavier zu singen, das ich am liebsten von ihm hörte: ein Liebeslied von Brahms: „Minnelied". Er sang es so zart und innig, daß es mich tief bewegte und ich ihn in Brautkleid und Kränzchen in meine Arme schloß – vor allen Gästen, das hatten sie noch nie gesehen! Der Text des Liedes ist von einem Dichter des 18. Jahrhunderts, Christian Hölty. Er entstand um 1760.

IV/5 Hochzeitszug April 1941: Bräutigam Martin Viering, gefallen August 1941; erster Brautführer Martin Scheele (Bruder der Braut), gefallen Dezember 1941; zweiter Brautführer Hermann Twellmann (Schwager des Bräutigams), gefallen Juli 1941

Minnelied

Holder klingt der Vogelsang,
wenn die Engelreine,
die mein Jünglingsherz bezwang,
wandelt durch die Haine.

Röter blühen Tal und Au,
grüner wird der Wasen,
wo die Finger meiner Frau
Maienblumen lasen.
Ohne sie ist alles tot,
welk sind Blüt' und Kräuter,

und kein Frühlingsabendrot
dünkt mir schön und heiter.
Traute minnigliche Frau,
wollest nimmer fliehen,
daß mein Herz gleich dieser Au
mög in Wonne blühen.

Sein beschwingter Bariton und der fließend weiche Klavieranschlag ist mir noch im Ohr, wenn ich versuche, die Klavierbegleitung zu spielen.

Am späten Nachmittag zog ich mich für die Reise um und verließ mit Martin unsere Hochzeitsgäste. Wir übernachteten im Hotel „Nordischer Hof" am Hauptbahnhof, dem späteren CVJM-Hotel. An sich war die Hotelatmosphäre nicht so unser Ideal – aber was tat's! Wir waren allein. Martin hatte seiner Schwester Lotte verraten, wo wir übernachten wollten. Als wir um 10 Uhr am nächsten Morgen noch am Fenster guckten, sahen wir die Gütersloher Verwandtschaft aus der Straßenbahn aussteigen. So ein Zufall! Sie strebten eilig zum Zug. Als sich Lotte aber umdrehte und an dem Hotel hochsah, winkte Martin ihr zu, dann legte er den Arm um mich und zeigte sich glücklich seiner winkenden Familie!

Am 19. April 1941 gegen Mittag traten wir unsere einwöchige kleine Hochzeitsreise nach Wildungen ins Hotel „Fürstenhof" an, ein Geschenk von Agnes Mohn, ein fürstliches Unterkommen, für uns fast eine Nummer zu vornehm! Es war auch menschenleer und unheimlich verlassen. Im Kurpark war das Wetter kühl und trüb. Es lag Abschiedsstimmung über uns, die wir mit Reden von „späteren Zeiten im Frieden" überdeckten. Noch hatten wir beide die Hoffnung, ein Kind zu erwarten.

Am 5. Mai mußte Martin wieder zur Truppe Er erlitt dann in Frankreich bei 40 Kilometer langen Tagesmärschen mit Gepäck die Marschfraktur eines Mittelfußknochens. So wollte man ihn dem Kompaniechef als Heeresseelsorger vorschlagen, da er für die Infanterie ungeeignet sei. Welche erleichternde Nachricht! Doch heilte ein Lazarettaufenthalt den Knochenbruch wieder, Martin wurde schmerzfrei und hat dies auf Befragen wahrheitsgemäß erklärt. Als er in Frankreich erneut bei einem beschwerlichen Gepäckmarsch mit dabei war, hielten die Mittelfußknochen zwar stand, dafür bildeten sich große Blasen an den Füßen.

Zur Überraschung für uns reiste die Truppe bald quer durch Deutschland an die polnisch-russische Grenze. Es folgten Gewaltmärsche, bei denen beide Fußsohlen nicht standhielten und aufplatzten. Mit Fieber und schwerer Infektion der Füße wurde er wieder in ein Lazarett eingeliefert und dort zum Sanitäter ausgebildet. Er sollte die Lazarettapotheke betreuen und ließ sich von mir Salben und Medikamente erklären, soweit ich sie aus Dr. Max' Apotheke und angelesener Literatur kannte. Als Sanitäter begleitete er den Vormarsch seiner Truppe weiter Richtung Osten bis an den Dnjepr bei Kiew. Hier kam es zu einem Gefecht. Als Martin gerade einem Kameraden einen Verband anlegte, traf ihn das Geschoß eines Scharfschützen von hinten in die Brust, so daß er augenblicklich tot war. Den Bindenkopf hatte er am nächsten Tag noch in der toten Hand. Er war auf den Verwundeten vor ihm gefallen, der auch starb. Das geschah am 5. August 1941.

Helmut Breuninger, sein Mitstudent, der noch in Bethel war, als Martin zur Truppe mußte, war eilig als Unteroffizier der Nachbarkompanie noch einberufen worden. Er erfuhr als erster von Martins Tod. Als die Russen am nächsten Morgen abgezogen waren und Stille über dem Kampfgebiet lag, suchte er nach Martin und fand ihn. Er hat den Inhalt seiner Brusttasche, seine Losungen und die Bibel, einige Briefe von mir und Bilder, an sich genommen wie auch seinen Trauring abgestreift mit der Gravur meiner Initialen und unseres Verlobungs- und Hochzeitsdatums. Alles nahm Breuninger an sich. Einige seiner Kameraden schaufelten für Martin ein Grab, legten ihn hinein und nahmen die Hälfte seiner Erkennungsmarke ebenfalls mit. Die Kameraden und Breuninger schmückten das Grab des geliebten Freundes. Breuninger schickte mir die kostbaren Dinge und schrieb mir einen Brief. Mich erreichte die Nachricht erst am 1. September 1941 in Gütersloh bei meiner Martinsmutter. Zuvor hatte ich ihm noch wochenlang Briefe geschrieben!

Den Ring trage ich an meiner Hand, auch heute noch, nach nun schon 60 Jahren. Martin war und ist mir immer Gegenwart, wie alles Unsichtbar-Ewige zeit- und raumlos ist.

*Das Ewige ist stille,
laut die Vergänglichkeit,
schweigend geht Gottes Wille
über den Erdenstreit.*

V. Das Medizinstudium (1941–1951)

Es waren strahlende Septembertage mit leuchtenden Blumenfarben in den Gärten in diesem Jahr 1941. Mir war das Herz schwer. Aus dem Radio ertönte frische Marschmusik, unterbrochen von Siegesmeldungen im Osten. Doch die Russen behinderten und verlangsamten den deutschen Vormarsch auf Moskau, trotz ihrer sehr schlechten Ausrüstung. Sie transportierten die Bagage teilweise noch mit Pferdegespannen und warfen ungeheure Mengen an Regimentern – man kann auch sagen, an Pferde- und Menschenleibern – vor die heranrollenden modernen Panzer der Feinde, um ihre Hauptstadt zu schützen. Und sie hatten einen starken Genossen, auf den sie sich verlassen konnten: den früh einsetzenden Winter mit seinen Herbststürmen. Diese kommen gewöhnlich mit winterlichen Temperaturen und Massen von Schnee. Die Wolga friert im November zu. Die deutsche Heeresleitung hatte dies nicht bedacht, und die Winterkleidung unserer Soldaten, Pelzmützen, Stiefel und Wollsachen, waren nicht rechtzeitig an der Front. In Sommerkleidung kam es zur Kampfunfähigkeit durch Erfrierungen. Dies traf auch die deutsche Heeresspitze vor Moskau.

V/1 Mit beiden Martins: Verlobtem und Bruder 1939

Mein Bruder Martin stand als Heeresberichterstatter und Fotograf seiner Kompanie 50 Kilometer vor Moskau in Höhe von Kaluga. Er wurde im November wegen Erfrierung beider Füße hinter die Kampflinie in ein Etappenlazarett zurücktransportiert, und dort war die Amputation notwendig. In diesen hygienisch wohl nicht einwandfreien Einrichtungen infizierte er sich an Flecktyphus und starb in Kaluga am 16. Dezember 1941.

Mein Bruder Otfried war seit 1936 in Brasilien – wie wir glaubten, in Sicherheit. Aber dieses Land trat 1941 ebenfalls gegen uns in den Krieg ein. Die deutschen Männer dort wurden als Feinde angesehen und in Lagern interniert. Von Otfried versuchte man Aussagen über Deutsche seiner Gemeinden zu erpressen: Bei weiterem Schweigen würden für seine Familie Unannehmlichkeiten folgen.

Karl Albrecht war seit 1939 in Chicago, im Jahr 1940/41 also in Sicherheit. Als aber die Nachrichten von zu Hause immer beängstigender wurden, hielt es ihn bald nicht mehr dort. Wieder über Schweden zurückreisen konnte er als Zivilist keinesfalls; er wäre als Feind angesehen worden, da auch die USA auf der Seite der Alliierten in den Krieg gegen Deutschland eingetreten waren. Ein abenteuerlicher Gedanke schien ihm der Ausweg aus seiner Not zu sein: Er wollte „auf der anderen Seite der Erdkugel" in die Heimat zurück! So machte er sich Ende Mai 1941 auf den Weg an Amerikas Westküste. Er verdingte sich auf einem Handelsschiff von San Francisco nach Yokohama, dem Hafen von Tokio, als Arbeiter mit Lohn in Dollars. Von dort erreichte er die Endstation der Transsibirischen Eisenbahn Wladiwostok in der Mandschurei. Vor dem Grenzübertritt nach Rußland mußte er sich in Japan impfen lassen. Der Ausweis ist noch heute vorhanden, das einzige Dokument von dieser Reise, zusammen mit einer japanischen Teetasse aus Keramik.

Die Fahrt durch Rußland dauerte 14 Tage, an Verpflegung hatte er nur einen Laib Brot im Rucksack, den er sich genau einteilte. Doch an jeder Station stand ein Knäuel hungriger Menschen am Zug. Die schreiend ausgestreckten Hände waren für ihn kaum anzusehen, er mußte etwas abgeben von seinem Brot.

Gerade am 20. Juni 1941 überquerte er die russisch-deutsche Grenze. Polen gab es seit 1939 nicht mehr, Deutsche und Russen hatten es sich geteilt. Die Besatzungssoldaten standen sich gegenüber, als es ohne Kriegserklärung an Rußland am 22. Juni 1941 zu offenen Feindseligkeiten der beiden Länder kam. In einer englischen Dokumentation las ich ganz zufällig heute (22. 10. 1999), daß Hitler gerade am 20. 6. 1941 sein Unternehmen „Barbarossa" gegen Rußland startete. Karl Albrecht als Zivilist aber erreichte Berlin und seine alte Arbeitsstelle am Statistischen Reichsamt ohne Schwierigkeiten. Hier wurde er bestaunt und wegen seiner Wirtschaftskenntnisse aus den USA willkommen geheißen. Sie nahmen den 1939 Geflüchteten mit Freuden wieder auf. Von einer Strafe wegen seiner Flucht war keine Rede. Er wohnte bei seinem alten Freund Klein, einem Mediziner, und gab uns Nachricht nach Kassel.

Nach unserer Hochzeit war ich im Sommer 1941 in Gütersloh. Es waren auch zwei von Martins Schwestern im Hause: zum einen Lotte, die als Säuglingsschwester für die Pflege in den Häusern der Stadt Gütersloh angestellt war, dann Christa, die im Mai ein Baby zur Welt gebracht hatte. Im Juni hatte ihr Mann, Hermann Twellmann, Kriegsurlaub. Das Glück über das erste Kind war groß, aber auch wir anderen, vor allem die Großmutter, lebten bei allen Sorgen sichtlich auf durch die kleine Ingeborg.

Es traf uns daher alle schwer, als schon im Juli 1941 der Soldatentod von Hermann Twellmann gemeldet wurde. Die Zeiten waren unsicher und gefährlich, und deshalb war die Geborgenheit in der Familie doppelt wichtig. Ich war hier im Versteck vor dem Kasseler Arbeitsamt, das auf einer sofortigen Stellenaufnahme als Arzthelferin in Kassel bestand.

Nach Martins Tod wurde oft besprochen, was ich weiter beruflich machen sollte, die nationalsozialistischen Bedingungen des Lehrerinnenstudiums blieben 1941 natürlich noch unverändert. Mir erschien Martin oft im Traum: Ich war sehr glücklich, bildete mir ein, daß aller Krieg nur ein schlechter Traum war, und überlegte, wie ich trotz der bösen Nachricht meinen Lebensweg mit Martin fortsetzen könnte. Wenn er vielleicht doch nur in Gefangenschaft war ...?

Auch meine Mutter war häufig in Gütersloh. Die Mütter Agnes und Lisa haben sich hier die kühnsten Vorschläge ausgedacht, wie es mit mir weitergehen könnte. Meine Mutter rückte mit dem Plan heraus: Ich hätte doch so viel Freude an der Arbeit im Roten Kreuz und in der Internistenpraxis von Dr. Schirmer gehabt – ob ich nicht vielleicht Medizin studieren wollte? Martins Mutter lehnte dies strikt ab, das sei viel zu lang und anstrengend. „Lisabethchen ..." – in Mutter Vierings Mund hörte sich das an wie Lisabethken – „... soll unseren Traugott heiraten." Martins ein Jahr älterer Bruder war Buchhändler in München und hatte eine eigene Buchhandlung. Er war zu der Zeit noch ungebunden. An ihren Sohn Traugott schrieb sie: „Heirate unser Lisabethchen, sonst geht sie der Familie verloren!"

Der liebe Traugott – noch in großer Trauer um seinen Bruder und sicher in brüderlicher Liebe zu Martin – schrieb mir und kam wenige Tage später angereist. Wir gingen in der Herbstsonne einen Birkenweg entlang. Seine Stimme kam mir vor wie Martins Stimme. Wir setzten uns auf eine Bank, seine Hand auf meiner kam mir vor wie Martins Hand, ich kam ins Träumen. Doch plötzlich war ich wieder hellwach, und mir stürzten die Tränen aus den Augen. Traugott gab mir fürsorglich sein Taschentuch und führte mich behutsam nach Hause zurück.

Seiner Mutter sagte er, er wüßte nun, er könne mir Martin niemals ersetzen. Er reiste ab und sandte zwei Monate später die Nachricht von seiner Verlobung mit der ersten Kraft in seiner Buchhandlung, Anne Keller. Ich sah Traugott im Sommer 1942 wieder – bei seiner Hochzeit in Stuttgart.

Karl Albrecht war also inzwischen nach seiner abenteuerlichen Reise über die Westküste Amerikas, den Pazifik, Japan und die Transsibirische Eisenbahn gerade noch vor Ausbruch des Krieges mit Rußland am 22. Juni 1941 in Berlin angekommen. Meine Mutter schrieb ihm von ihrem Vorschlag, daß ich Medizin studieren sollte. Ich müßte aber vor dem Beginn des Studiums ein Praktikum von sechs Monaten in einem Krankenhaus ableisten und zudem das „kleine Latinum" bestanden haben, ehe ich mich immatrikulieren konnte. Diese Hürden besprach Karl Albrecht in Berlin mit dem Sekretariat der Friedrich-Wilhelm-Universität. Seine Ermittlungen ergaben, daß ich das Latinum erst bei Eintritt ins zweite Semester gemacht haben müßte und daß mir die sechs Monate Krankenpflegedienst erlassen würden wegen meiner Rot-Kreuz-Dienste im Krieg, wo ich am Kasseler Hauptbahnhof des Nachts an den Soldaten- und Kriegsgefangenenzügen heißen Kaffee ausgeschenkt hatte, und der Arbeit in der Arztpraxis. Ich könnte in Berlin am 15. November immatrikuliert werden. In mir sagte es: „Ich kann nicht, mein Bruder weiß ja gar nicht, wie krank ich in der Seele bin." – Wie aber wäre es mit einem Studium in der Nähe meiner Mutter, in Göttingen? Ich war einfach anlehnungsbedürftig.

Doch zunächst schickte mich das Arbeitsamt zu einem Internisten in Kassel, um dort eine Tätigkeit als Arzthelferin aufzunehmen. Dazu war ich nicht bereit. Also stellte ich mich als langsam sprechend und minderbegabt vor, als ausgesprochen „doof". Er schrieb ans Arbeitsamt: „ungeeignet für meine Praxis". Schnell fuhr ich wieder nach Gütersloh. Martins Lateinlehrer und Direktor erteilte mir täglich kostenlose Lateinstunden, er lobte mich und machte mir Mut. In Riesenschritten kam ich in Latein voran.

In der Freizeit beschäftigte ich mich mit Martins Nachlaß, der nun mir gehören sollte. Alles konnte ich nicht behalten. Ich registrierte, was ich abgeben wollte von seiner großen Bibliothek, und lernte dabei Schreibmaschine, so daß ich dann auch Briefe schreiben konnte.

Das liebe, seelsorgerliche Verhalten der „Martinsmutter", die selbst am Verlust ihres Jüngsten litt, war mir eine große Stütze im Oktober und November 1941: Sie schenkte mir das Büchlein „Vom Heimweg" von Maria Bernita Möbius, das auch beim Schreiben dieser Zeilen schon ganz vergilbt vor mir liegt. Es trägt die Widmung: „Meiner lieben Elisabeth zur Erinnerung an die gemeinsam durchlebten Schmerzen und Kämpfe im Herbst 1941. Deine Martinsmutter."

Ich beachtete kaum, daß auch meine Mutter in höchster Angst und Sorge war um ihren Ältesten, der krank im fernen Rußland an der Front lag. Ich konnte ihr nicht helfen mit meiner Gegenwart in Kassel und strebte immer nach Gütersloh. Ich dachte nur an mich und meinen Kummer und fühlte mich unfähig, für andere da zu sein. Ich war wie innerlich ausgebrannt. Da las ich neben allen Trostworten in jenem kleinen Büchlein ein Wort, das mich traf:

Aus deinem Leid, so weh und tief,
dich innig eine Stimme rief:
auf daß der Dornstrauch Blüten triebe,
geh hin und liebe!

Konnte so etwas von mir etwa gefordert werden? Oder war ich schon reich beschenkt worden vom Leben? Beides konnte ich allmählich bejahen, und das wurde zum Fundament des neuen Weges allein. Ja, auch Martin würde so denken, er begleitete mich auf meiner Wanderung in der diesseitigen Welt, so stellte ich es mir damals vor.

Nachdem ich mich am 11. November 1941 in Göttingen immatrikuliert hatte, ging ich ins Anatomische Institut und sah dort am Schwarzen Brett den Stundenplan für alle Erstsemester an.

Zur selben Zeit suchte sich noch eine andere Studentin die Anatomievorlesungen heraus und machte mich darauf aufmerksam, daß Erstsemester, die im Winter beginnen, auch nachmittags zum Präparieren von Leichen in die Anatomie kommen müßten. Grausig, aber es mußte sein. Und: Es würde schon klappen mit dem Lateinunterricht im Altsprachlichen Institut – neben dem

V/2 Meine Studienfreundin Marie Luise Klie (1919-2003), Kinderärztin, 1948

vollen Stundenplan von 32 Wochenstunden. Für den Endspurt zum Latinum nahm ich zusätzlich in den Semesterferien von Februar bis April Privatstunden bei Dr. Luckhardt vom Friedrichsgymnasium in Kassel, und im Juni 1942 bestand ich in Göttingen das „Kleine Latinum" und war diese Sorge los.

Die Studentin, die ich vor dem Schwarzen Brett getroffen hatte, wurde meine Freundin. Sie hieß Marie Luise Klie aus Bad Pyrmont. Fünf Jahre jünger als ich war sie und hatte nach dem Abitur eine Ausbildung als Kinderkrankenschwester gemacht. Dadurch war sie uns anderen in vielen Fächern haushoch überlegen, besonders in Anatomie. Sie war heiter, harmonisch und ungeheuer sicher im Umgang mit Hochschullehrern und Mitstudenten. Sie war immer pünktlich bei unseren nun täglichen Verabredungen in den Instituten, zu denen wir beide mit Fahrrädern fuhren. War es überfüllt in einem kleineren Hörsaal – sie wußte sich freundlich lächelnd und nach allen Seiten grüßend den Weg durch die Menge zu bahnen. Stieg sie die Treppen im Hörsaal hinab, machte man ihr Platz, weil man sie für autoritätsverdächtig hielt. Ich schwamm in ihrem Kielwasser hinterher zu zwei nebeneinanderliegenden Plätzen in der ersten oder zweiten Reihe, die sie schon von weitem gesehen hatte.

Ja, Marie war ein Glück für mich, ein guter Engel. Sie behielt den Vorsprung vor allen anderen über das Physikum hinaus bis zum Examen.

Nachdem wir sehr bald begriffen hatten, daß Lateinisch für die Medizin weniger wichtig war als Griechisch, gingen wir 1946 noch freiwillig ins Theologische Spracheninstitut zum Anfangskurs in Griechisch. Immerhin lernten wir fließend die Schrift lesen, übersetzten den Schriftsteller Xenophon in seiner Schrift „Anabasis" und konnten vor allem den Genitiv bilden, an den die Medizin die

Endungen „itis" oder „ose" und andere Hauptworte anschließt wie Arthralgie = Gelenkschmerz aus Arthros und Algos. Das Sprachverständnis des Griechischen und Lateinischen half zum schnelleren Umgang mit allen Wortbildungen in der Medizin und der Pharmakologie.

Der Griechischkurs dauerte zwei Semester (1943–44). Zum Abschied von unserem Griechischlehrer Dr. Grosse-Brauckmann verfaßte ich ein Gedicht:

Fürs Studium Graecum wollen wir
Recht herzlich uns bedanken hier.
's ist wirklich keine Kleinigkeit,
Bis man zwölf Mädels hat soweit,
Daß sie den Unterschied klar sehen:
πεπαίδευμαι - επαιδευθην.
Bis νους *sie können deklinieren,*
Das Verb γιγνώσκω *konjugieren.*
Zwar war beim Übersetzen häufig
Uns die Bedeutung nicht geläufig.
Von Worten, die uns unentwegt
Herr Dr. Grosse-Brauckmann frägt.
Das Verb νομίζω *heißt* nicht *nennen!*
Und γίγνομαι *heißt* nicht *erkennen!*

Die Einsicht kommt dann mit „Ach so!"
Der Lehrer ist dann wieder froh.
Sein Faden der Geduld ist lang,
Doch ist es uns auch manchmal bang.
Doch wär'n wir nicht so gern dabei,
Wär längst schon aus die Lernerei.
Das Griechischlernen macht viel Freude,
Wir sagen dies sehr dankbar heute!
Weil wir nun so viel Müh' gemacht,
Sei dies Poem heut' dargebracht.

Ich bekam dann das günstige Angebot in der Pathologie, für's siebte und achte Semester eine nicht zu umfangreiche Doktorarbeit bei Professor Gruber in Göttingen zu schreiben. Die Arbeit wurde fertig und konnte „auf Eis" gelegt werden, da man als Mediziner erst nach Beendigung des langen Studiums von fünf Jahren eine mündliche Doktorprüfung in drei getrennten Prüfungen bei drei Professoren machen konnte.

V/3 Mein Doktorvater Professor Gruber (Pathologie), Göttingen, 1944

So hatte ich für die beiden Endsemester IX und X den Rücken frei und konnte mit Marie täglich alle vierzehn Prüfungsfächer pauken. Gemeinsam klärten wir manche offene Frage, hinterfragten und begriffen zusammen. Es lernte sich so leicht an ihrer Seite. Sie machte als Beste von allen ihr Examen mit „sehr gut", ich mit „gut", es fehlte mir nur in einem Hauptfach die Eins zum „Summa cum laude".

Als Trost dafür, daß ich Maries Höhe nicht erklimmen konnte, durfte ich – als Überraschung für meine Mutter, die von der bereits fertigen Doktorarbeit noch nichts wußte, – gleich nach dem Staatsexamen die mündliche Doktorprüfung ablegen. Ein Telegramm an meine Mutter lautete:

„Als frischgeback'ner Dr. med.
grüßt Dich Dein Kind Elisabeth!"
Noch am späten Abend des gleichen Tages kam ein Telegramm von meiner Mutter, ein Telefon hatten wir ja nicht:
„Ganz überrascht vom Dr. med.
grüß ich mein Kind Elisabeth."

Also war das zwei Jahre gehütete Geheimnis gelüftet und das Studium am 1. Juni 1947 mit Promotion beendet.

V/4 Am Tage meiner Promotion, 1. Juni 1947

Dies, liebe Leser, war ein Ritt im Galopp durch meine Studienjahre 1941 bis 1947. Aber was war inzwischen in der Welt geschehen, und was daheim?

Mein Bruder Martin war 1941 ein junger aufstrebender promovierter Studienrat am Mädchengymnasium in Göttingen, Autor eines Lehrbuches für den Lateinunterricht. Er war der Stolz unserer Mutter, ihr Ältester. Er war verlobt mit Ilse Quandt, Juristentochter aus Rummelsburg in Pommern, die Hochzeit war für den nächsten Soldatenurlaub im Hause Quandt vorgesehen, das Brautkleid hing bereit. Die Eingeladenen waren informiert. Seine Ilse war in Unruhe um ihn und wollte das Weihnachtsfest 1941 bei uns verbringen. Im Stillen wollte sie ihren Verlobten zum Hochzeitsurlaub in Kassel erwarten und mit ihm nach Rummelsburg in Pommern fahren. Wochenlang hörten wir nichts von ihm. Ilse blieb bei uns in Kassel, bis wir Klarheit hatten: Am 10. Januar 1942 kam die Nachricht vom Soldatentod meines ältesten Bruders Martin. Es war gut, daß Mutter und Braut zusammen waren, denn ich mußte wieder nach Göttingen. Ilse blieb noch wochenlang bei meiner Mutter in Kassel.

Karl Albrecht war 1942 noch in Berlin, wurde aber, obwohl ausgebildet bei der Artillerie, zur Infanterie eingezogen. Als Bruder eines gefallenen Soldaten kam er nicht an ganz gefährliche Stellen und überlebte an der Süd- und an der Ostfront als deutscher Soldat bis 1945. Als es aber nur noch um das Zurückweichen, sogar Flucht vor der Roten Armee ging und das Kriegsende nahe bevorstand, hat er sich nachts auf eigene Faust in Richtung Westen durchgeschlagen. So kam er als „Deserteur der letzten Stunde" in Dresden an. Dort wurde er von Stippichs ein paar Tage versteckt und legte die Uniform ab. Dann wagte er sich in einem Anzug von Onkel Werner mit zu kurzen und engen Hosenbeinen auf die Straße.

Russische Besatzungssoldaten, vor denen meine Kusinen Micke und Ranni

131

Angst hatten, patrouillierten in den Straßen und suchten auch nach jungen Frauen. Die beiden waren auf dem Dachboden versteckt. Ranni wollte sehr bald nach Würzburg flüchten, wo sie studierte. Karl Albrecht nahm sie ein Stück mit – zu Fuß und auf Pferdewagen. Da entschlossen sie sich kurzerhand, für immer beisammen zu bleiben.

Seit 1942 war der Krieg eskaliert. Ob in Göttingen oder in Kassel, die Luftschutzkeller mußten immer häufiger aufgesucht werden. Die Angriffe wurden heftiger. Dennoch kam Max Planck, der Onkel meines ehemaligen Chefs Dr. Max Schirmer, häufig nach Kassel, um im Hörsaal des Landesmuseums Vorträge zu halten. Wenn er dann bei seinem Neffen logierte, bot sich Gelegenheit zu interessanten Gesprächen. Dr. Schirmer erzählte mir von folgender Begebenheit, die der Physiker und Forscher vor Jahren erlebt hatte:

Er habe einmal wieder – bisher erfolglos – daran gearbeitet, daß alle Atome eine gemeinsame Größe von Energie tragen müßten, die bei jedem Atom aus einer Konstanten und einer Variablen bestehen müsse. Wenn man die Konstante herausfände, könnte das einen ungeahnten Fortschritt, vielleicht aber auch eine Gefahr für die Menschheit bedeuten. Wegen dieser Bedenken wollte er nun nicht länger an dem Geheimnis rühren. Er hatte die Zahl nicht gefunden, die die große Erkenntnis bringen würde, und klappte den Aktendeckel zu. Der Mensch muß nicht alles wissen. Dies sei nun einmal der Wille des Schöpfers aller Dinge, auch der Atome.

Planck legte sich erleichtert schlafen. Im Halbschlaf oder im Traum war auf einer Fläche (einer Tafel?) eine vielziffrige Zahl geschrieben, er merkte sie sich, sprang auf und setzte die Zahl in seine Formel ein. Daraufhin gingen die Gleichungen auf – es war die seit langem gesuchte Zahl der Quantentheorie! Sie wurde später „die Planck'sche Zahl" genannt.

Lange nach Schirmers Tod habe ich in einer Planck-Biographie nach dieser Begebenheit gesucht, doch vergeblich. Ich habe also keine Beweise oder Bestätigung, daß die Geschichte stimmt. Sie soll aber hier, weil sie sich mir eingeprägt hat, niedergeschrieben werden.

Im Oktober 1943 sprach Max Planck morgens wieder einmal im kleinen Hörsaal des Landesmuseums in Kassel vor Physikern über seine augenblicklichen Studien und logierte mit seiner Frau bei seinem Neffen. Auf dessen Bitte, an die-

V/5 Physikprofessor Dr. Max Planck (1858-1947), Berlin/Göttingen, in Kassel: Bombennacht vom 22. Oktober 1943 im Hause unserer Freunde Schirmer

sem Abend ein paar Freunde zum Abendessen einladen zu dürfen, ging Planck zu Schirmers Freude ein. So wurden auch meine Mutter und ich gebeten. Schirmer rief bei der Flugabwehr Kassel an: Max Planck sei in der Stadt, man möchte ihm bei Voralarm telefonisch Bescheid sagen, wenn die Gefahr so groß wird, daß man den alten Herrn in den Keller bringen müsse.

Wir versammelten uns in freudiger Stimmung im Salon in der Kaiserstraße (heute Goethestraße), alle wurden einzeln vorgestellt, ich mit „Göttinger Medizinstudentin Elisabeth Viering". Dazu erhielt ich einen aufmunternden Händedruck, auf den ich stolz war – von so einer Berühmtheit! Nachdem man sich zur Festtafel begeben und Platz genommen hatte, gab es, wie erwartet, Voralarm. Der Bescheid kam: „Keine Gefahr für Kassel, das Bombengeschwader fliegt nach Frankfurt."

Dr. Max gab bekannt, man möchte Ruhe bewahren, es bestehe keine Gefahr für einen Bombenangriff auf Kassel, das Ziel der Flieger sei Frankfurt. Minuten später hörten wir Bombeneinschläge in der Ferne, aber keinen Hauptalarm durch die Sirene, doch es prasselten dann viele kleine Bomben nicht weit von uns nieder. In Eile ergriff jeder seinen Mantel. Wir gingen die verdunkelte Dienstbotentreppe hinunter und erreichten über einen Innenhof den Schirmer'schen Luftschutzkeller gerade noch, als Fensterscheiben klirrten. Die Hausbewohner nahmen an den Wänden ihre angestammten Sitze ein. Ich sah, wie Frau Planck ihren Mann in den Keller führte, ihn zu einem Schirmer'schen Sitzplatz brachte und ihm eine Decke auf die Knie legte. Wir übrigen Gäste mußten stehen, dicht gedrängt in dem kleinen Kellerraum. Ich stand vor Max Planck, als direkt vor dem Kellerfenster eine Bombe auf der Straße niederging, es aufriß und durch den ungeheuren Druck eine Luftwelle mit Mörtel und Staub in unseren Keller drückte.

Wer dachte da nicht an sein letztes Stündlein? Ich zitterte und bekam weiche Knie, wankte, aber ich blieb stehen. Max Planck nahm dies wahr, trotz eigener Gefahr. Er forderte mich auf, mich auf den Fußboden zu setzen und den Rücken fest an seine Knie zu lehnen. Gerade tat ich es, da gab es einen ungeheuren Knall und Getöse über uns. Das vierstöckige Eckhaus mußte getroffen worden sein!

Die Stimme des Hauswartes war zu hören: „Ruhe bewahren, keiner verläßt den Keller!" Wenn wir nicht rausdürfen, kommen wir hier um, dachte ich. Nach 15 Minuten war es draußen wieder ruhig, der Hauswart mußte erst seinen Gang zum Inspizieren machen und kam mit der Meldung zurück, daß das oberste Stockwerk an einer Ecke brannte. Wenn die Bewohner jetzt noch Wertsachen, Möbel usw. retten wollen, dann müßten sie auf der Stelle in ihre Wohnung hochlaufen.

Nach kurzer Zeit kamen sie zurück und berichteten, eine Bombe sei durch das Dach in das große viereckige Treppenhaus eingeschlagen und habe die Treppe zu ihrer Wohnung weggerissen, man könne die brennenden Zimmer nicht erreichen.

Als schon viele den Keller verlassen hatten, wollten meine Mutter und ich auf eigene Gefahr versuchen, nach Hause zu kommen. In den Innenhof, über den wir gehen mußten, fielen brennende Holzteile von Fensterrahmen, die unten auf dem Weg zur Hintertreppe weiterbrannten. Halb darüber steigend, halb springend, erreichten wir, die Hände über den Kopf haltend, den Flur in der Schirmer'schen Wohnung, die wir vor einer Dreiviertelstunde verlassen hatten. Es war stockdunkel. Durch die aufgesprungenen, offenen Türen sah ich die Gardinen im Dunkeln vor den zerborstenen Fensterscheiben wehen, es war geisterhaft. Als wir glücklich unverletzt auf der Straße standen, dachten wir zurück an den Keller. Als wir gingen, hatte der sich schon fast geleert, nur die Tragbahre mit Dr. Max stand noch im Schutzraum, und auch das Ehepaar Prof. Planck wartete dort auf Hilfe. Von weitem sahen wir, daß das Turmdach der Adventskirche neben unserem Haus brannte und dunkelrot gegen den Nachthimmel glühte. Als wir um die Ecke Kaiserstraße/Eulenburgstraße (heute Ecke Goethestraße/Lassallestraße) bogen, schlugen Flammen auch aus unserem Dach. Nachbarn holten Möbel aus unserer Parterrewohnung. Alle

Hausbewohner reichten in einer Kette Wassereimer weiter in die oberste Wohnung. Wir reihten uns sofort ein.

Nach sieben Stunden war der Brand im Haus Eulenburgstraße 6 von den Hausbewohnern gelöscht. Die Klavierlehrerin Weber bot sich an, bis zum Morgen Brandwache zu halten. Unsere Möbel konnten wieder ins Haus gestellt werden, denn unsere Wohnung war vom Brand verschont geblieben. Ich ging gegen 6.00 Uhr morgens schlafen. Aber meine Mutter ging zurück zum Schirmer'schen Hause, es war menschenleer. Ohne daß der geringste Versuch unternommen werden konnte, den Brand zu löschen, waren die fünf Stockwerke durch die Stabbomben niedergebrannt. Übrig blieb eine Ruine mit Fensterhöhlen.

Meine Mutter machte sich auf in die umliegenden Straßen und fand tatsächlich Schirmers und Plancks im Laden einer Fleischerei, Dr. Max noch auf der Bahre liegend. Meine Mutter nahm zunächst Plancks mit zu uns und gab ihnen unser Wohnzimmer mit Sofa und Chaiselongue als Bleibe. Frau Schirmer suchte Rotkreuzhelfer, um Dr. Max in einen Sanitätswagen zu setzen – vergeblich. Schließlich kamen auch Schirmers erschöpft, aber wohlbehalten bei uns an. Wir saßen um unseren Tisch herum und überlegten, was zu tun sei. Meine Mutter brachte eine heiße Suppe. In der Fleischerei war Plancks Aufenthalt bei uns schriftlich hinterlegt worden. Gegen Abend kam dann ein Wagen, um sie abzuholen.

Schirmers wurden offiziell nach Sachsenhausen (Waldeck) evakuiert, wo sie jahrelang blieben. Max Planck verabschiedete sich von mir in unserer Wohnung mit den Worten: „Wenn man ein solches Erlebnis wie das gestrige miteinander hatte, dann vergißt man sich ein Lebenlang nicht." Ich habe ihn lebend nie wiedergesehen, diesen klugen, fein empfindenden und bescheidenen Menschen. Doch sah ich ihn im Winter 1946/47 in Göttingen auf seinem Totenbett. Doch davon später.

Das war also die Nacht, in der das alte Kassel, meine Heimatstadt, unterging. Vom ganzen Ausmaß der Bombennacht erfuhren wir im Westen der Stadt erst nach vielen Stunden: Mein Geburtshaus Lutherplatz 6, die Martinskirche, an der mein Vater Pfarrer war, meine Schule – alles zerstört. Tausende von Toten, viele Menschen, die ich kannte: Unseren Schuldirektor Dr. Friedrich und seine Frau fand man verbrannt an einer Hauswand hockend. Meine letzte Klavierlehrerin und ihre Schwester verbrannten in der Unteren Königstraße.

V/6 Kasseler Altstadt vor dem Feuersturm mit Druselturm und Martinskirche (Ansicht ungefähr von der Garnisonkirche aus)

V/7 Gleicher Standort: Kassel nach Feuersturm und Zerstörung

In Göttingen wechselten meine Studentenbuden öfter, je nach Lage zu den Instituten, in denen ich zu tun hatte. Es war wohl im Jahr 1944, daß mir eine Konabiturientin aus Kassel auf der Straße begegnete, Irmgard Kirchner.

Sie wohnte mit ihrem Bruder Fritz (Student der Landwirtschaft) zusammen bei einem hohen Militär, der nach der Hitlerära von seiner großen Privatvilla Räume abgeben mußte. Er hieß General Friedrich Hoßbach (1894–1980)[16] und war Kommandeur des Göttinger Regiments, in dem mein Bruder Martin als junger Göttinger Studienrat eingezogen und sehr

---

[16] Während des Krieges Hitlers Wehrmachtsadjutant als Generaloberst, Verfasser der „Hoßbach-Niederschrift" vom 10. 11. 1937 (Protokoll einer Ansprache Hitlers vom 5. 11. 1937 an die Befehlshaber der Waffengattungen im Führerhauptquartier über seine osteuropäischen Expansionspläne). Hitler erntete Widerspruch von Außenminister von Neurath und Heeresoberbefehlshaber von Fritsch. Beide Männer der Führungsriege wurden binnen eines Jahres aus ihren Ämtern entfernt. Das Protokoll wurde nachträglich aus dem Gedächtnis aufgezeichnet. (Vgl. Meyers Lexikon 1992).

bald Berichterstatter und Fotograf wurde. Hoßbach konnte sich noch gut an den Unteroffizier Scheele und seine Bilder erinnern. Als 1946 bei Hoßbachs noch ein Zimmer abgegeben werden mußte, vermittelte mir Irmgard einen schönen, aber unheizbaren Raum. Mit einem Tauchsieder erhitzte ich mir dort das Wasser für die Wärmflasche, warme Getränke und zum Waschen.

Man erzählte mir, daß in den allerletzten Tagen, als schon Waffenstillstand war, noch Soldaten der SS kamen, möglicherweise, um den General gefangenzunehmen. Es gelang nicht. Hoßbachs verriegelten und verbarrikadierten ihren Hauseingang und das Gartentor. Sie hatten sich bereits von der SS distanziert. Als die letzten Hitlertreuen sich noch einmal dem Hause, diesmal mit Schußwaffen, näherten, trat Hoßbach in Generalsuniform und bewaffnet auf seinen Balkon und gab von dort oben Warnschüsse ab. Es kam zu einem kurzen Schußwechsel, die Soldaten zogen sich zurück. Als wenige Tage später andere Soldaten kamen, nämlich Alliierte, hat ihn diese Schießerei mit der SS entlastet. Doch wurde er trotzdem für wenige Tage verhaftet, dann mit der Auflage entlassen, sich täglich pünktlich auf der englischen Kommandantur zu melden.

Ich wohnte nun in diesem großartigen Hause in herrlicher Nähe zu allen Kliniken. Ich konnte zu Fuß auf das große Klinikgrundstück gehen, sofern es die Chirurgie, die Innere, die Kinderklinik (Pädiatrie), die Gynäkologie und die Pathologie betraf. Allerdings wurde bald das ganze Hoßbach'sche Haus für englische Militärs beschlagnahmt. Irmgard und ich mußten räumen. Doch saßen wir nicht auf der Straße, denn wir wurden in der Nachbarschaft einfach zwangsweise einquartiert. Wir erhielten ein Schreiben von der englischen Besatzung, mußten aber selbst damit zu dem angegebenen Hausbesitzer gehen. Dieser war von der Art der Zimmerabgabe alles andere als begeistert.

Wir erhielten zwei ineinandergehende, schräge Zimmerchen, in denen bisher die Söhne des Hauses gewohnt hatten, die also zuerst noch durch das vordere Zimmer gehen mußten, um an ihre Garderobe und Schulbücher zu kommen. In ihren Betten schliefen nun zwei Studentinnen! Irmgard erhielt das hinter meinem gelegene, unbeheizbare Zimmer. Wir feuerten, so weit Material ergattert werden konnte, in meinem „Kanonenöfchen" und ließen die Türe auf, damit auch Irmgard an ihrem Schreibtisch im Warmen arbeiten konnte.

Die Hausbesitzer hießen Rehkopf. Er war Studienrat und Anglist an einem Göttinger Gymnasium. Sie hieß Minnie und wurde meine Duzfreundin über viele Jahre. Noch heute treffe ich einen ihrer Söhne mit dem altvertrauten gegenseitigen „Du" in der Anrede. Als die Tochter Rehkopf, die gut Englisch sprach, sich bald mit einem Engländer der britischen Besatzung verlobte, nahm sie uns mit zu den „Meetings" für Göttinger Studenten, wo wir „Sandwiches" kennenlernten. Wir nannten die Brötchen „Sand-Witsche". Nicht lang darauf verschwand sie allerdings mit ihrem „Reverend" in dessen britische Heimat. So wurde ihr schönes großes Zimmer für die Brüder frei.

Ich war häufig bei Rehkopfs eingeladen zum Betrachten der noch unfertigen Gemälde und Zeichnungen junger Künstler sowie zu hausmusikalischen Darbietungen. Wie Minnie war ich eine dankbare Zuhörerin. Mit ihr machte ich schon mal ein kleines Abendessen für alle. Dies war also im entbehrungsreichen Jahr 1946.

Die Musiker spielten regelmäßig Streichquartette. Es waren Willi Rehkopf mit seinen Söhnen sowie ein Professor Dr. Kochs vom „Grimm'schen Wörterbuch" in Göttingen und ein ungarischer Berufsgeigermeister, Sandor Ferenzy. Mit allen kam ich in näheren Kontakt, der auch nach meinem Fortgang von Göttingen fortbestand, auch bis in die 50er Jahre hinein, wo ich schon als Hans Dittmers Frau in Simmershausen wohnte. Gemeinsame Interessen der Rehkopfs und der Familie Dittmer waren Maler und ihre Gemälde. Die Göttinger kamen nun öfter auf Einladung von Hans Dittmer. Zu den Hauskonzerten gebeten wurden auch unsere Simmershäuser Freunde. Als Hans 1959 starb (siehe Kapitel VI), spielte das Streichquartett in der Simmershäuser Kirche vom Altarraum aus für ihn ein „In memoriam". Die Freundschaft mit diesen außergewöhnlich kontaktfreudigen Menschen übertrug sich noch auf Hans' Nachfolger im Simmershäuser Pfarrhaus, auf Dekan Manfred Winzer und seine Frau und Tochter, die alle ebenfalls sehr musikalisch waren.

Wir kehren noch einmal zurück ins Jahr 1945. Im April waren meine Mutter und ich vor den an Häufigkeit und Schwere zunehmenden Bombennächten und den herannahenden fremden Truppen von West und Ost aus Kassel in das ruhigere Sooden geflüchtet. Unser Hab und Gut war noch unversehrt, vor allem das mir wichtige Klavier, das ich aus Martins Nachlaß erhalten hatte. Meine Aussteuermöbel, die Küche, das Wohnzimmer und die Betten waren aus Ennigloh geholt worden.

Für diese Dinge beantragten wir ein Nutzfahrzeug von zu Kriegsdienst verpflichteten Bauern. Mit dem Anrechtsschein für ein solches Transportmittel begaben wir uns am vorgeschriebenen Termin auf den großen Hof einer Möbelspedition in der Wilhelmshöher Allee. Hierhin kamen die Bauernfahrzeuge nach erledigtem Auftrag immer wieder zurück. Es ging nach der Reihe. Wir bestiegen dann ein Transportfahrzeug, fuhren damit zu unserer Wohnung und luden zusammen mit dem freundlichen Bauern alles Bereitgestellte auf. Die beiden Sessel standen auf festem Untergrund des Kastenwagens, der Bauer half uns nach dem Beladen dort hinauf, wo wir uns behaglich niederließen, um über die Fuldabrücke Richtung Meißner der gefährlichen Stadt zu entkommen.

Aber – so glatt ging das nicht. Wir waren kaum auf dem Friedrichsplatz, da kam Hauptalarm, die Sirenen heulten. Es schien so gefährlich gewesen zu sein, daß die Leute rannten, um in den Luftschutzkeller am Weinberg zu kommen. Auch unser Bauer lief um sein Leben im Gedenken an seine Lieben daheim, er war verschwunden und konnte uns nicht mehr behilflich sein, vom hohen Gefährt herunterzuspringen.

Da kam ein Flugzeuggeschwader, ich hatte so etwas noch nicht gesehen, die Straßen und der Friedrichsplatz waren menschenleer. War dies das Ende unserer Flucht? Wir waren ganz still und ergeben, da drehten die Tiefflieger ohne Flakbeschuß mit furchtbarem Getöse ab, Bomben wurden nicht abgeworfen – es waren wohl doch nur Aufklärer.

Am späten Nachmittag kamen wir vor der Villa Westerburg in Bad Sooden an. Grete, meine Kusine, erwartete uns unten auf der Straße. Es wurde nur das Klavier und ein kleiner Teil abgeladen. Alles andere der Kasseler Einrichtung kam in der Allendorfer Kirche unter. Hier standen ein paar Männer bereit, um viele heranrollende Möbel abzuladen. Wir waren froh, hatten aber keinen Einfluß darauf, wie die vielen Möbel gestapelt wurden. Alles kam kreuz und quer, über und untereinander, wer sollte das mal wieder auseinanderhalten? Wem gehörte was?

Meine Mutter und ich blieben zwei bis drei Monate in der Villa Westerburg. Die Kellersitzungen gingen weiter, nicht wegen eventueller Bombenabwürfe, sondern wegen der von Westen näherkommenden amerikanischen Artillerie, die einen Bogen um Sooden herum machte und dann von Osten her den Ort beschoß. Für uns „Bombengewohnte" war das harmlos – es klang mehr wie der nahe Donner eines Gewitters. Ein Artilleriegeschoß konnte ein Dach treffen, eine Hauswand, aber nicht in einen Keller vordringen.

Die Übernahme durch die Alliierten habe ich folgendermaßen in Erinnerung: Unsere „Jungs", die Soldaten, liefen im Laufschritt, geduckt, mit dem Gewehr in der Hand, aus dem Ort heraus, vereinzelte Amerikaner kamen von Westen in unser Wald-Wiesen-Garten-Grundstück. Gott sei Dank, die Amerikaner waren wirklich da, eine ganz große Erleichterung! Wir betrachteten sie als Kriegsbeender.

Eine Tante von mir aus Sooden, die in unserem Keller Zuflucht genommen hatte, war lange in Amerika gewesen und begrüßte die Soldaten freundlich. Sie fragte, ob sie „a cup of tea" haben wollten. Es wurde gelacht. Mein Onkel Fried, der 80jährige Bruder meines Vaters, rief Tante Mimi zu: „Sag ihnen, wir hätten noch süße Amerikaner für sie" – das war schon damals eine Gebäckart. Deshalb lachten wir alle, als die „Amis" vor uns auftauchten. Jedenfalls haben wir uns gefreut, daß sie da waren und daß nun der Krieg aus war.

Am folgenden Morgen, als ich die Gardinen des Schlafzimmers zurückzog, traute ich meinen Augen nicht: Auf der Haintorstraße waren wieder deutsche Soldaten! Bei mir regte sich keine Spur von Freude. Als sie näher an unser Haus kamen, riefen wir: „Aber Kameraden, was macht ihr denn hier, es ist doch alles sinnlos!" Sie erwiderten: „Uns fehlen welche, wir müssen noch mal in den Wald."

Sie haben dann zwei ihrer Kameraden tot aufgefunden und brachten sie mit einem kleinen Bollerwagen auf den Soodener Friedhof. Hier legten sie diese unter einer Überdachung ab. Dort standen wir später besinnlich vor ihnen. Die Amerikaner kamen dann gestrenger zurück und durchsuchten Haus für Haus nach versteckten Soldaten, auch die Villa Westerburg. Wir Zivilisten mußten alle vor die Haustür treten, denn ein Schußwechsel hätte gefährlich für sie und uns werden können.

Am 8. Mai wurde der Waffenstillstand bekanntgegeben. Für uns folgten geruhsame und erholsame Wochen, nur an Brot fehlte es. Wir kauften im Mai Gänseküken, fütterten und hüteten sie unter einem Drahtkäfig. Einer von uns saß immer als Hüter vor Habichten oder Hunden vor dem Drahtgestell oben am Waldrand. Als ich einmal wieder diesen Dienst tat, sah ich ein mit Wiesenblumen geschmücktes junges Mädchen aus dem Wald heraustreten. „Ranni?" rief ich fragend, dann glücklich. Ja, sie war es, meine kleine Kusine aus Dresden.

Sie kam näher und sagte, Karl Albrecht sei auch hier und warte mit dem Gepäck oben im Walde. Er habe keinen Personalausweis. „Sind noch Engländer oder Amerikaner in eurem Haus?" Sie waren erst in Kassel gewesen und erzählten uns, daß unsere Wohnung und der Keller offenstanden und daß alles durchsucht und zerwühlt worden sei.

Nun hielt es meine Mutter und mich auch nicht mehr. Wir wollten nach Kassel, aber wie? Von Eschwege nach Kassel sollten Züge fahren. Nachdem wir unser Gepäck gewogen hatten – an jeder Seite waren fünf Pfund Gepäck „tragbar" – brachen wir auf.

Eine Fahrkarte von Eschwege nach Kassel gab es allerdings nur für Berufstätige in Kassel. Wir ahnten es schon in Sooden: Für uns blieb nur der Fußweg über den Meißner. Wir hatten jeder zehn Pfund Gepäck bei uns. Wir übernachteten in einem Arbeitswagen der Eisenbahn in Eschwege und machten uns in aller Herrgottsfrühe auf den Weg: Meine Mutter mit 63 Jahren, ich mit 30 Jahren – wir fühlten uns allerdings noch nicht so alt! In Helsa sahen wir das erste Kettenfahrzeug (Tankwagen) mit Amerikanern, auch Schwarze. Kinder standen staunend und zutraulich um die netten Soldaten herum, von denen sie Schokolade und Bonbons erhielten.

Nach über 50 Kilometern kamen wir an der Fulda an, doch war die Kasseler Fuldabrücke gesprengt worden. Abends um 7.00 Uhr sollte noch ein Kahn über den Fluß gehen. Wir hatten Glück – aber nur halb, denn die letzte Straßenbahn Richtung Kassel-West war schon weg. Enttäuscht und erschöpft setzten wir uns am Altmarkt auf einen Bordstein des Bürgersteigs, der zur Martinskirche führte. Wir erreichten dennoch unsere Wohnung in der Eulenburgstraße nach über 50 Kilometern Tagesmarsch zu Fuß und sanken glücklich und stolz auf unsere Leistung auf irgendeine Liegegelegenheit.

Was sollten wir nun in Kassel? Also fuhren meine Mutter und ich Stück für Stück des Weges zurück nach Sooden. Wie? Auf irgendwelchen Rädern, Lastern oder Pferdewagen, vielleicht auch mit der Eisenbahn? Ich weiß es nicht mehr. Und was sollte ich in Sooden? Allein wichtig für mich war in diesem Sommer, was in Göttingen los war. Dort hatte ich im Friedländer Weg mein Zimmer und mein so unentbehrliches Fahrrad. Eine gute Freundin von mir, Therese Büchner, wollte ebenfalls von Sooden nach Göttingen, allerdings hatte sie ein Fahrrad

– wenn auch reparaturbedürftig. Wir packten ihr und mein Gepäck auf den Gepäckträger. Sie bot mir an, daß wir das Rad abwechselnd die Berge hinaufschieben wollten, abwärts sollte ich mich hinten aufs Gepäck setzen, und wir könnten so doch gut vorwärtskommen. In Göttingen hatte ich ja mein Fahrrad für die Rückreise. Die Fahrt ging ganz gut, trotz der vielen starken Steigungen im Eichsfeld. Doch dann kamen wir auf einer steil abwärtsführenden Schotterstraße ins Schleudern und fielen kopfüber übereinander. Therese lag unter mir und erhielt eine Schrammwunde im Gesicht, ich eine am Arm. Ich holte einen Arzt, der sie – mit seinem Fahrrad – in seine Praxis schob und versorgte. Schließlich kamen wir doch noch zum Ziel. Ich brachte sie zu ihrer Familie und übernachtete bei meiner damaligen Wirtin, Fräulein Frenzel, im Friedländer Weg, wo ich mein heilgebliebenes Fahrrad in Empfang nahm.

Am nächsten Vormittag suchte ich meinen Doktorvater, Prof. Dr. Gruber, auf und meldete mich zurück. Die Arbeit hieß „Beitrag über die Schußeinwirkung am Knochen". Es war also ein zeitgebundenes Thema. Hier, in seiner Privatwohnung, erfuhr ich nun alles Wichtige über den unterbrochenen Universitätsbetrieb, der mit dem Wintersemester 1945/46 wieder aufgenommen werden sollte.

Was hatte sich sonst noch in diesen Jahren 1945 bis 1951 ereignet? Im Jahr 1946 heirateten Karl Albrecht und Marianne. 1947 kam ihr erstes Kind gesund zur Welt, und zwar in Würzburg, wo Marianne ihr Biologiestudium beenden wollte. Der Kleine bekam jedoch im zarten Alter von wenigen Wochen eine verheerende Darminfektion und starb in der Würzburger Kinderklinik. Er hatte den Doppelnamen Martin Otfried. Seine Eltern haben den Verlust nie ganz verkraftet.

Ich blieb mit Marie Klie noch in Göttingen, sie erhielt das Thema für ihre Doktorarbeit, ich wurde Praktikantin in der Göttinger Pathologie, Marie übrigens auch. Wir sezierten jeder drei Kinder- und drei Erwachsenenleichen. Dann stellten wir unter Anleitung postmortal diejenigen Todesursachen fest, die zu Lebzeiten nicht sicher feststellbar waren. Wir nahmen auch sonst noch an Kollegs und Seminaren teil. Auch hatten wir ein gutes Verhältnis zum Pedell, der die Schlüsselgewalt über den Leichenkeller hatte. Eines Tages suchte er uns beide im Hörsaal der Pathologie auf mit der Mitteilung, er habe im Keller eine „prominente Leiche". Ja, wer denn? Wir gingen mit ihm. Alle dort gelagerten Verstorbenen waren mit weißen Laken zugedeckt. Es bestand Mangel an besseren Särgen, so mußten die Toten im Kühlen warten. Jeder hatte einen am großen Zeh befestigten Namenszettel, der unter dem Laken herausragte. Es war Professor Max Planck. Der Pedell nahm das Laken ab, so konnte ich mich noch still von ihm verabschieden. Es waren besinnliche, dankbare Minuten: Einerseits hatte ich ihn in großer Not erlebt, zum anderen hatte er mich in großer Not gestärkt.

Es muß im Sommer 1947 gewesen sein – denn ich war nach dem Studium in Göttingen wieder zurück in Kassel, polizeilich gemeldet als Dr. Elisabeth Viering, Eulenburgstr. 6 –, als die Post eine Drucksache brachte mit der Aufforderung, mich zur Trümmerbeseitigung in der Sedanstraße einzufinden. Diese war zu der Zeit nur ein Trampelpfad, der sich zum Teil noch in Schlangenlinien an den großen Trümmerbrocken vorbeiwand. Mein Arbeitsplatz befand sich im oberen Teil der Straße, die nach Norden steil abfiel. Von dort aus konnte ich südlich die Trümmer der Lutherkirche und meines Geburtshauses am Lutherplatz sehen und beim Blick nach Norden die Trümmer meiner Grundschule, der Bürgerschule 16 (in Kassel hatten die Mädchenschulen gerade Ziffern).

In den ersten Tagen hatte ich einen bequemen Arbeitsplatz: Wir sollten mit einem Hammer einzelne Backsteine von altem Mörtel befreien und die Flächen glattklopfen und -schaben. Die tadellosen Exemplare wurden dann zur Wiederverwendung in Blocks geschichtet. Das kleinere Trümmermaterial warfen wir auf Loren, die von der unteren Straße aus auf schmalen Schienen herangerollt worden waren. Die vollgeladenen Wagen wurden dann von anderen wieder abwärts geleitet bis zu den Anhängern, die den Schutt zu den Sammelstellen brachten. Es gab viele solcher Sammelplätze, beispielsweise in Bombentrichtern, die eingeebnet werden sollten. Die größte Trümmersammelstelle Kassels war an der „Schönen Aussicht", an der die Anhänger am Hang zur Aue entleert und der Schutt heruntergekippt wurde.

Von der Pathologie aus ging ich am 1. April 1947 nach Kassel ins Stadtkrankenhaus in die Chirurgie zu Professor Dr. Baumann, dort verbrachte ich eineinhalb Jahre und erhielt meine Approbation als Ärztin. Es wurde zunächst noch im Bunker operiert, ebenso waren die Krankensäle für die Patienten in unterirdischen Unterkünften, solange die nicht belegbaren Stationssäle in den fast unversehrten Gebäuden wieder hergerichtet wurden.

Kaum waren aber die ersten Räumlichkeiten für eine Frauenstation fertig, wurde ich dort eingeteilt. Zur Seite stand mir eine erfahrene Stationsschwester. An manchen Betten war ich noch ratlos: Was sollte ich hier tun? Sehr geschickt fragte die Schwester: „Frau Doktor, wollten Sie heute den Desault-Verband wechseln?" „Ja, das können wir tun." Oder: „Gestern hatten Sie gemeint, Sie wollten heute einen feuchten Mercurochromverband anlegen." Die Schwester nahm mir als Neuling in diesem ersten Dienst direkt beim Patienten alle Peinlichkeiten, um mir die Autorität zu erhalten.

Die Arbeit im Operationssaal als zweite, gelegentlich auch als erste Assistentin mit Professor Baumann und seinen Oberärzten sowie die Arbeit in der Ambulanz machte mir viel Freude. Dazu gehörte auch die Bereitschaft bei Nacht: Hier mußte ich, etwa bei Unfällen, auch Platzwunden, z. B. an der Kopfhaut, nähen, Verrenkungen reponieren und Knochenbrüche eingipsen. Da ich keine Ermüdung zeigte, durfte ich spät abends noch als stiller Zuhörer bei der Besprechung zwischen dem Chefarzt und seinen Oberärzten teilnehmen. Dies war mir sehr förderlich. Dienstende und dann weggehen, wenn es noch zu tun gab, war unmöglich. Bei den Nachtdiensten wechselte ich mich mit Kollegen ab. War ich dienstfrei, so kam ich abends zu meiner Mutter. Neben der Berufskleidung und der Verpflegung gab es noch 80 Mark im Monat vom Krankenhaus, aber der Professor schrieb das Honorar für die Assistenz bei Operationen mit auf die Rechnungen der „Privaten" und zahlte mir den schönen Verdienst – zwischen fünf und zwanzig Mark je Operation – voll aus. Eine weitere Aufbesserung unserer finanziellen Lage war auch das, was mir die Stationsschwester noch zusteckte von dem, was noch in der Küche übrigblieb. Suppe bekam ich in einem „Henkeltopf" mit, den ich dann nachts in der Straßenbahn nach Hause transportierte. Dazu gab es auch belegte Brote oder Kartoffelbrei – alles war hochwillkommen.

Die erste große Flüchtlingswelle von vertriebenen Deutschen kam 1948 aus Rußland, sie wurde von der IRO[17] geleitet. Die Kranken unter den Flüchtlingen kamen ins Stadtkrankenhaus, in Säle mit Feldbetten, die für Katastrophenfälle gedacht waren. Sie bestanden aus Eisen mit Drahtspiralen, waren sehr niedrig und

---

[17] International Refugees Organization.

unbequem, auch für uns, die Ärzte und Schwestern, z. B. beim Blutdruckmessen. Viele Reihen davon standen nun neben- und hintereinander. Die Patienten erhofften sich nach langer Reise von mir, der „Doktora", alle Hilfe, die sie brauchten. Immer wieder bedankten sie sich für freundlichen Zuspruch und einen neuen Verband mit einem Kreuz, das sie sich auf die Brust schlugen. Ich meinte, hier und dort eine Gebetshaltung der Hände zu erkennen. Als ich wieder einmal in gebückter Stellung bei einer Patientin den Kreislauf kontrollierte, glaubte ich mit meinem Ärztemantel irgendwo hängengeblieben zu sein. Als ich mich umsah, hatte eine ältere Frau einen Zipfel erfaßt, um einen Kuß darauf zu drücken. Ich war etwas erschrocken, für wen hielten mich diese Frauen? Als ich einmal nach einer solchen Visite in meinem Zimmer meinen Kittel ablegte und in die Tasche griff, hatte mir jemand – wahrscheinlich als Schutz für mich – einen abgegriffenen Rosenkranz hineingesteckt. Vielleicht war er mal im Besitz eines auf der Flucht Verstorbenen? Ich war sehr bewegt und habe ihn bis heute aufgehoben.

Es wurde mir klar, daß ich bei zu langer Kliniktätigkeit auf einen Facharzt hinsteuern würde. Da ich aber weder Pathologin noch Chirurgin werden wollte, sondern Allgemeinärztin, also praktische Ärztin, mit möglichst viel Wissen in den Fachgebieten, mußte ich alle halbe bis ganze Jahre immer wieder kündigen, um jeweils woanders meine Kenntnisse zu erweitern. Bis zur Niederlassung benötigte ich mindestens 36 Monate Kliniktätigkeit.

So mußte ich meine schöne Stelle bei meinem verehrten Professor Baumann kündigen und mich einer anderen Fachrichtung, möglichst in Kassel, zuwenden und unter einem Chef arbeiten, der sein Wissen vermitteln konnte und Freude am Erklären hatte. Und das waren nun einmal die ehemaligen Universitätsprofessoren, die Hochschullehrer. Es fand sich u. a. Professor Voß, ein Pädiater an der Kinderklinik Park Schönfeld in Kassel.

Hier erreichte mich im Mai 1949 die Nachricht aus Simmershausen, daß Friedel Dittmer

V/8 Prof. Baumann, Klinikum Kassel, mein Chef in der Chirurgie

gestorben sei. Ich wußte nichts von einer Krankheit; wie war das möglich? Sie war doch noch so jung und gesund! Ich ging in der Mittagspause nicht zu Tisch. Ich wollte allein sein mit diesem Kummer und ging zum Fuldaufer. Nie wieder würde ich im Chor ihre schöne Altstimme neben mir hören! Vor allem kannte ich auch sonst in Simmershausen kaum jemand und entschloß mich, nicht zur Beerdigung zu fahren, da mich die Familie Dittmer auch kaum kannte. Die Dittmer-Töchter habe ich im Chor nie gesehen, auch den Vater der Familie nicht.

Dieser Abschnitt meines Lebensweges bringt mir auch den Abschied von meiner Mutter, dieser hilfsbereiten Beraterin, meiner lieben Kameradin der letzten Wegstrecke, die ich mit ihr gehen durfte.

Nach Martins Tod und während meiner fünfjährigen Studienzeit gab es wohl kein Wochenende, das ich nicht in Kassel mit meiner Mutter verbrachte. Es gibt daher aus jener Zeit keinen Briefwechsel. Die Wochenenden spielten sich alle ähnlich ab: Da zu jener Zeit die Studenten auch am Sonnabendvormittag noch Kollegs hatten, konnte ich erst mittags in Göttingen abfahren. Meine Mutter holte mich vom Zug ab. Zu Hause tranken wir Kaffee, ich schlief ein Stündchen, abends waren wir immer zu Hause mit Erzählen. Am Sonntag morgen war Kirchgang mit anschließendem Wandern in Wilhelmshöhe mit Picknick auf einer sonnigen Bank und viel Austausch über Freundschaft, Verwandtschaft und Studium. Nachmittags fuhr ich wieder zurück nach Göttingen.

Im April 1949 machte meine Mutter – sie war seit langem Gallensteinträgerin – eine schwere Kolik durch. Es entwickelte sich eine infizierte Gallenblase mit fieberhaftem Verlauf. Da ich zum Dienst ins Kinderkrankenhaus Park Schönfeld mußte, rief ich Professor Baumann an, der in meiner Mittagspause zu einem Hausbesuch bei meiner Mutter in unsere Wohnung Eulenburgstraße 6 kam. Er sah bedenklich aus und hätte gern meine Mutter auf seine Privatstation gelegt. Aber wegen des Infekts konnte er sie nicht zu den Operierten legen. Es fand sich auf der „Septischen Abteilung" ein Einzelzimmer. Da sich die Oberschwester beim Pendeln zwischen Frischoperierten und „Septischen" umziehen mußte, übernahm ich die Pflege meiner Mutter. Dazu mußte ich die Anstellung bei Professor Voß kündigen und meine Ausbildung auf der Kinderabteilung unterbrechen, bis meine Mutter wieder gesund war. Die Infektion ging auf die Gallengänge über und verursachte einen Abflußstau mit hochgradiger Gelbsucht. Schließlich kam es zu einem Abszeß der Leber, der das Organ aushöhlte und zum Leberkoma führte. Obgleich kein Krebs, wurde es in seiner verheerenden Wirkung schließlich dasselbe. Meine Mutter erlag der Krankheit am 12. Januar 1950.

V/9 Meine Mutter Lisa Scheele (1882-1950)

Ich versuchte mich in unserer Wohnung zu erholen, umsorgt von Karl Albrecht und seiner Marianne, die zwei von den vier Zimmern in der Eulenburgstraße bewohnten. So war ich fürs erste in der kleinen Restfamilie aufgefangen und suchte mir wieder eine Assistenzarztstelle.

Nach Mutters Tod strebte ich zuerst wieder nach Gütersloh, ich wollte dort in der Frauenklinik nach einer Assistenzarztstelle fragen. Das paßte gut zu meinem Ziel, mein Wissen zu erweitern, um mich als frei praktizierende Ärztin niederlassen zu können. Hierzu brauchte ich noch Erfahrungen in verschiedenen Fachgebieten. Die Rundumversorgung eines Patienten war mein Ideal. Ich strebte an, die Begrenzung meiner Zuständigkeit zu erweitern. Dort, in der Gynäkologie, sah ich mehrere Schwangerschaftsunterbrechungen, bei denen das Kind zur Schonung der Mutter in Stücken zu Tage gefördert wurde. Es war grausig anzusehen und beeindruckte mich so sehr, daß ich einem Abbruch fortan nur als allerletztes Mittel zustimmen konnte.

Anschließend fand ich eine neue, teilbezahlte Stelle, nur fünf Minuten von unserer Wohnung entfernt, im Kasseler Diakonissenhaus auf der Inneren Abteilung bei Chefarzt Dr. Blackert. Dieser war selber krank und brauchte dringend eine unabhängige ärztliche Hilfe auf seiner Abteilung. Ich hatte ihm allmorgendlich, wenn er von zu Hause kam, eine Spritze zu geben. Dort erhielt ich auch ein Appartement. Meine Arztberichte an die Hausärzte tippte ich selbst auf einer alten Schreibmaschine, was recht schnell und laut vor sich ging. Die

Stationsschwester hörte es auf dem Flur klappern und schüttelte den Kopf: Frau Doktor „rast" wieder auf der Schreibmaschine!

Da im Augenblick keine vollbezahlte Assistentenstelle frei war, ich aber für unsere Innere Abteilung Tag und Nacht bereit war, beantragte Dr. Blackert beim Kuratorium eine zusätzliche Stelle. So ging es gut, auch mit den Finanzen.

Eines Tages sagte mir mein Bruder Karl Albrecht, daß er die Absicht habe, wieder nach Amerika zu gehen, aber Marianne und er seien sich einig, daß sie mich dann mitnehmen würden. Zuvor sollte ich aber noch miterleben, daß sie wieder ein Kindchen hätten, welches sie im Juli erwarteten. Es hatte also noch Zeit mit der Entscheidung, ob ich mit nach Amerika gehen wollte oder völlig verlassen von meiner Familie allein zu leben. Ich entschied mich für das Letztere.

In Gütersloh fragte ich Martins Schwester Lotte, ob sie als ausgebildete Schwester mit mir eine Praxis aufmachen wollte. Paßten wir zusammen? Dies wollten wir ergründen und beschlossen, zusammen an den Tegernsee zu verreisen. Doch Lotte wollte ihre Schwester Christa nicht in Gütersloh allein zurücklassen, obwohl diese ihr Töchterchen hatte und nicht ganz allein gewesen wäre. Ein ähnlicher Fall ergab sich mit den drei Schwestern Kirchner, als ich andeutete, daß ich meine Schul- und Studienfreundin Irmgard gern bei mir hätte. Ganz allein wollte ich nicht bleiben: Eine Seele brauchte ich auf dieser Welt, die mir ein Zuhause gab bei meiner Arbeit.

Am 1. Oktober 1950 wurde mir dann eine vollbezahlte Dauerstelle im Diakonissenhaus angeboten. Meine Gedanken bewegten sich daraufhin zu zwei netten Kollegen hin. Es war die Frage, ob sie sich eine Gemeinschaftspraxis mit mir vorstellen könnten. Wir verabredeten zunächst ein näheres Kennenlernen und nahmen uns am 13. Februar für den Abend einen Kinobesuch mit einem lustigen Film vor.

Ein Brief kam an jenem Nachmittag mit der Nachmittagspost. Ich steckte ihn in meine Kitteltasche, weil ich mit der Arbeit auf der Station noch nicht fertig war. Aber woher kam er denn? Anstatt ihn mir für nach dem Kino aufzuheben, habe ich ihn neugierig geöffnet: Es war ein unumwundener Heiratsantrag von einem Herrn, einem bekannten Schriftsteller, den ich vor 16 Jahren bei einem Besuch mit Martin in Simmershausen bei Friedel Dittmer flüchtig kennengelernt hatte: Pfarrer Hans Dittmer.

Ich saß im Kino neben meinem gleichaltrigen Kollegen, der völlig locker, heiter und unproblematisch war. Ich sagte mir und beruhigte mich damit, daß mich dieser Brief zu nichts verpflichtete. Ich wollte am nächsten Tag darüber nachdenken. In einer ruhigen Stunde nahm ich den Brief genauer zur Hand: War es das, was ich suchte? Nein! Er war kein Arzt, im Gegenteil: Ich würde meinen schönen und errungenen Beruf aufgeben müssen, dazu Martins Namen, unter Frau Dr. Viering kannte mich schon mancher in Kassel. Und ... der Mann war ja schon 58 Jahre alt!

Er wollte eine ganz schnelle Antwort.

„Ja, wenn es eilig sein soll", schrieb ich ihm, „dann lieber nein ..."

Jenem so bedeutsamen Brief von Hans Dittmer folgte im Februar 1951 ein intensiver brieflicher Gedankenaustausch. Ich war eigentlich nicht unbeschwert genug dazu, weil ich als Ärztin schon einige Verantwortung zu tragen und mich mit anderen Dingen als privaten, familiären Angelegenheiten zu beschäftigen hatte.

Eine Stationsärztin mußte sich mit allen Krankengeschichten der Patienten ihrer Station eingehend befassen, hatte morgens mit dem Chefarzt und abends mit einer Schwester von Bett zu Bett zu gehen, auch auf jede Äußerung der Patienten einzugehen und die „Kurven" zu kontrollieren. Es waren Akten für die Neuaufnahmen anzulegen, Entlassungsberichte für die weiterbehandelnden Ärzte zu schreiben. Auch im Nachtdienst wurde ich im Wechsel mit den Kollegen für die ganze Internistische Abteilung eingesetzt. Wenn auf der Station abends die Arbeit beendet und die Nachtschwester eingetroffen war, herrschte im Krankenhauslabor noch voller Betrieb. Die Ärzte trafen sich dort, um schnell noch an die Ergebnisse für ihre Stationen nach der Abendvisite heranzukommen.

Ein kameradschaftlicher Ton der jungen Ärzte mit den Laborschwestern war im Diakonissenhaus üblich. War spät noch viel für die Schwestern zu tun, haben wir gern noch geholfen. Zum Beispiel war das Auszählen der Blutkörperchen in einer „Zählkammer" unter dem Mikroskop sehr zeitaufwendig. Selbstverständlich war damals ein Arzt mit allen Laborarbeiten vertraut. Früher machte ein Doktor seine Blut- und Urinuntersuchungen übrigens immer selbst – dies nur nebenbei. Das alles gehörte zu meiner geliebten ärztlichen Tätigkeit, in der ich in den letzten Jahren ganz aufging, besonders nach der Approbation.

Ein Briefwechsel nebenher mit einem reifen, erfahrenen Mann hätte mich trotz alledem aber sehr gefreut, ja geehrt und beflügelt: Hans Dittmer war ja nicht irgendwer! Er war ein angesehener Mann in der Öffentlichkeit, Pfarrer, promovierter Philologe und Schriftsteller, in theologischen Kreisen ganz Deutschlands wie auch in der belletristischen Welt bekannt. Man konnte ihn auch gelegentlich mit einer Lesung im Radio hören. Ich kannte seinen Namen schon seit einiger Zeit: nicht nur durch seine Frau, sondern auch durch seine „Stoffsammlungen" für die Predigthilfe, die im Predigerseminar Hofgeismar-Gesundbrunnen als Ergänzung zur Textauslegung der Bibel empfohlen wurden.

V/10 Pfarrer Dr. phil. Hans Dittmer (1893–1959) bei der Lesung aus einem seiner Werke im Studio von Radio Kassel 1930

Auch mein Bruder Otfried, der Theologe, hatte seinen Namen als Autor des Buches „Vom Ewigen im Heute" nennen hören. Mir gefiel der Titel damals wie heute. Und als Otfried junger Pfarrer in Holzhausen am Reinhardswald wurde, freute er sich über diesen „Amtsbruder" ganz in seiner Nähe. Möglicherweise hat er ihm einen Antrittsbesuch gemacht. Es war davon die Rede, als ich ihm 1935 dort einige Monate den Haushalt führte.

Zum anderen kannte ich Hans Dittmers Namen, weil ich ein Buch von ihm besaß, das mir mein Chef, Professor Dr. Johannes Baumann, nach meiner chirurgischen Assistenzarztzeit zum Abschied schenkte: „Der Arzt, der aus Gott ging".

Ein Gedankenaustausch über Ärztliches und Theologisches, was uns beide, Hans Dittmer und mich, interessierte, aus dem sich vielleicht später eine Zuneigung entwickelt hätte, wäre für mich denkbar und schön gewesen. Dies würde dann ganz freibleibend und heiter auch über seine Reisen, seine Bücher und Familie verlaufen. Viele Themen hätte ich mir für einen Briefwechsel, auch mal für ein Treffen, vorstellen können. So war es also nicht, der Heiratsantrag kam ohne jede Einleitung und Hemmung.

Er legte mir die Notwendigkeit einer neuen Ehe am Ende einer langen Suche nach einer Nachfolgerin für seine verstorbene Frau und Mutter seiner drei Töchter dar. Er leide unter seinem Witwersein. Das bedrängte mich. Ich dachte mir: Herr Pfarrer Dittmer soll es wert sein, daß ich sein Anliegen behutsam mit ihm bespreche, klar und bestimmt, möglichst im persönlichen Gespräch, gründlich und recht bald.

Schon die nächsten schriftlichen und telefonischen Begegnungen zeigten aber, daß die Sache eilig war und er mich bereits erwählt hatte. Ich mußte deshalb offen und leider etwas hart meine Bedenken äußern mit der Frage, ob wir überhaupt zusammenpaßten, da uns doch nicht die Liebe zusammengeführt hätte. Die Schwierigkeiten legte ich ihm offen vor, zum Beispiel: Wie soll es dann mit meinem Beruf werden? Und wie ist es mit dem Altersunterschied? Hans Dittmer hat es mir nicht übelgenommen.

„Ihr schöner Brief zeugt von einer großen Gewissenhaftigkeit, und darüber freue ich mich. Dennoch hat er mir Kummer gemacht."

Ja, es kamen Sorgen auch auf mich zu bei meiner überreichen Arbeit, die volle Konzentration erforderte. Konnte dies mein Weg sein? Mit 36 Jahren fühlte ich mich eigentlich zu jung für einen älteren Mann von fast 60 Jahren. Hans hatte schon 31 Jahre Ehe hinter sich und drei erwachsene Töchter. Er war ja sogar schon Großvater!

Hans sah nirgendwo Probleme. Auf seine Vorehe angesprochen, meinte er, sein Herz sei noch ganz erfüllt von seiner Frau Friedel. Ich horchte auf: Auch mein Herz durfte dann noch von Martin erfüllt sein? Füllte nicht auch Martin mein ganzes Herz aus? Hieße das, daß ich in Gedanken ihn mit hineinnehmen durfte in ein neues Leben mit einem anderen? Ich sagte: „Das würde ja bedeuten, daß ich eventuell Ihnen nie ganz gehören würde?" Er meinte, ich sei von meiner Trauer nur krank und er könnte mich mit seiner Liebe gesund machen. Ich meinte, Martin hat mich geprägt, und etwas von ihm lebt in mir fort und gehört zu mir. Es herrschte volle Klarheit zwischen Hans Dittmer und mir – das war mir wichtig.

Bezogen auf meinen Beruf, gab er mir das Versprechen, daß ich im Jahr drei Wochen Praxisvertretung machen dürfe, ja sogar eine Arztpraxis auch im Pfarrhaus aufmachen könnte. Ein Muster hierfür gab es bereits in unserer Bekanntschaft. Die Vorstellung, daß meine Mutter sich freuen würde, wenn ich durch Hans ein schönes Zuhause in einem Landpfarrhaus haben würde ... Und die Vorstellung, daß auch Friedel es gut fände, daß gerade ich Hans' zweite Frau werden würde – diese Gedanken äußerten wir nach einem Gang zum Grab meiner Mutter auf dem Kasseler Hauptfriedhof. Die beiden waren 1949 und 1950 gestorben.

Was sollte aber aus meinem Beruf und der soeben angetretenen Stelle werden? Ich erbat mir Bedenkzeit: So konnte ich die Stelle, auf die ich auch stolz war, nicht bedenkenlos wegwerfen und kündigen. Die Stelle war extra für mich eingerichtet worden, bedeutete eine solide Existenzgrundlage und gründete nicht zuletzt auf Anerkennung meines in zehn Jahren erworbenen ärztlichen Wissens. Ich wollte darum einfach nicht die schnelle Kündigung im Diakonissenhaus und keinesfalls vor dem 1. Oktober 1951. Mein Chef, Dr. Blackert, hatte einen Herzinfarkt hinter sich. Deshalb war für mich beim Kuratorium eine zusätzliche volle Stelle genehmigt worden. Dies bedeutete, daß ich mindestens verpflichtet wäre, mich für diese Stelle um einen Nachfolger zu kümmern. Das ging alles nicht so schnell.

Hans konnte nicht das wohl abgewogene Verständnis für meine Situation aufbringen. Es kamen täglich Briefe von ihm. Er meinte es ernst, sie waren oft lieb und zärtlich, meist aber ungeduldig. So hatte ich die Verantwortung aber auch für ihn und sein Glück. Ich brauchte noch Aussprachen mit Menschen, die ihn besser kannten als ich: einen seiner Kollegen, einen Freund von Hans und eine Freundin seiner Frau. Zwei seiner erwachsenen Töchter lud ich ebenfalls vor meiner Entscheidung zu mir ein in mein Wohn- und Dienstzimmer im Krankenhaus, ließ uns einen Kaffee bringen und machte ihnen klar, was auf sie zukäme, wenn ich bei ihnen einzöge.

Die beiden – Ulla und Friedel – wohnten damals noch zu Hause mit ihrem Vater zusammen. Ich wollte etwas über ihn und das bisherige Familienleben hören und ihnen die neue Realität vor Augen führen: Ich könne ihnen, die nur fünf und fünfzehn Jahre jünger seien als ich, nie die Mutter ersetzen. Ich käme mit meinem Familien- und Freundeskreis sowie mit meinen Möbeln in ihren

Haushalt und Alltag hinein. Sie nahmen aber ganz die Partei für ihren noch trauernden Vater: Ich möge doch zu ihnen kommen.

Noch zwei Menschen, die mich gut kannten, zog ich ins Vertrauen: eine mütterliche Freundin, mit mir seit fünfzehn Jahren vertraut ist und die älteste von Martins Schwestern. Sie rieten alle zu einer stillen Zeit des Bedenkens: „Das Herz muß erst noch ja sagen" (Frau Margarete Wiederhold-Bachmann).

Das alles war nötig, weil es so aussah, daß Hans mir keine Zeit ließ, uns näher kennenzulernen. Was wußte er von mir, außer daß ich seit 15 Jahren mit seiner Frau zusammen im Chor gesungen und sie Martin und mich einmal zusammen zum Flöten und Singen nach Simmershausen eingeladen hatte?

Hans lud mich dann zu seiner zweiten Tochter nach Wettesingen ein. Es zeigte sich Befangenheit auf beiden Seiten. Etwas zu früh wollte er, daß ich einen Gottesdienst in Simmershausen bei ihm erleben sollte. Er begleitete mich im Talar durch die Kirche zu einem Platz neben dem Altar. Alle Augen konnten mich sehen. Das war eine Sensation in der Kirche! Das gab Gesprächsstoff im Dorf! Von den Fenstern aus sah man, wie Hans nachmittags mit mir in den Feldern hinterm Dorf spazierenging: „Es scheint was Ernstes zu sin: Hä hat er über 'ne Pfütze springen helfen", munkelte man.

Ich mußte nun doch Dr. Blackert vorbereiten, was da im Busche war. Er fragte: „Wie alt ist er denn?" Und um mich in letzter Minute noch davon abzubringen, sagte er: „In zehn Jahren haben Sie einen Mann zu pflegen."

Hans tat mir allmählich leid, er konnte die Ungewißheit nicht mehr aushalten. 50 Briefe hatte er inzwischen geschrieben – und darin manches Schöne, was mich für ihn einnahm und überzeugte.

Ich schrieb nach Würzburg, wo mein unverheirateter junger Vetter Götz Scheele in einer internistischen Abteilung als Arzt tätig war. Der Gedanke, mein Nachfolger mit allem Drum und Dran zu werden, mit der persönlichen Betreuung von Dr. Blackert, Schwesternunterricht, Wohnen und Schlafen in der Klinik, sogar das Singen im Schwesternchor gefiel ihm. Er sagte schnell und freudig zu! Kassel sei für ihn das Richtige. Eilig wurde die Vorstellung bei meinem Chef arrangiert. Die Sympathie war gegenseitig. Es wurde eine Freundschaft und Zusammenarbeit von jahrelanger Dauer für die beiden Ärzte. Götz übernahm also den Unterricht an der Schwesternschule und sollte seinen

Chef noch bei seinem späteren Abschied vom Diakonissenkrankenhaus in seine Diabetiker-Privatklinik in Frommershausen hineinbegleiten.

Das Problem, einen Nachfolger zu finden, hatte sich also leicht lösen lassen. Ob dies nun den Ausschlag gab und an welchem Tage wir uns das Ja-Wort gaben, habe ich nicht mehr in Erinnerung. Hans machte über die Verlobung folgende Kurzgeschichte, die natürlich so nicht stimmte, dafür aber erheiterte:

Echen saß in einem Sessel und las eine Zeitschrift. Hans stand zärtlich und drängend hinter ihr. Sie ließ das Blatt sinken: „Also meinetwegen: Ich bin dein und du bist mein – aber nun laß mich endlich mein Medizinisches Wochenblatt lesen!"

V/12 Hans Dittmer, 1951   V/13 Elisabeth, 1951

VI. Die Zeit als Pfarrfrau (1951–1959)

Unsere Hochzeit wurde schon auf den 17. April 1951 festgesetzt. Sie fand im engsten Kreis, in meiner Kasseler Wohnung, Eulenburgstr. 6, statt – auch die Trauung, denn die Kirchen waren noch zerstört, und ich hatte ein Zimmer an die Kirchengemeinde abgetreten, in dem Konfirmandenunterricht und Trauungen stattfanden. Die kirchliche Feier hielt der Probst und Prälat Kurt Müller-Osten.

Den Schritt in die zweite Ehe wollten wir nun frisch wagen. Wir hatten ja beide den Menschen verloren, den wir liebten, ich Martin und er Friedel. Uns beiden kam es nun darauf an, fürsorglich für den anderen einzustehen und ihn liebevoll zu umsorgen. Zum Zeichen, daß er mich und meine fortbestehende Liebe zu Martin verstand, schenkte er mir sein kleines Buch „Silke Terbeek". Die Hauptfigur dieser Novelle hatte ihren jungen Ehemann im Krieg verloren, d. h., er war vermißt. Trotz mancher Umwerbungen war sie ihm treu geblieben, bis er erblindet wieder zu ihr zurückkehrte. Hans' Widmung darin lautet: *Meiner Elisabeth, die mir das Liebste auf dieser Welt bedeutet.*

VI/1 Simmershausen: Blick aufs Dorf von der Anhöhe oberhalb des Hopfenbergwegs, 1952

Hans und ich merkten bald, daß uns einiges verband: Wir hatten beide dieselben Bücher gelesen und kannten viele Gedichte gemeinsam auswendig. Ebenso konnten wir über vieles zusammen lachen, z. B. immer wieder neu und gern über seine häufig wiederholten „Dönkes".

Zum Gemeinsamen gehörte natürlich auch die Evangelische Kirche und seine Simmershäuser Gemeinde, die von jetzt an auch meine werden sollte. Hans führte mich konsequent in das Gemeindeleben ein. Wir machten fast täglich Besuche, führten Gespräche über den Gartenzaun hinweg oder auch bei Begegnungen auf einem Feldweg. Manche Gemeindemitglieder sind mir bis heute unvergessen, besonders die Kranken. Auch manches Original lernte ich kennen.

VI/2 Dorfstraße zur Kirche mit Gänsen, Simmershausen, 1954 wurde von mir aufgenommen und 1999 als Titelbild für Dorfchronik ausgewählt

1951 herrschte in Deutschland allgemeiner Wohnungsmangel. Und für die zwölf Millionen Flüchtlinge aus dem Osten mußte Platz geschaffen werden, auch in den Privathäusern. Zu uns kam eine Kriegswitwe mit ihren drei Kindern, die Familie Kratel aus Bartenstein in Ostpreußen. Im Erdgeschoß des Pfarrhauses erhielten sie zwei große Zimmer. Sehr schnell wurden sie unsere Freunde, und wir lebten wie in einer großen Familie zusammen. „Tante Kratel" half in Haus und Garten mit.

Eingelebt habe ich mich auch bald dank der Frauen, die an Winterabenden einmal in der Woche ins Pfarrhaus kamen. Kaum hatte ich ihre Namen im Kopf, als mir Hans die Gestaltung der Frauenstunde übertrug. Beim ersten Mal war Paul Gerhard mein Thema, wir sangen zusammen seine Lieder. Ich las Biographisches über ihn vor. Gemeinsam freuten wir uns auf unseren Busausflug im Mai, dafür sammelten wir auch Beiträge in eine Kasse. Bald fing ich mit Kindergottesdiensten an. Jedes Kind erhielt ein Büchlein, in das es zu Hause den Bibelspruch des Kindergottesdienstes eintrug. Viele Liederverse wurden auswendig gelernt und – wer es konnte – mit gemalten Blumen verziert. Teils haben die Kinder von damals diese Spruchbüchlein heute noch.

Es kamen immer mehr Kinder, ich teilte sie in Gruppen ein und brauchte Gruppenhelferinnen und einen Helfer, die ich Freitag abends für den Bibeltext vorbereitete. Hans, „der Herr Pfarrer", kam oft am Schluß des Kindergottesdienstes noch dazu. Besondere Freude bereitete mir eine Feier für den Heiligen Abend mit Liedern, Gedichten und dem Einzug der singenden Kinder. Mit den Konfirmanden schmückte ich sonnabends den Altar mit Blumen aus unseren Gärten.

VI/3 Hans Dittmer mit Hauptlehrer „Papa" Schröder an der Rückseite des Pfarrhauses Simmershausen mit den Konfirmanden des Jahrgangs 1955

Als es einmal galt, den Organisten einige Zeit zu vertreten, war ich natürlich Feuer und Flamme – wofür hatte ich schließlich in Hannover 1935–1937 Orgelunterricht gehabt! Ich schrieb die Liturgie ab, weil die Noten gelb und zerrissen waren; da der Organist sie auswendig spielte, war kein Bedarf an neuen Noten. Einige Male versuchte ich sogar, mit einem Sololied zur Hochzeit die kirchliche Feier zu verschönern. Zehn Jahre zuvor hatte ich Gesangstunden bei Elisabeth Pennrich, Oratoriensängerin in Kassel, genommen, um meine „kleine" Stimme zu vergrößern. Ob das was wäre bei den heutigen Ansprüchen? Aber die Zuhörer waren damals noch sehr bescheiden.

Als ich aber aufgrund meiner Ausbildung auch Religionsunterricht an der Simmershäuser Schule geben wollte, schob das Landeskirchenamt der übereifrigen Pfarrfrau einen Riegel vor. Da meldete ich mich wieder für den Schwesternunterricht in zwei Fächern im Kinderkrankenhaus „Park Schönfeld" in Kassel für den Winter 1951/52 zurück. Denn Wissen weiterzugeben steckte mir im Blut: Waren doch ein Urgroßvater, ein Großvater und meine Mutter als Lehrer tätig gewesen.

Im Dorf sprach es sich bald herum, daß die neue Frau Pfarrerin auch Ärztin war. Hans wurde daraufhin mehrmals angesprochen, zum Beispiel: „Kann mir denn Ihre Frau auch mal den Blutdruck messen?" „Ja, kommen Sie doch ruhig!"

Mit ein paar Eiern in der zusammengerafften Schürze stand eine Nachbarin vor unserer Haustür und trug ihre Bitte vor. Während ich die Manschette anlegte, fragte ich beiläufig: „Wann ist denn der Blutdruck zuletzt gemessen worden?" Die Patientin zögerte, dachte scheinbar nach. Ich sagte: „Er ist nicht wesentlich erhöht, soundsoviel. Und wann hat Ihr Doktor zuletzt gemessen?" „Gestern." „Ja so schnell ändert er sich aber kaum." Die Patientin: „Jo, ich wollte een ja nur mal hinnericks priefen!"

Mit der Gemeindeschwester war ich schnell befreundet, sie war ein Naturtalent der Heilkunst, wurde häufig noch vor dem Arzt zu Kranken gerufen. Auch war sie eine gefragte Beraterin in den Ställen beim erkrankten Vieh. Meine restlose Bewunderung hatte sie, als sie sich sogar erfolgreich bei unserem Kanarienvogel betätigte. Der saß seit einem Tag mit weit ausgebreiteten bebenden Flügeln auf dem Boden des Käfigs. Es schien, als ob er im Sterben läge. Die Schwester meinte, er habe Fieber und kühle so seinen Körper. Sie nahm ihn hoch und entdeckte die Ursache: eine geschwollene infizierte Stelle am Bein. Wir behandelten ihn mit Penicillinpuder aus meiner Hausapotheke. Das Beinchen war nicht mehr zu retten, nach ein paar Tagen lag es abgestoßen im Käfig. Der Piepmatz aber war gesund: Er hüpfte nun auf einem Bein und flog wieder durch Hans' Arbeitszimmer. Einmal landete er genau auf der Briefwaage, die auf dem Schreibtisch stand. Neugierig eilte ich zu ihm: Er wog genau 15 Gramm!

Zunehmend interessierte ich mich nun auch für Hans' entstehende Bücher: Waren es vor 1950 vor allem Stoffsammlungen für Predigthilfen, der Konfirmandenunterricht und die urwüchsigen Gestalten seiner ostfriesischen Heimat, die ihm schriftstellerisch den Stoff lieferten, so waren es später die Schicksale der Kriegs- und Nachkriegszeit, die ihn zum Schreiben anregten. In der schon erwähnten „Silke Terbeek", erschienen im Jahr 1949, war es eine Simmershäuser Kriegerwitwe, in „Der Wind weht, wo er will" war es seine Frau Friedel, die er zum Mittelpunkt gewählt hatte. Dies Buch war ihr gewidmet und erschien gerade, als ich kam. In seinem Buch „Wanderer auf rechter Straße" wurden die Flüchtlingserlebnisse unserer Hausgenossin Frau Anna Luise Kratel dichterisch verwertet, „Der Weg nach Montfort" enthält viel von meinen Klinikjahren, und in „Erde im Licht" wird der Werdegang seines Freundes, des Malers Heinrich Pforr, beschrieben. Das Busunglück nach der Zerstörung der Werrabrücke beim Gasthaus „Zum Letzten Heller" war Anlaß zur Entstehung des Romans „Eine Handbreit vor Gott".

Nachdem ich Hans vorgeschlagen hatte, sich doch mal an etwas Historischem zu versuchen, kam er auf den sternedeutenden ostfriesischen Pfarrer Fabricius, einen Freund des dänischen Astronomen Tycho de Brahe (1546–1601). Ich nahm regen Anteil an der Entstehung des Buches. Welcher Zufall, daß gerade der Graf Closters, dessen Tod am Anfang von Hans' „Fabricius" beschrieben wird, ein Ahnherr meiner Freundin Hannele ist! Ich war mit ihr im Sommer 1999 in Dornum, auch im Wasserschloß derer von Closters. Ebenso besuchten wir Kirche und Glockenturm des zu Dornum gehörenden Resterhave, wo Pfarrer Fabricius seine metrischen Studien zu Astronomie und Astrologie und seine darauf beruhenden Vorhersagen machte. Leider wurde Hans' Buch vom Verlag als nicht besonders gut bewertet. Besonders der Pastor mit seinen Zukunftsvorhersagen aus den Sternen erweckte Argwohn im Christlichen Verlagshaus!

Mein Bruder Otfried war, wie im Kapitel zuvor berichtet, seit 1936 an einer deutschen Gemeinde in Brasilien. Da das Land an der Seite der USA, also auf der Seite unserer Gegner stand, wurden die deutschen Männer in Lagern arretiert. Die Familien sollten im Abstand von 150 Kilometern von der Küste ferngehalten werden. Als das kirchliche Außenamt in Darmstadt Otfried in der für Deutsche erlaubten Region in Brasilien ein Pfarramt zuwies, konnte er zu seiner Familie, meiner Schwägerin Else und drei Kindern, zurückkehren. Aber seine Sehnsucht nach Deutschland war nun ganz stark. Zudem litt er zunehmend unter Kopfschmerzen. Die Rückkehr verzögerte sich um zehn Jahre durch die Kriegszeiten. Endlich war es soweit. Otfrieds Brief vom Sommer 1951 fing an mit: „Wir kommen!" In Simmershausen wollten wir die Familie empfangen. Hier hatten wir auf dem Dachboden alles für den Anfang zu ihrer schnellen Notausstattung gesammelt. Es sollte aber sein letzter Brief gewesen sein, denn im November 1951 kam aus Porto Allegre die Nachricht, daß mein Bruder sehr schnell in einem Krankenhaus verstorben sei. Man vermutete einen Hirntumor.

Der Kummer um ihn wurde gelindert durch die allmähliche Gewißheit, daß wir ein Kind erwarteten. Die bevorstehende Geburt nahm bald unser ganzes Denken in Anspruch. War's ein Mädchen? Es sollte Angela heißen, ein Junge nach seinem Vater Hans und nach meinem Bruder Otfried. Die Spannung war bei allen groß.

Das Leben wurde leichter und unbekümmerter mit dem Erscheinen unseres Söhnchens Hans Otfried am 22. August 1952. Er war der absolute Mittelpunkt unserer Gedanken und Gespräche, d. h. aller Bewohner des Hauses. Von seinem achten Lebenstag an schrieb ich für ihn ein Tagebuch in „dichterischer Verbrämung". An sich war Hans Otfried wohl ein ganz normales Kind – aber nicht in meinen Augen! Da war er ein ganz außergewöhnliches Baby, über das man täglich staunen mußte. Hat er nicht mein Leben noch mehr bereichert als der Beruf? Ich schlief nun mit dem Söhnchen in einem kleinen Zimmer allein, da ich öfter in der Nacht mit ihm zu tun hatte und Hans weder durch mein Tun noch durch das Schreien des Kindes gestört werden sollte. Tagsüber wurde dann zunehmend Frau Kratel eine stets bereitwillige Betreuerin für Hans Otfried.

VI/4 Pfarrhaus Simmershausen vom Hopfenberg aus gesehen

VI/5 Sohn Hans Otfried mit Eltern Hans und Elisabeth, 1952

Für die Nahrungszubereitung war ich immer allein zuständig, auch fürs Baden und alle Pflege. Aber fürs Aufpassen am Körbchen, später am Laufställchen, sowie fürs Wiegen auf dem Arm, Sitzen des kleinen „Oppi" auf dem Schoß – dafür hatte Frau Kratel einen einmalig langen Geduldsfaden. Oft erwähnte ich ihr mütterliches Wesen in den Tagebüchern, zum Beispiel: „In diesen Tagen hat sich Frau Kratel wieder glänzend bewährt mit ihrer ostpreußischen Ruhe und liebevollen Betreuung des Kleinen."

Im übrigen Haus und im Garten wirkte ich mit einer Hausangestellten. Diese wechselten alle ein bis zwei Jahre. Zum Teil waren sie nur für ein praktisches

Jahr zu ihrer Schwesternausbildung bei uns. Da ich ein staatlich anerkanntes Examen in Haushaltsführung hatte, konnte ich für die Mädchen gültige Zeugnisse ausstellen. Meine eigenen Kenntnisse in Gartenarbeit – ebenfalls in der Haushaltungsschule am Brasselsberg in Kassel erworben – konnte ich in dem großen Garten anwenden und manches von Frau Kratel dazulernen. Und meine großen Töchter Ulla und Friedel brachten mir manches neue Kochrezept bei.

VI/6 Anna Luise Kratel mit Hans Otfried, 1955

I/7 Anna Luise Kratel (war 37 Jahre in meinem Haushalt tätig) mit Temmo, 1957

VI/8 Friedel Dittmer mit Hans Otfried, 1955   VI/9 Ursel Dittmer mit Temmo, 1957

Eines unserer Hausmädchen, Lilli, steht mir noch heute sehr lebendig vor Augen: ein Schrank von einem Menschenkind, groß, stämmig und mit zwei muskulösen Armen ausgestattet. Am Tage ihres Einzuges sagte sie nach der Begrüßung, sie hoffe, daß sie hier genügend Arbeit habe, sonst würde sie uns wieder verlassen. Sie konnte Unglaubliches in kurzer Zeit schaffen, so daß ich mich beinahe fürchtete vor ihrem „Ich bin fertig, was soll ich nun tun?".

Einmal, als wir mal wieder Gäste hatten, rotierte Lilli in der Küche: Sie kochte Kaffee, schnitt die Kuchen auf, Obsttorten wurden noch schnell belegt, Sahne geschlagen. Stühle und Gedecke für drei Personen mußten zusätzlich eingeschoben werden.

Nun kam Lilli zum Einschenken ins Wohnzimmer. Mit einem leeren Kuchenteller ging ich in die Küche und sagte: „Lilli, ich helfe dir jetzt mal!"

„Was wollen Sie?" Sie hob mich hoch, ich saß auf ihrem linken Unterarm wie ein Kleinkind. Sie trug mich zu meinen Gästen hinein.

„Um Himmelswillen, Lilli!" flüsterte ich.

„Hier gehören Sie hin!" antwortete sie und setzte mich ab. Gelächter der Gästerunde!

Ein andermal war Apfelernte im Pfarrgarten. Lilli sollte beim Nachbarn eine hohe Leiter holen, wir anderen waren im Keller und im Schuppen und suchten Körbe zusammen und einen Pflücker. Als wir zum Apfelbaum kamen, war keine Leiter und keine Lilli zu sehen – derweil saß sie schon oben im Apfelbaum und pflückte die Äpfel in ihre Schürze! Sie war an dem dicken Stamm zwei bis drei Meter hinaufgeklettert. „Dafür brauche ich keine Leiter!"

Und noch eine Lilli-Geschichte, an die ich mich erinnere: Beim Ausschlenkern des Staubtuches am offenen Fenster fiel es ihr aus der Hand und landete im Garten. Um es wiederzuholen, stieg sie unter Umgehung des Treppenhauses kurz entschlossen aus dem Fenster. Sie hangelte sich herunter, bis sie auf der offenstehenden Balkontür Halt hatte und sprang von da auf die Veranda. Sie holte das Staubtuch und kam auf demselben Weg wieder zurück ins Schlafzimmer! Mir blieb vor Schreck der Mund offen stehen.

Eines Tages war es soweit; der Garten war umgegraben, im Hause alles blitzsauber: Die Arbeit für Lilli war uns ausgegangen! So trat sie vor uns hin im Amtszimmer. „Ich muß gehen wegen Langeweile!"

Doch sie wolle auch nicht in einen anderen Haushalt. Sie sei nun 20 Jahre alt und wollte ans Heiraten denken, am liebsten einen Kleinbauern. Er sollte an die Arbeit gehen und hinzuverdienen, und sie wollte die Landwirtschaft übernehmen. Wie sie ihr Ziel erreichen wollte, wußte sie auch schon: Zwei Annoncen wurden aufgesetzt, eine im „Kasseler Sonntagsblatt", eine in einer landwirtschaftlichen Zeitschrift. Sie erhielt unter Chiffre eine Menge Angebote, die sie zur ersten Sichtung auf unserem großen Eßtisch ausbreitete. Mindestens fünf erhielten eine Antwort von ihr. Interessenten sollten sich am Kasseler Hauptbahnhof einfinden. Erster Termin am nächsten Samstag abends um 20.00 Uhr, zweiter Termin eine Woche später. Samstag war ihr freier Tag.

Als es soweit war, machte sie sich fein, um nach Kassel zu fahren.

„Lilli, du kommst noch unter die Räder", warnte ich.

„Sehe ich so aus?" antwortete sie.

Also sagte ich: „Bis 22.30 Uhr heute abend, ich warte auf dich!"

Doch Lilli kam schon um 21 Uhr zurück. Sie hatte alle kurz gemustert, es sei absolut nichts für sie dabeigewesen.

„Erzähl, Lilli!"

Die seien doch fast alle verheiratet gewesen und kamen nach dem Motto: „Eigene Frau im Spitzenhemd ist nicht so schön wie einmal fremd!"

Eine Woche später – Lilli war erfolgreich: genau der Richtige für sie!

„Erzähl!"

Seit dem Tod seiner Mutter lebe „er" mit seinem invaliden Vater allein in einem Kleinbauernbetrieb. Er sei gelernter Schlosser, aber nun müssen beide Feld und Vieh versorgen, sie brauchten dringend Hilfe und eine Frau im Hause. Das war ehrlich und klar. Sie hat den Mann tatsächlich geheiratet.

Unser Leben im Pfarrhaus war gekennzeichnet von Willkommen und Abschied. Man kann die Gäste nicht aufzählen und benennen, sie blieben meist zu Kaffee und Abendbrot – oder sogar mehrere Tage. Im zweiten Jahr war dann schon Hans Otfried da, und die Zeit für Plauderstunden mit unseren Gästen wurde knapper. Dennoch kamen sie aus allen Richtungen: aus Göttingen, Frankfurt, Gütersloh, Osnabrück, Emden – manch einer blieb über Nacht bei uns. Rehkopfs, meine Freunde aus der Göttinger Studentenzeit, kamen mit ihren Instrumenten zur Kammermusik, zu der wir auch die Lehrersleute Schröder, Lange, Teichmann und andere einluden.

Außer diesen kleineren Tischrunden haben wir in den kurzen acht Jahren meiner Zeit mit Hans noch einige schöne Feste gefeiert, immer waren auch Kratels, die bei uns ihr Zuhause hatten, mit dabei. Diese Feste haben wir ganz zu Hause gefeiert mit langen Festtafeln, festlich gedeckt mit Blumen, Bändern, Gläsern, Kerzen, Tischkarten und natürlich den selbstzubereiteten Festbraten, häufig Wildbraten von Lottermoser, Delikateßwarenhändler in Kassel. War es Sommer, wurde der Garten mit einbezogen. Zu nennen sind: Friedels Verlobung, Ullas Verlobung, Helga Kratels Hochzeit, die Taufen von Hans Otfried und Temmo, Friedels Hochzeit und kleinere Feste wie Kindergeburtstage.

Das große Glück, daß ich ein Kind hatte und in häuslicher, familiärer Harmonie das Leben endlich genießen konnte, sollte nicht lange ungetrübt bleiben. Nach einem harmlosen Leiden, das Hans seit Jahren beobachtete, stellten sich im Jahr 1955 noch andere Beschwerden ein, die größte Vorsicht und fachärztliche Hilfe erforderten.

Temmo, unser zweites Kind, wurde am 20. März 1956 geboren. Um ganz frei zu sein, stillte ich meinen kleinen Sohn nach sechs Monaten ab, obwohl ich reichlich Nahrung für ihn hatte. Nur so konnte ich alle Arzttermine mit Hans einhalten. Mein ehemaliger Chef, Professor Dr. Baumann, operierte Hans im Oktober 1956. Erst nach zwei Monaten konnte er wieder entlassen werden. Baumann machte uns Hoffnung auf völlige Genesung, empfahl aber Hans, sich sofort in den Ruhestand versetzen zu lassen. Das hätte bedeutet, daß wir aus dem Pfarrhaus ausziehen mußten. Wohin? Es kamen die beiden Orte Elgershausen oder Helsa in Frage, schön gelegene Erholungsorte in der Nähe von Kassel. Das Allernächste aber war, Hans daheim zu hegen und zu pflegen. Es war eine Zeit der Zuversicht, der Hoffnung, ja der Gewißheit, daß alles wieder gut wird. Anfang 1957 ging es Hans allmählich besser, so daß er immer mehr Hoffnung hatte, seinen Pfarrberuf weiter ausüben zu können, von einer Pensionierung wollte er nichts hören. Die beste Medizin war die Freude, die er an Hans Otfrieds lustigen Sprüchen hatte, der in meinem Bett neben seinem Vater schlief. Hans amüsierte sich, und ich schrieb alles im Tagebuch auf. So schnappte unser Sohn, als er drei Jahre alt war, Schimpfworte auf, die er bei uns Erwachsenen austestete, wie sie auf uns wirkten, zum Beispiel „dumme Gans", „Swinehund", „Kamel" oder „Stinkebock".

Auch Fräulein Müller, unsere Weißnäherin, die im Winter zum Flicken und Nähen zu uns kam, wurde nicht verschont. Hans Otfried wurde oft zum Spielen zu ihr ins gut geheizte Wohnzimmer hineingeschoben, da sie sehr kinderlieb war. Sie antwortete auf seine Beleidigungen: „Hans Otfried, nun hast du aber so viele böse Worte zu mir gesagt, nun sag mir aber mal was Liebes!"

Hans Otfried: „Du bist ein liebes kleines ... Kamelchen."

In Wettesingen jammerte Hans Otfried nach mir. Annele sagte: „Schreib mal der Mami einen Brief" und gab ihm Papier und Bleistift. Der Dreijährige kritzelte und sagte dabei ganz langsam: „Mein liebes, liebes Stinkeherzlein!"

Wenn Hans Otfried von einem nächtlichen Gewitter aufwachte, kroch er in eines unserer Betten. Wir standen am offenen Fenster; wenn das Wetter abgezogen war, kam er auch zu uns. Es wetterleuchtete noch ins dunkle Zimmer hinein. Hans Otfried: „Hat der liebe Gott eben eine Blitzlichtaufnahme gemacht?"

Bei Hans nahmen Appetitlosigkeit und Schwäche zu. Als sich im September 1958 eine Gelbsucht einstellte, war mir klar: Metastasen in der Leber. Im Diakonissen-Erholungsheim Wilhelmshöhe sollte noch ein Versuch gemacht werden, seine Kräfte zu steigern. Aber schließlich half alles nichts. Ulla saß oft bei Hans im Zimmer. Einmal wollte sie ihn trösten: „Vati, wenn der liebe Gott es will, dann kann er dich wieder gesund machen." Hans: „Er will's aber nicht!"

Er zog sich täglich an und saß matt und hoffnungslos in seinem Amtszimmer und quälte sich mit Leibschmerzen. Am 3. Januar 1958 wurde er auf einem Stuhl ohnmächtig und sank in meinen Armen zu Boden. Als er auf der Chaiselongue wieder zu sich kam, sagte er: „Ich dachte schon, die Abreise ginge los." Ich konnte nur noch seine Schmerzen lindern.

Hansens Tochter Anne holte Hans Otfried zu sich zur Entlastung unserer Haushaltung. Der Kleine wollte aber unbedingt nach Hause. So war es Hans' letzte Freude, daß Hans Otfried in der Nacht vom 3. zum 4. Januar wieder neben ihm schlief. Erst in der Nacht vom 4. auf den 5. Januar ließ Hans es zu, daß Hans Otfried in mein Zimmer geholt wurde. Ulla schlief nun zu seiner Beruhigung neben ihm. Anderntags brachte sie beide Kinder zur Nachbarin. So konnten wir an seinem Sterbebett sein, bis er den

VI/10 Mit Hans Otfried und Temmo im Pfarrgarten, Simmershausen, von Hans 1958 fotografiert

letzten Atemzug tat. Er hatte überwunden. Schmerz und Dank mischten sich in seltsamer Weise.

Am 8. Januar 1959 war die Beerdigung. Hans wurde in der Kirche aufgebahrt. Viele Pfarrer in Talaren folgten mit uns seinem Sarg nach, darunter Karl-August Viering, Martins ältester Bruder. In diesen Stunden tat mir auch die Anwesenheit von Grete Scheele gut, beide als Teil meiner Familie, da mein Bruder Karl Albrecht schon in Amerika war. Grete wollte, daß ich mich so bald wie möglich bei ihr in Sooden erholen sollte, so hatte ich ein Ziel.

Zunächst setzte ich noch einmal alle Kräfte für die Aufgaben ein, die nun auf mich zukamen, vor allem war dies das Räumen der halben Wohnung für den Nachfolger im Pfarrhaus, was mit einer Verteilung der Möbel unter uns vier Hinterbliebenen – Hans' drei Töchtern und mir – einherging. In kurzer Zeit waren die unteren Räume frei. Kratels kamen im Nachbarhaus unter.

Am 2. März fuhr ich mit den Kindern nach Sooden zu Grete Scheele, wo sie drei Zimmer für uns geheizt hatte: ein Zimmer für mich allein, ein Schlafzimmer neben meinem für die Kinder und ein Spiel- und Eßzimmer für uns vier. Es waren entspannende und erholsame Wochen bis zum 8. April 1959, in denen ich die Gedanken ordnen und die Pläne für das Leben ohne Hans festlegen konnte. Grete hatte Hilfen organisiert zum Saubermachen, Kochen und Spielen mit den Kindern in der Mittagszeit. Sie war so fürsorglich zu ihrer 14 Jahre jüngeren Kusine wie eh und je.

Wo sollte der Neuanfang beginnen, wenn wir drei aus dem Pfarrhaus ausziehen mußten? Das nächstliegende war eine Mietwohnung in Kassel. All diese Gedanken konnte ich in den Abendstunden mit Grete wie mit einer Schwester besprechen. Sie hatte den Gedanken, daß ich in Sooden bleiben und bei ihr im großen Hause (mit zehn Zimmern, zwei Mansarden und einer großen Küche im Keller) eine Kinderpraxis aufmachen sollte mit ein paar Betten zur Erholung und Soletherapie für bronchialkranke Kinder. Sie wollte mir die Verwaltungsarbeiten abnehmen. Aber wie im Jahre 1916 nach dem Tode meines Vaters war das Problem das gleiche: Wo ist in Sooden ein Gymnasium? Die Soodener Wochen im März 1959 bildeten den Schluß der kurzen Jahre mit Hans Dittmer und meinem Beruf als Pfarrfrau. Die beiden Kinder bestimmten nun meinen weiteren Lebensweg.

VII. Mutter zweier Söhne (ab 1959)

Im März 1959 kam es in Sooden schon in den ersten Tagen zu einer deutlichen äußeren und seelischen Entspannung. Grete hielt die Kinder etwas von mir ab. In unserer Mittagsruhe gingen Roland (14) und Regina (15) mit ihnen zum Gradierwerk und zum Kinderspielplatz. Es folgten für mich Wochen der echten Ruhe, der Freude an den Kindern und der Dankbarkeit für die wiederkehrenden Kräfte.

VII/1 Grete Scheele, meine Kusine (1900-1976)

Meine Freundinnen Irmgard und Käthe Kirchner sowie Helene Ostheim kamen zu Temmos drittem Geburtstag. Wir machten einen Spaziergang zum Baggersee. Körperlich und geistig fühlte ich mich gut gerüstet, um meinen Marsch in den neuen Lebensabschnitt – zu dritt – zu beginnen und sensibel zu lauschen, ob ich auf dem richtigen Wege war.

Am 9. April 1959 kam Hans Otfried sechsjährig in Simmershausen zur Schule. Stillsitzen und Lernen bereiteten ihm keine Schwierigkeiten, nur der Abschied von mir am ersten Schultag. Aber wie bei vielen Kindern war auch für meinen Jungen der Eintritt in diese andere Welt erst einmal zu überwinden. Das gelang mit Angela Teichmanns Hilfe: Seine goldige kleine Freundin war mit ihm eingeschult worden. Sie holte ihn am nächsten Morgen zur Schule ab.

VII/2 Hans Otfried mit Angela Teichmann in unserem Wohnzimmer, um 1959

Gerade hatte sich Hans Otfried in das Schulleben hineingefunden, als die Notwendigkeit, aus dem Pfarrhaus heraus zu müssen und aus Simmershausen fortzuziehen, in voller Wucht wieder vor mich trat. Ich hatte gleich nach unserer Rückkehr aus Sooden zwei Mietwohnungen in Kassel besichtigt, als Dekan Sinning riet, mir Zeit zu lassen: Ich brauchte nicht die erste beste Wohnung zu nehmen.

In dieser Zeit meldeten sich meine Simmershäuser Freunde zu Wort: Sie äußerten ihren Vorschlag, ich solle doch in Simmershausen bleiben. Der Hauptlehrer und Kirchenvorsteher Herr Schröder wußte, daß die Kirche Grundstücke in Simmershausen besaß, die sie in Erbpacht für 99 Jahre zum Bauen freigeben könne. Ich sprach mit dem Landeskirchenamt und dem kirchenamtlichen Architekten Twelker. Es wurde sofort eine Besichtigung des in Frage kommenden Ackers am Nordhang unseres Haufetals mit Blick ins Fuldatal beschlossen. Herr Schröder, der im Dorf auch liebevoll „Papa Schröder" genannt wurde, ging mit. Der Pächter

VII/3 Temmo mit Heidrun Teichmann, um 1961

hatte das Land mit Fenchel bebaut, es duftete würzig-gut dort. Dies und der herrliche Blick sagte mir: Das könnte mein neues Zuhause werden. Aber da kam das Detail, in dem bekanntlich der Teufel steckt: Das Pachtland war noch nicht erschlossen. Bis hinunter zur Haufe hätte ich Kanalisation legen müssen, dazu Wasser-, Elektro- und Telefonleitung samt Masten. An Ort und Stelle wurde gerechnet: Es kam eine horrende Summe zusammen. Der Traum war aus. Wie sollte es weitergehen?

Herr Schröder fühlte sich in rührender Weise für uns verantwortlich, verband ihn doch seit 25 Jahren eine Familienfreundschaft mit den Dittmers. Einige Tage später begegnete ihm in der Hauptdorfstraße ein Pferdefuhrwerk mit dem bedächtig nebenher schreitenden Bauern Rühl. Er sprach ihn an: „Ihr habt doch da oben Im Kampe Kartoffeln und Grasland mit Obstbäumen?" Pause. „Es handelt sich um die Frau Pfarrerin („Frau Pfarrern"), die in Simmershausen bleiben und hier bauen will. Kann die von euch ein Stück Land haben?"

Der Hauptlehrer war eine Autorität: Bauer Rühl schob erst mal seine Kappe auf den Hinterkopf, dazu nahm er seine Pfeife („die Piffe") aus dem Mundwinkel und erwiderte: „Jo, jo, die Frau Pfarrern kann was kriechen!"

Herr Schröder: „Machet's gut, ich komme nachher mal zu euch!"

Noch am gleichen Tage machten die beiden ein Stück fest, das auf dem Katasteramt schon als Bauland vorgesehen war. Der Lageplan konnte auch im Simmershäuser Gemeindeamt eingesehen werden. Es war eines der letzten Jahre der Nachkriegszeit, das noch den Preisstop für Bauland vorschrieb. Man wollte der Bevölkerung nach der Zerstörung der Städte den Aufbau von Wohnraum durch Erwerb von Land ermöglichen. Man zahlte für Ackerland 80 Pfennig und für Bauland 2,50 DM für den Quadratmeter in unserer Gemarkung.

Nein, für den Preis wollte es der Bauer nicht abgeben: Es war die Mitgift seiner Frau, als er sie heiratete. Der Rechtspfleger der Gemeinde wurde befragt: Er fand den Preis für das schöne Stück auch zu niedrig und suchte in seinen Büchern einen Ausweg.

Da das ganze eingezäunt war, konnte pro Quadratmeter eine Deutsche Mark mehr genommen werden – aber noch mehr ging rechtlich wegen des Preisstops nicht.

Rechtspfleger Erbe und Hauptlehrer Schröder zogen mit dem neuen Angebot zum Landwirt Rühl. Die beiden Eheleute wollten es sich noch einmal überlegen, wenn es nicht 4,50 DM brächte.

„Gut, dann gibt die Frau Pfarrern euch 4,50 DM."

Ich sollte mich am nächsten Vormittag um 11.00 Uhr auf dem Grundstück Im Kampe einfinden und die mündliche Zusage entgegennehmen. Was wäre aber, wenn es sich Rühls über Nacht wieder anders überlegt hätten? Ich war um 11.00 Uhr dort. „Ganz zufällig" kam fünf Minuten nach 11.00 ein Mann den „Triftweg" herauf; es war der Lehrer Schröder. Er wünschte einen guten Morgen mit der Frage, ob wir uns einig seien. Rühl vor diesem Zeugen: „Jo, jo."

Kurz darauf kam ein Mann von der Karlstraße herunter. Es war Herr Erbe, der Rechtspfleger. Er hatte einen Zettel mit einem Kaufvertrag in seiner Tasche bei sich: „Dann könnten wir es ja gleich schriftlich machen!"

In Ermangelung eines Tisches kam er näher heran. In gebückter Stellung machte er seinen Rücken zum Stehpult für die Unterschriften.

Nun war ich also Besitzerin eines Grundstückes in Simmershausen, aber noch lange keine Eigentümerin! Um diese zu werden, waren Besprechungen, Schreiben und Telefonate mit der Gemeinde, dem Katasteramt, dem Notar und dem Bauamt nötig. Noch war ich erst „Bauherrin in spe" mit 2000 DM auf der Raiffeisenkasse in Kassel. Der Architekt zeichnete eine Skizze für den von mir gewünschten, im rechten Winkel stehenden Bungalow; ein Flügel zum Wohnen, einer für eine Arztpraxis. Er machte einen Finanzierungsplan für das nicht vorhandene Geld. Es sollte sich mit den Kosten günstig für mich gestalten und bezahlbar für meine Möglichkeiten sein. Vier Institutionen – die Bausparkasse des Beamtenheimstättenwerks, das Land Hessen, die Deutsche Postversicherung und die Kirche – waren als kostengünstige Kreditgeber vorgesehen. Aber nach seinen Skizzen war trotzdem alles zu teuer für uns. Schweren Herzens gab ich den Plan mit dem eigenen kleinen Haus wieder auf und teilte es Hans Otfried mit: Leider, leider würde nichts daraus.

Der Siebenjährige meinte etwa: „Aber wir brauchten doch eigentlich nur *ein* großes Zimmer! In einer Ecke schlafen wir, in einer Ecke kochen wir, in der dritten essen wir, und überall spielen wir." Daraus sah ich, wieviel meinem Sohn an einem bescheidenen eigenen Häuschen lag. Was sollte ich tun: aufgeben wegen zu hoher Risiken durch die Geldaufnahme?

Ich nahm noch einmal Kästchenpapier zur Hand und zeichnete die Räume, diesmal nicht in Bungalowform, sondern in zwei Etagen übereinander, um die Kubikmeter umbauten Raumes zu verringern. Dann schob ich auf dem Papier die westliche Außenwand einen Meter ins Haus hinein und nahm den Vorbau für eine Praxis weg, das heißt, er sollte erst später gebaut werden. Das so verkleinerte Haus zeigte ich als Ausweg dem Architekten. Er prüfte es, und siehe da: Es konnte für den Preis, den ich aus meiner Sicht keinesfalls überschreiten wollte, gebaut werden. Großes Lob von Herrn Twelker für meine „Architektenleistung", aber es wurde nur ein „Kleinstfamilienhaus". Für eine normale Familie war es tatsächlich viel zu klein.

VII/4 Elisabeth mit beiden Söhnen vor dem Auszug aus dem Pfarrhaus, 1961

In den Pfingstferien 1959 kam Hans' 12jährige Enkelin Christiane aus Wettesingen zu uns. Sie spielte so reizend mit den Jungen, daß ich größte Lust hatte, sie im Sommer zum Verreisen und zu meiner Entlastung mitzunehmen. Wir hatten eine Einladung nach Emden zu Hans' Schwester Grete Leverkinck.

In der zweiten Woche der großen Ferien, am 15. Juli, sollte unsere Reise nach Baltrum über Emden gestartet werden. Eine Menge Hilfen standen für den Transport unseres Gepäcks für die drei Kinder und mich bereit: Tante Kratel war zum Hauptbahnhof gefahren und erwartete dort die überfüllte Fuhre, die der Gastwirt Schönewald aus Simmershausen mit seinem VW-Käfer dorthin steuerte. Christiane konnte beim Transport keine Hilfe sein, weil sie unbedingt ihre Schildkröte „Susi" nach Baltrum mitnehmen wollte. Tante Kratel setzte uns in den Zug nach Hannover. Dort wurden wir von Damen der Bahnhofsmission am Zug abgeholt und in den Wartesaal gebracht. Nach zwei Stunden Aufenthalt halfen sie uns in den Zug nach Emden.

Gegen 18 Uhr wurden wir von Gerd Leverkinck aus dem Zug herausgeholt und in ein Taxi verfrachtet, das heißt, die Jungen und ich, Christiane wurde von Heinz Leverkinck mitgenommen zur Übernachtung bei seiner Familie. Das Haus der Leverkincks lag im Fehntjestief. Wir blieben zwei Tage in Emden und bekamen alles Wichtige gezeigt: die Mühle „Frau Johanna", den Hafen mit dem Geschäftshaus von Urgroßvater Temmo Dreesmann-Penning, der auch Senator in Emden gewesen war. Sein Privathaus stand seit dem Krieg nicht mehr.

Am 18. Juli 1959 fuhren wir früh wieder mit dem Taxi zum Bahnhof, trafen dort Christianchen mit Susi und wurden von Onkel Gerd in den Zug nach dem Hafenort Norddeich gesetzt. Er fuhr sogar mit und half uns, vom Zug auf das Schiff umzusteigen: mit Sack und Pack, den drei Kindern und Susi, der Schildkröte. Auf Baltrum hatten wir Zeit zum Aussteigen. Ich ging zur Hafenpost und bestellte den Hausvater des „Friesenhauses", Herrn Bengen, telefonisch zum Hafen. Der kam mit einem Fahrrad als Transportmittel.

Im „Friesenhaus" verlebten wir drei glückliche Wochen in der Nähe des Strandes. Wir bauten eine „Burg" mit einem Strandkorb darin, hier hatten wir unseren Mittelpunkt. Über alles andere geben unsere Fotos Auskunft. In der letzten Woche kam Ulla noch dazu, die uns nun Christiane häufig entführte.

Im Winter 1959/1960 wurden die Planungen für unser Häuschen abgeschlossen, mit dem Bauen konnte begonnen werden. Bis 1960 wohnten wir weiter im Pfarrhaus und hatten Platz für unsere Gäste: drei Wochen Tante Betta, vier Wochen für Onkel Eppi, den „Musteronkel". Der Name stammt aus einem Gespräch: Temmo betrachtet das sehr zerfurchte Gesicht seines Großonkels: „Was hast du denn für ein Muster auf der Backe?" – Eppi: „Weil ich der gemusterte Onkel bin." Ich: „Nein, weil er der Musteronkel ist." Eppi: „Hoffentlich bin ich nicht schon bald der ausgemusterte Onkel."

VII/5 Temmo mit den Geschwistern meiner Mutter: Eppi (Onkel Werner) aus Dresden und Tante Betta aus Pirna im Pfarrhaus, Sommer 1960

Das Jahr 1961 stand ab Januar ganz unter dem Ausbau unseres Rohbaus. Man ließ mich alles mit entscheiden. Vom Fußbodenmaterial über die Türklinken bis zum Außenputz gab ich meine Zustimmung, nachdem ich mir schnell drei Fragen beantwortet hatte: Ist es praktisch? Ist es hübsch? Und: Kann ich's bezahlen? Alles mußte stimmen beim Aussuchen.

Ende Februar 1961 war das Richtfest. Um einer sinnlosen Trinkerei, wie es im Dorf üblich war, vorzubeugen, lud die Bauherrin die Handwerker mit ihren Frauen zu einem Abendessen ins Pfarrhaus ein.

Am 5. Oktober 1961 konnten wir einziehen.

VII/6 Unser neues Haus im Kampe 5, Winter 1961/62

Um den Hunger nach Lesestoff und Bilderbüchern meiner Söhne zu stillen, schaffte ich aus der Gemeindebücherei in Simmershausen das geistige Futter heran: „Die Gans Petunia", „Das Katzenhaus" mit Tante Kokoschka und den kleinen armen Waisenkatzenkindern und „Emil und die Detektive" waren darunter. Ich mußte die Bücher mehrmals holen, fortbringen und wieder holen. Manches daraus wurde zum „geflügelten Wort", zum Beispiel der Satz aus dem Grimm-Märchen „Die drei Handwerksburschen": „Wir alle drei, ums Geld, und das war recht." Dies bezogen wir auch auf uns drei. Das alles war mir keine Last, eher Lust; ich glaube, ich hatte selbst noch Nachholbedarf bei den Märchen. Ich las sie in Hülle und Fülle vor.

Auch Zeit zum Spielen hatte ich immer: für „Mensch ärgere dich nicht", „Flohspiel", Schreibspiele oder „Denkfix". Dazu kamen Würfelspiele und Verkleiden, besonders beim „Klowesabend" am 6. Dezember, dem Nikolausabend.

VII/7 Blick vom Balkon im Mai

Mit den Simmershäuser Schulverhältnissen war ich während Hans Otfrieds drittem Schuljahr zunehmend unzufrieden, obwohl ich glaubte, als gewählte Elternsprecherin etwas verbessern zu können. Sein Lehrer gab keine Hausaufgaben auf, weil zu Hause „doch alles falsch gemacht" wurde. Er ließ diese also während des Unterrichts in der Schule machen. Es wurden zwei Schuljahre zusammen unterrichtet. Die Wochenstunden wurden reduziert wegen Lehrermangels. Hans Otfried war viel zu Hause anstatt in der Schule. Ich sah, wie die

Schrift schlechter und die Leistungen geringer wurden, während die Bewertung im Zeugnis gleichgut ausfiel. Daraufhin wechselte er mit Angela Teichmann und zwei anderen Kindern zur Fasanenhofschule in Kassel-Nord. Hans Otfried mußte nun täglich mit Bus und Straßenbahn zur Schule fahren und noch zehn Minuten zu Fuß gehen. Es gab mehr Bücher, größere Hefte – eine neue Schultasche wurde nötig – und sehr viele Hausaufgaben, auch in Heimatkunde und Religion. In der neuen Schule waren „Strafarbeiten" an der Tagesordnung – aber mit Erfolg! Die Schrift besserte sich zusehends im vierten Schuljahr.

Hans Otfried war zehn Jahre alt, als ich ihn im Herbst 1962 im Friedrichsgymnasium anmeldete. Dies war mir nicht leicht gemacht worden, da das Angebot der Fasanenhofschule, begabte Kinder vom vierten Schuljahr an aufzunehmen, daran gekoppelt war, daß sie drei Jahre dort blieben, eine sogenannte Förderstufe durchliefen und dann erst auf die höhere Schule sollten.

Wegen des Lateinunterrichts ab der Sexta hat der Direktor des Friedrichsgymnasiums, Dr. Kirchhoff, mir geholfen, Hans Otfried die Schule wechseln zu lassen, obwohl er selbst in den Ruhestand ging und ein neuer, mir unbekannter Dr. Wünsch aus Marburg Direktor wurde und die Sextaner aufnahm. Hans Otfried blühte auf, auch in Bezug auf das Klavierspielen. Er sollte jetzt mit Sonatinen anfangen und die Welt der Liedchen hinter sich lassen.

Temmo kam drei Jahre nach Hans Otfried zur Schule. Er war in seiner Klasse der Größte, der Schwerste und der Jüngste! Dies hatte sich bei der Schuluntersuchung ergeben. Am 25. April 1962 war sein erster Schultag. Auch für mich war das ein bedeutsamer Neuanfang.

Ein neues Gebiet nahm nun eine zentrale Stelle ein: die Schulzeit der Kinder. In beiden Schulen wurde ich in den Elternbeirat gewählt. Das sollte nun so bleiben bis zu Temmos Abitur 1973. Doch zunächst einmal waren also die beiden auf den untersten Stufen der hohen Treppe Schule. Mir blieb noch Zeit, mit ihnen viel zu erleben, an den Schultagen und in den Ferien, an den freien Nachmittagen und an den Sonntagen. Ich konnte noch alles nach meinem Dafürhalten gestalten und zur Förderung der Entwicklung alles lenken, was Freude machte und Richtschnur sein sollte.

1962 und 1963 machten die beiden die Kinderkrankheiten durch: Windpokken und Masern mit Nebenkrankheiten, Mittelohrentzündung, Lungenentzündung und Keuchhusten. Wir waren sehr erschöpft, zumal sie nicht zur Schule gingen. Sie mußten zu Hause beschäftigt werden, ohne daß sie in der Schule weiterkamen. Auch meine Hausarbeiten blieben liegen.

Desto schöner erlebten wir das Jahr 1964. Es wurde ein gesundes Jahr. Im Januar schaffte ich für uns einen preiswerten Gebrauchtwagen an, einen perlweißen VW-Käfer, unser „Perlchen". 17 Jahre nach dem Erwerb eines Führerscheines habe ich noch einmal zehn reguläre Fahrstunden genommen, dann noch sechs Einübungsstunden mit einem Bekannten auf dem Beifahrersitz. Ab dem 3. März fuhr ich allein, und wir drei machten am 8. März 1964 die erste Tour zur Weser mit dem eigenen Auto.

Da es in Simmershausen kein Schwimmbad gab, machten wir unsere Autofahrten alle Wochenenden an Ziele, wo Schwimmbäder warteten. Die Kinder machten ihre Freischwimmerprüfung, tauchten und sprangen von den Sprungbrettern von immer höheren Stufen ins Wasser. Ich mußte stets Publikum sein. Um nun meine Aufmerksamkeit von der Handarbeit oder dem Buch, das ich las, ganz auf den Sprungturm zu lenken, wurde mit dem Ruf „Mutti" vom Turm herab gewunken. Erst wenn ich zurückwinkte, sprangen sie vom Sprungbrett aus bis zu fünf Metern Höhe in die Tiefe. Gott sei Dank haben sie es von mir nicht verlangt! Ich habe das alles nie gelernt.

Zum ersten Mal ging's auch in den Sommerferien 1964 mit dem Auto los! Wie herrlich, daß man kein schweres Gepäck „beim Umsteigen" mehr zu tragen hatte, daß man so mobil war, mehrere Ziele haben zu können. Im Juli 1964 war dies zunächst Usseln, das Erholungsheim der Westfälischen Landeskirche. Von dort fuhren wir in die Köln-Bonner Gegend.

In Ittenbach wohnten wir bei meiner Freundin Daniela Krein, eine in katholischen Kreisen gern gelesene Romanautorin, die ebenso wie Hans Dittmer volkstümliche Literatur schrieb; über ihn hatte ich sie kennengelernt. Unser Quartier hatten wir im Hause der „Barmherzigen Kinderschwestern", bei denen Daniela als Ordensschwester ihre Wohnräume hatte. Von dort unternahmen wir Ausflüge nach Köln, an den Rhein und zum Drachenfelsen bei Königswinter. Welche Welten erschlossen sich uns durch dieses Auto! Hans Otfried war zwölf, Temmo acht Jahre alt.

Im Sommer 1963 habe ich angefangen, Praxisvertretungen zu übernehmen. Da Hans' Bücher nicht mehr neu aufgelegt wurden, entfielen die Honorare, die testamentarisch zur Förderung der Söhne bestimmt waren, ich suchte also den Weg zurück in den Beruf. Die reichlichen Angebote freuten mich sehr, viele Ärzte suchten für ihren Urlaub eine Vertretung, aber meine Abwesenheit verursachte allerdings recht viel Unruhe für die Kinder. Doch Tante Kratel war ja immer bereitwillig zur Stelle.

Als Ende Oktober Frau Unger aus Ihringshausen anrief, ob ich ihren Mann vertreten könne, war Temmo – acht Jahre alt – am Telefon; er sagte der Arztgattin: „Dies Jahr machen wir keine Vertretungen mehr." Damit hatte er recht.

1964 war ich insgesamt 15 Wochen in Praxen tätig. Ohne diese Vertretungen wäre das Geld sehr knapp geworden. Im Winter 1963/64 war mein Kredit erschöpft, so daß Temmo noch im Januar in Sandalen herumlief. Der 8jährige fand das nicht ungewöhnlich und wechselte zu Hause geduldig seine nassen Strümpfe. Festes Schuhwerk konnte ich ihm dann erst nach dem nächsten Ersten kaufen.

Im Januar erhielten wir eine Hochzeitseinladung nach Emden. Ich mußte damals absagen, weil mir sowohl die passende Garderobe als auch das Reisegeld fehlte; ebensowenig ließen meine finanziellen Mittel ein angemessenes Hochzeitsgeschenk zu. Nachdem ich aber den größten der Kredite für das Haus im Jahr 1965 abbezahlt hatte, erleichterte sich unsere Situation wesentlich.

Temmo war 1965 noch nicht ganz neun Jahre alt, als er schon selbständig mit Bus und Straßenbahn nach Kassel fahren sollte zur Klavierstunde zur Klavierlehrerin Brunnert und später auch ins Friedrichsgymnasium. Doch mir war es mulmig zumute, weil er oft träumte. Also fuhr ich mit Temmo mit Bus und Bahn die Strecke zu Fräulein Brunnert: Erst zeigte ich ihm alle Umsteigestellen, beim zweiten Mal ließ ich mir alles von Temmo zeigen, zum Beispiel, wo wir warten und in welche Linie wir einsteigen mußten und wo Fußgängerüberwege bei Grün begehbar waren. Fräulein Brunnert brachte ihren kleinen Schüler wieder zur Haltestelle. Es spielte sich schnell ein.

Ein paar Mal hatte Temmo Glück, daß ein Lehrer vom Friedrichsgymnasium ihn vom Schulparkplatz aus mit dem Auto nach Simmershausen mitnehmen wollte. Das ermunterte ihn, sich nach der Schule schon an jenem Auto von Oberstudienrat Franke aufzubauen. Einmal erhielt er eine Absage, als dieser gar nicht nach Simmershausen wollte. Der Enttäuschte gab hemmungslos seinem Unmut Ausdruck, aber das Auto setzte sich in Bewegung. Der Direktor hatte die Szene beobachtet und nahm amüsiert die Beschwerde des Sextanerleins entgegen, forderte ihn aber auf, bei ihm einzusteigen. Ich nehme an, daß er ihm unterwegs gesagt hat, daß man nicht immer auf sein Glück bauen könne.

1966 vertrat ich eine Praxis in Vellmar bei Dr. König. Auf sein Angebot hin konnte ich nachmittags Hans Otfried und Temmo mitbringen. Sie spielten dort im Garten mit „Swimmingpool". Ich konnte sie von meinem Schreibtisch aus draußen beobachten und also immer „ein Auge auf sie werfen" während der Sprechzeit. Gegen Abend gingen die Jungen zu meinem Vetter in Vellmar auf der anderen Seite der Holländischen Straße. Von hier holte ich sie abends nach meinem Dienst ab, oft erst nach 21 Uhr.

Als dann die Schule wieder anfing, war die Vertretung zu Ende. Gäste aus den USA, Dresden und Pirna kamen angereist. Ich hatte zwar für mehrere Wochen einen Sechspersonenhaushalt zu betreuen, aber es war gar nicht anstrengend, weil sich mein Onkel um die Schulaufgaben kümmerte und Ranni und Tante Betta sowieso fast unhörbar waren.

VII/8 Hans Otfried als Konfirmand, 1967

Nach vier harmonischen und heiteren Wochen reisten die Gäste wieder ab. Ich ging in die Praxis eines Internisten nach Hofgeismar zur Urlaubsvertetung.

Das Jahr 1967 brachte mit Hans Otfrieds Konfirmation einen Abschied von der Kinderzeit. Sein Konfirmationsspruch war: „Dein Wort ist meines Fußes Leuchte und ein Licht auf meinem Wege." Das sollte mein Trost sein für seinen Weg ins Leben.

Sein und später Temmos liebstes Buch in der Kinderzeit war die Kinderbibel. Dies schien mir unter anderem ein gutes Fundament zu sein für Hans Otfrieds Abflug aus dem Nest. Noch waren es aber eher Flugübungen. Sein erstes Motorfahrzeug, das er, auf der Fulda oder dem Edersee, lenken konnte, war ein

Schlauchboot mit Motor. Es war ein Schritt in die Selbständigkeit ohne mich, mit den Freunden und Temmo.

Im selben Jahr kam Hans Otfried in die Untersekunda und fuhr gern mit Freunden zum Skilaufen. Beim Skilaufen der Kinder war ich mehr Zuschauer und Chauffeur, weil ich mir damals eine eigene komplette Skiausrüstung nicht leisten wollte, obwohl ich mit 17 Jahren bereits meine ersten Skier hatte.

Bei der Tanzstunde kam Hans Otfried zum ersten Mal gesellschaftlich mit Mädchen in Kontakt, vor allem mit „seiner Dame". Ich hatte einen erwachsenen Sohn, einen Obersekundaner, der sich nun ohne meine Hilfe in eigener Verantwortung auf das Abitur vorbereitete.

Im gleichen Jahr schickten Karl Albrecht und Marianne ihre Tochter Toni zur Weiterführung ihrer Schulbildung nach Deutschland. Sie landete am 25. August 1967 in Frankfurt. Wir holten sie im Flughafengebäude ab. Sie hat damals wie heute unser Leben bereichert und ergänzt, machte 20jährig im Sommer 1970 ihr Abitur in einem Frankfurter Internat, ließ sich im gleichen Jahr als stud. phil. in Marburg für Germanistik und Sprachen immatrikulieren. Toni wurde meine Vizetochter, wenn sie auch leider die Woche über nicht bei uns war.

VII/9 Toni-Lou, meine Vizetochter, kommt gerade aus den USA am Frankfurter Flughafen an, 25. August 1967

Alles Sportliche hatte ich in der Kinderzeit der beiden Jungen auf den Weg gebracht: das Schwimmen, das Wandern, das Skilaufen, das Tanzen, dazu das Musizieren, Singen und Klavierspielen. Diese außerschulische Förderung war darauf angelegt, mit Gruppen Jugendlicher zusammenzukommen in heiterer unbeschwerter Geselligkeit, sinnvollem Tun und Nutzen der Zeit. Ich träumte auch vom Musizieren meines großen Sohnes in einem Orchester. Meine Tante, Wiltraut Stippich in Dresden, wollte mir ihr Konzertcello für Hans Otfried schenken. Er sollte natürlich dann auch Cellounterricht haben. Besonders günstig fand sie, daß er nicht nur sehr musikalisch, sondern auch hochaufgeschossen war und als Streicher im Sitzen musizieren könne. Was Hans Otfried aber letzten Endes anstrebte, war eine Elektroorgel für eine „Band". Ach je! Seine Gruppe hoffte auch nach vielen Vorbildern, daß man auf diese Weise viel Geld verdienen und zu einem Star werden könne.

Temmo sang im Schulchor mit. Dieser Kinderchor wurde bei Konzerten und in der Oper eingesetzt. Zu einem Auftritt der Chormitglieder als Statisten in einer Oper wurde Temmo aber vom Leiter nicht mitgenommen. Der sagte mir, Temmo sei zu aufgeregt und brächte dadurch Unruhe in das Ganze.

„Ach? Nun ja, das könnte sein", meinte ich etwas enttäuscht.

Für mich noch kaum wahrnehmbar, erhob sich im Hintergrund eine Bewegung, die von der Jugend ausging und die Jugend ergriff. Die schweren 50er Jahre lagen hinter uns, und die 60er brachten allmählich den wirtschaftlichen Aufstieg nach dem Krieg. Mit den Kennzeichen „Kühlschrank" und „Waschmaschine" waren es die Jahre des deutschen Wirtschaftswunders – von aller Welt wahrnehmbar.

Aus mir unbegreiflichen Gründen wurden aber – zunächst in den Universitätsstädten – Unruhen und Demonstrationen organisiert. Protestmärsche zogen mit Plakaten durch die Straßen. Wir sahen die Fernsehbilder aus Berlin in den Osterferien 1968 in Sooden. Ich blickte überhaupt nicht durch, weil wir noch mit dem Aufbau alle Hände voll zu tun hatten, überall waren noch Trümmer des Bombenkriegs zu beseitigen. Bei den meisten war die Grundstimmung gut, weil es mit schönem Erfolg voranging. Es wurde gespart oder angeschafft. Ich selbst hatte ein kleines

VII/10 mit Hans Otfried und Temmo, 1970: Meine Söhne sind mir „über den Kopf gewachsen".

Haus gebaut, das gerade fleißig abbezahlt wurde. „Auferstanden aus Ruinen" war das Lebensgefühl – nicht nur in der DDR. Und dagegen sollte protestiert werden? Wogegen denn? Warum jetzt? So fragte ich mich damals.

Die Jugend übte Kritik an der Verschwendung öffentlicher Gelder und wünschte, daß die Überschüsse aus den Staatskassen in andere Kanäle flössen. Da es immer noch an Wohnraum fehle, kritisierte sie den Abriß von Bürgerhäusern, an deren Stelle moderne Hochhäuser für Büros errichtet werden sollten. Es kam zu Hausbesetzungen und anderen gegen die Staatsgewalt gerichteten Handlungen mit Gewaltbereitschaft. Außerdem protestierten sie dagegen, daß noch immer ehemalige Nationalsozialisten öffentliche Ämter bekleideten, sie kämpften für mehr Rechte für die Frauen und für die Beendigung des Vietnamkrieges.

Die „Achtundsechziger" – wie sie später genannt wurden – hatten eine sozialistische Grundeinstellung mit Parolen wie „Los vom Elternhaus"[18], „Los von den Etablierten" und „Trau keinem über 30". Darüber hinaus ging es um „Emanzipation" in vielerlei Hinsicht. Ich glaubte, daß mich das alles nichts anginge.

Von den Universitäten sprangen aber die Funken auf die höheren Schulen im Lande über. Es wurden „soziale Verbesserungen" und mehr Eigenbestimmung für die Jugend verlangt. Die Bundesregierung nahm sich der neuen Impulse an, und vor allem die linken Landesregierungen gingen auf verschiedene Forderungen ein – so auch bei uns in Hessen: Die Mündigkeit wurde von 21 auf 18 Jahre vorverlegt: Man wollte damals keine unmündigen Soldaten haben. Auch das Alter der Parlamentarier im Bundestag sollte herabgesetzt werden. Und für die 16jährigen wurden schon Rechte zur Selbstbestimmung den Eltern gegenüber verlangt. Antiautoritäre Erziehung war die konsequente Ergänzung zu den Gedanken.

Begrenzung ist aber notwendig für den starken Willen der Heranwachsenden, wie man heute als Epilog zu der antiautoritären „Bewegung" erkennt. „Kinder brauchen Grenzen" heißt später der Titel eines aktuellen Buches vom Jahr 2000. Und ich frage mich: Wo sind sie alle geblieben, die „Langhaarigen", die Hare-Krishna-Jünger, die „Außerparlamentarische Opposition"? Vielleicht begegnen sie uns heute als Bankangestellte oder Kellner? Manche von den damals Demonstrierenden sind uns heute bekannt, und ihr Umschwung zum

---

[18] Le Bon, 1895.

„Bürgerlichen", „Etablierten" erstaunt: Auf einmal in demokratischen Parteien wählbar, wurden sie gemäßigte Politiker – sogar Minister und Bundeskanzler. Oder sie konnten als Universitätsprofessoren ihre Kehrtwendungen darlegen und ihrer Zuhörerschaft plausibel erklären. Ganz viel Zeit haben sie nun nicht mehr, aber sie haben es – bereits ergraut – noch rechtzeitig vor dem Rentenalter geschafft. Viele haben aber Nachteile fürs Leben – sogar Strafen – hinnehmen müssen, ja vereinzelt sich selbst umgebracht. Allen war eines gemeinsam: Sie wollten die Welt verbessern, sie wollten Motor sein und gegen die alten Bremsen den Wagen ins Rollen bringen. Das ging für viele eben nur mit Gewalt: mit offensichtlicher oder der im Hintergrund.

Ich selbst habe mich über 14 Jahre mit Schulpolitik beschäftigt: als Angehörige des Elternbeirats seit Hans Otfrieds Schuleintritt bis hin zu Temmos Abitur – das heißt von 1959 bis 1973. Dies gab mir eine gewisse Mitsprache in Schuldingen, die aber für die Elternschaft zu keiner Zeit gesetzlich verankert war: Es fehlte eine Stimmberechtigung. Die Teilnahme der Elternschaft erschöpfte sich in Anträgen, die bei der hessischen Schulverwaltung gestellt werden konnten. Immerhin war man doch jahrelang zu einer Stellungnahme zu allen Schulproblemen gefordert, die ich mir durch Hören und Lesen erarbeitete. Meine Vorstellung von der Schulbildung und -erziehung konnte ich im Kreise unserer Elternschaft wiederfinden. So trat ich aus Überzeugung dafür ein, daß die Schulform „Grundschule plus Gymnasium" neben den Oberrealschulen, dem Realgymnasium (mit Latein ab Klasse 8/Untertertia), den Gesamtschulen, der Förderstufe und dem Waldorfschultyp erhalten blieb. Es war ganz klar, daß zumindest damals das altsprachliche Gymnasium ein Mehr an Leistung und Anstrengung erforderte. Nicht zuletzt aus diesem Grunde setzte ich mich dafür ein, daß zuerst die Eltern sagen sollten, welchen Weg ihr Kind wählen sollte: das Gymnasium oder gleich eine berufsbezogene Bildung. Ein gewisses Risiko, wenn man sich für oder gegen die erweiterte Pflichtschulzeit entscheidet, muß allemal selbst getragen werden.

Der schon zuvor beschriebene Zeitgeist drang zusehends auch in das eher konservativ geprägte Gymnasium ein: Dort galt noch eine individuelle Zuwendung und eine feste Hand des Lehrers, Respekt vor ihm, christliche Grundordnung, Pflichten, Ehrerbietung vor den Älteren usw. An allen diesen Werten wurde nun gerüttelt. Weiterhin hatte der Elternbeirat zunehmend mit Erlassen des Landes

Hessen zu tun, die wir juristisch befolgen mußten, die aber unseren Wünschen für die Erziehung zuwiderliefen, zum Beispiel der „Pausenerlaß", die „Pressefreiheit" und der „Rauchererlaß", der den Schülern auf dem Schulgelände das Rauchen gestattete.

VII/11 Die Brüder Hans Otfried und Temmo in Dankelshausen, 1979

Die 70er Jahre zeigten mir, daß sich auch meine beiden Söhne selbständig entschieden und dies nicht nur ohne mich, sondern sogar gegen meinen Willen. Der intensive Umgang mit Freunden, zu denen sie unbedingt gehören wollten, bewirkte Freiheitswünsche in vielerlei Richtungen. Dies entsprach dem allgemeinen Trend. Erst jetzt sehnte ich mich wieder so richtig nach dem Mann an meiner Seite, es fehlte das machtvolle Vaterwort in einer intakten Familie und mir das Gespräch mit ihm, meinem Gefährten und dem Vater meiner Söhne.

Wenn ich mich aber umsah, konnte das „Machtwort" auch nicht all das abwenden, was unsere Generation für Gefahren hielt. In der Schule räumte man den Schülern durch Gesetzesänderung Rechte ein, stellte ihnen ohne Wissen und Zustimmung der Eltern während der Pausen einen „Raucherhof" zur Verfügung, im Winter – die armen Raucher sollten nicht frieren – bekamen sie ein Raucherzimmer im Schulgebäude.

Ein wichtiger Lebensabschnitt ging mit der Schulzeit von Hans Otfried und Temmo zu Ende, nicht nur für die Kinder, sondern auch für mich. Denn alles, was die Kinder erlebten, gehörte auch zu meinem Erleben: alles an Arbeit und auch an Dingen, Freuden und Enttäuschungen, die sie mit der Seele erfaßten.

Nach mehreren heftigen Diskussionen wurde mir langsam bitter bewußt: Trotz meines christlich geprägten Menschenbildes, meiner meist positiven

Einstellung zur demokratischen Ordnung plus Eigenverantwortung des Individuums und meiner Neigung zu Toleranz vermochte ich nichts auszurichten, um meine Kinder zur fleißigen Arbeit direkt auf einen Beruf hinzuführen. Eine gesicherte Existenz bei ihrer guten Ausstattung mit Intelligenz und Gesundheit wäre leicht erreichbar gewesen. Auf dieser Grundlage sollten sie zu einem gewissen Wohlstand und hin zur sorglosen Gründung einer Familie gelangen. Die Freude an ihrer selbstgewählten Berufsausbildung blieb aber zunächst aus. Statt dessen wurde – vielleicht zum Trost? – in beiden Fällen viel zu früh geheiratet, beide Schwiegertöchter hatten ebenfalls keine abgeschlossene Berufsausbildung. Und die nächste Generation war bereits auf dem Wege ...

Die Jahre der Loslösung und selbständigen Entscheidungen meiner Kinder waren in ganz verschiedener Weise für mich und für sie nicht leicht. Natürlich faltete ich auch die Hände für die Lenkung ihrer Lebenswege. Von meinen Schwiegertöchtern wußte ich, daß sie ebenfalls aus christlichen Elternhäusern stammen und sich Hilfe aus der anderen Welt erbitten konnten. Es muß wohl ein Segen auf allen gelegen haben, denn ihre eigenen Entscheidungen führten, wenn auch auf Umwegen, zu Zufriedenheit und Erfolgen meiner Söhne.

VII/12 Hans Otfried und seine Frau Anneliese (*1958) unter Hans Dittmers Portrait, 1980

VII/13 Temmo mit seiner Frau Ellen (*1953) und Sohn Matthias (*1989) in Duisburg 1992

So fügte sich über die Jahre dann vieles doch noch versöhnlich:
Hans Otfried schloß 1971 seine Schulzeit am Friedrichsgymnasium in Kassel mit dem Abitur ab. Der vor kurzem eingeführte Numerus Clausus (= „begrenzte Anzahl") verhinderte allerdings, daß er wunschgemäß Arzt werden konnte. Die Zulassungssperre zum Medizinstudium sah vor, daß nur wenige mit einem sehr guten Notendurchschnitt einen Studienplatz erhielten. Das bedeutete, daß ein Schüler mit nur „guten" Leistungen wie mein Sohn nicht Arzt werden konnte. Nach fünf Semestern Theologie und einem Versuch, sich als Relgionslehrer ausbilden zu lassen, ließ ihn weiterhin der große Wunsch zum Heilberuf nicht los.

Zur Überbrückung und zur finanziellen Sicherung ging er zunächst als Pfleger in eine nahegelegene Klinik. Da er nun fest den Beruf als Heilpraktiker im Auge hatte, bereitete er sich auf die Prüfung als Naturheilkundiger vor, die er 1984 ablegte. Nach dem Zwischenschritt eines Naturkostladens wurde nun die Gründung einer Naturheilpraxis aktuell.

Noch während seiner Suche nach dem richtigen Weg hatte er Anneliese Ebner aus Bayerisch Eisenstein kennengelernt, mit der er sich 1977 verlobt hatte und nun gemeinsam mit ihr seinen Weg gehen konnte. Sie war nicht nur für Hans Otfried, sondern auch für mich eine gute Ergänzung für unseren kleinen Familienkreis.

Ende 1977 heirateten sie in Göttingen und bezogen dort eine gemeinsame Wohnung. Ich hatte ohne Umschweife mit Anneliese einen guten Kontakt, auch weil sie sogleich vertrauensvoll auf mich zukam. Das war ein Glück für alles, was die beiden nun gemeinsam vorhatten: den Praxisaufbau und die Familiengründung.

Am 21. Mai 1978 kam ihr Töchterchen Katharina zur Welt: ich wurde also schneller als gedacht Großmutter.. Auch für mich eine neue Aufgabe, die mich mit Freude erfüllte.

1980 kam ihr Sohn Alexander, 1987 zuletzt ein Mädchen Martina zur Welt. Die Heilpraxis kam bald in Gang und lief dann sehr gut. Eine besondere Prägung erhielt Hans Otfrieds Schaffen durch seine Diagnostik und Therapie mit der Hinwendung zur Bioresonanz. Hier beteiligte er sich auch an der Forschung und Fortentwicklung der elektromagnetischen Geräte sowie an der Lehre mit Veröffentlichung in Fachzeitschriften und als Autor eigener Lehrbücher für Heilpraktiker in Aus- und Weiterbildung. Hierzu begann er damit, auch Programme zu schreiben, die in Fachkreisen zusehends auch europaweit gefragt wurden.

Auch daheim waren die Termine bei ihnen mit seinen Patienten ausgebucht. Anneliese war dabei voll im Einsatz: als Praxishelferin, Pflegerin der Geräte, Hausfrau, Mutter, Buchhalterin und.... Gärtnerin. Denn da war auch noch der große Garten.

Auch Temmo kam nach einem recht guten Schulabschluß trotz eigenwilliger Entscheidungen und auf Umwegen zu dem ihn ausfüllenden Beruf. Nach Abschluß eines Medizinstudiums mit Approbation peilte er eine Facharzt- Weiterbildung für Nuklearmedizin an. Spätestens als er nach der halben Fachausbildung den Weg der „kurativen" Medizin verließ, um alternative Berufsfelder rund um die Medizin kennenzulernen, blieb die ursprünglich geplante Doktorarbeit in der Schublade liegen.

Es folgte die leitende Tätigkeit für einer Apothekenkundenzeitschrift. Hier galt es, Kontakte zu Firmen rezeptfreier Arzneimittel zur Erfüllung werbewirksamer und redaktioneller Aufgaben zu nutzen.

Anschließend wechselte er als Finanzdienstleister für Ärzte zur betriebswirtschaftlichen Begleitung von Praxisgründungen und- abgaben. Dies stellte ihn wesentlich mehr zufrieden als zuvor sein Kliniksalltag.

Er ist also ein fachlich geprüfter Finanzberater für seine ärztlichen Standeskollegen und deren Familien.

Temmo heiratete 1983 eine Norwegerin, Ellen Kristiansen. Gemeinsam mit ihr fühlt er sich ihrer skandinavischen Heimat verbunden. In mehreren Kursen erlernte er die norwegische Sprache, so daß es zur Verständigung im Land und am Telefon ausreicht.

Die Hochzeit feierten wir am 17.Juni 1983 in Oslo, Årnes und Magnor. Glanzpunkt war die Trauung im Festsaal des Rathauses Oslo: Hier wird alljährlich am 10.Dezember der Friedensnobelpreis überreicht.

1989 wurde Temmos und Ellens Sohn Matthias geboren, mein viertes Enkelkind.

Bis heute begleite ich in inniger Anteilnahme meine Enkelkinder- geboren 1978 bis 1989- auf ihren Wegen:

Katharina ist seit 5 Jahren verheiratet mit Dipl.-Ing. Bernd Michalke, sie haben zwei Kinderlein: Mila Luisa und Lennart Marvin.

Alexander studiert derzeit Betriebswirtschaft an der Kasseler Universität, Martina und Matthias gehen noch zur Schule.

VII/14 Katharina zwölfjährig   VII/15 Alexander vierjährig   VII/16 Martina sechsjährig

VII/17 Matthias
sechsjährig in Norwegen mit Freundin

Beide Sohnesfamilien haben das Band zwischen uns wieder ganz festgemacht, so daß wir unsere Großfamilie als festen Zusammenhalt in Freud und Leid empfinden. Zweimal im Jahr, an meinem Geburtstag und zu Ostern, treffen wir zwölf uns regelmäßig.

VII/18 komplette Familie Dittmer im Oktober 2000 auf der Simmershäuser Terrasse, v.l.n.r.: Temmo*1956 - Alexander*1980 - Anneliese*1958 - Elisabeth mit Lennart*2000 - darüber Hans Otfried*1952 - Matthias*1989 - Ellen*1953 - Mila*1998 - Martina*1987 - Bernd*1977 - Katharina*1978

VIII. Zurück zum Arztberuf (1963–1992)

Es war wie eine Fügung: Zum frühestmöglichen Termin, nämlich 1963, als Temmo im zweiten Jahr zur Schule ging und unser neues Haus fertig eingerichtet war, wurde ich von einem Arzt aus meiner Nachbarschaft um Hilfe in seiner Praxis gebeten. Er war plötzlich an einer Infektion erkrankt. Ich sollte sofort für sechs Wochen seine Sprechstunden und die umfangreiche Außenpraxis in mehreren Ortschaften übernehmen.

Die Voraussetzungen für den Neuanfang nach zwölfjähriger Pause waren die denkbar besten: Eine sehr gut eingearbeitete Arzthelferin hatte ihren Arbeitsplatz an einem Tisch neben meinem. Sie kannte die Patienten, reichte mir die Karteikarten, führte das Besuchsbuch und packte meine Tasche. Ein Auto mit Fahrer stand zur Verfügung, denn ich hatte noch kein Auto. Der Fahrer des Wagens war ein Medizinstudent, der mich gern zu den Hausbesuchen begleitete. Die Arztfrau sorgte für mein leibliches Wohl, und der erkrankte Kollege lag oben im Haus und war notfalls für eine Frage bereit.

Dies wurde der Beginn von sechs Jahren Praxisvertretungen. Zu Hause wurden die Kinder tagsüber von Frau Kratel betreut, in der Nacht schlief ich immer zu Hause, während die jeweils erfahrenste Helferin jeder Praxis nachts am Arzttelefon schlief und mich von da aus jederzeit erreichen konnte. Nach Möglichkeit legte ich die Vertretungen in die Schulferien und in die Zeit der Klassenfahrten. Es waren sieben bis acht Ärzte im Jahr, denen ich einen Urlaub von zehn bis zwanzig Tagen ermöglichen konnte. So blieb ich mit der Medizin eng verbunden. Und noch etwas war wichtig: Ich hatte ein Haus gebaut, und dies mit Krediten, die monatlich zurückzuzahlen waren. Äußerste Sparsamkeit war angesagt. Auch die Kinder wußten das.

Die Landarztpraxis in Rothwesten war der glückliche Anfang. Alle wollten mir helfen und trauten es mir zu, und deshalb ging es auch! Ich hatte Mut: Gleich zu Anfang sollte ich ein Kiefergelenk einrenken, wobei ich nur aus der Theorie wußte, was dabei zu tun ist. Doch alles lief gut. Auch Wundversorgung und das Öffnen eines Abszesses sowie das Nähen von Wunden waren mir vertraut. Und ich unterschied von Anfang an klar, was ich mir selbst zutrauen konnte und was zum Facharzt oder in ein Krankenhaus gehörte. Gott hat mich ein Arztleben lang davor bewahrt, daß ich durch Fehlentscheidungen schuldig wurde an einem Menschen. Allerdings kam es vor, daß ich nach dem Entschluß für einen bestimmten Heilungsweg später doch lieber einen kürzeren, einfacheren oder naturgemäßeren gewählt hätte und mich deshalb ärgerte, was aber niemandem aufgefallen ist. In diesen Jahren habe ich in jeder fremden Praxis eine Menge Erfahrungen sammeln können in bezug auf die praktischen Einrichtungen sowie den Zeitablauf der Woche.

Im Frühsommer 1968 erschien mein ehemaliger Chef Dr. Blackert bei mir mit der Mitteilung, daß sein Mitarbeiter, mein Vetter Götz Scheele, wegen eigener Bettenabteilung im Diakonissenhaus die Arbeit in der Diabetesklinik in Frommershausen aufgeben müsse und ob ich an seiner Stelle Interesse hätte. Es war also dieselbe Assistenzarztstelle bei Dr. Blackert, die ich 1951 meinem Vetter vermittelt hatte! Diese wurde mir nun, nach 17 Jahren, wieder angeboten. Doch die Behandlung des Diabetes mellitus in einer Spezialklinik konnte für mich nicht attraktiv sein. Ich meinte, diese Spezialisierung würde mich von meinem Ziel abdrängen, Allgemeinärztin zu werden. Dazu fürchtete ich, daß ich über eine Vertiefung in das Spezialgebiet wie der Diabetes viele andere Dinge, in denen ich mich fortbilden wollte, vernachlässigen und vergessen könnte. Bei seinem Besuch zeigte Dr. Blackert Verständnis für meine Zurückhaltung gegenüber seinem bestens dotierten Angebot und ließ mir Bedenkzeit. Beim nachdenklichen Blättern in seiner Patientenkartei stellte er aber ganz überrascht fest, daß die meisten Patienten nicht nur wegen der Zuckerkrankheit, sondern auch oft noch allgemeinärztlich zu behandeln waren. Das erleichterte meine Zusage.

Mein Arbeitsbeginn wurde auf den 1. September 1968 festgelegt. Hans Otfried war sechzehn Jahre alt und Temmo zwölf. Ich wurde nun als „freie Mitarbeiterin" in der privaten Diabetikerklinik Frommershausen eingestellt. Obwohl das Haus nur drei Kilometer von meiner Wohnung entfernt war, bedeutete dies eine Dauerbindung außerhalb von Haus und Familie, wenn auch anfangs nur mit ganz geringer Wochenstundenzahl von nur zweimal drei Stunden. Ich sollte für alle Neuaufnahmen und die Erstuntersuchungen zuständig sein. Die Abmachung galt zunächst für ein Jahr – es wurden aber elf Jahre, die ich nicht missen möchte, gerade für den letzten Schritt vor dem Eintritt in die Selbständigkeit im Jahre 1979.

VIII/1 Privatklinik Dr. Blackert für Diabetiker („Birkenhof"), Frontseite; meine Tätigkeit in diesem Hause dauerte vom 01.09.1968 bis 01.04.1979

Morgens vor dem Frühstück erledigte ich die Blutentnahme. Nach der Visite ging ich mit einer Schwester von Zimmer zu Zimmer, wo die Patienten zu zweit bis zu viert wohnten und an ihrem Tisch sitzend auf uns warteten. Zwei Stunden nach dem Frühstück wurde dann der Blutzucker erneut bestimmt. Zu diesem Zweck traf ich die Patienten wieder im Labor. Die dritte Arbeitsstunde galt dem Unterricht für die Diabetiker. Hier mußte mich Dr. Blackert allerdings erst einweisen.

Die Unterrichtsstunden wurden schon bald von mir übernommen, weil Dr. Blackert in seinem Urlaub mir den gesamten Klinikbetrieb überlassen wollte. Bald arbeitete ich jeden Vormittag in der Klinik und dazu noch einige Nachmittage, die ich mir aber selbst zuteilen konnte.

Unser Chef war als Internist auf das Gebiet der Diabetologie gekommen, da er seiner Mutter und seiner Schwester helfen wollte, die diese Krankheit hatten. Bald zeigte sich die Krankheit bei Dr. Blackert selbst. Als Folge wurde ein Auge blind. Nun drehte es sich um den Erhalt des zweiten Auges, da er täglich ein- bis zweimal von der Klinik nach Hause, d. h. von Frommershausen im Norden von Kassel zum Brasselsberg im äußersten Westen, im Auto fahren mußte. Es dauerte nur wenige Jahre, bis auch die Sehkraft des zweiten Auges nachließ. Jetzt mußte er an einen Nachfolger denken.

Da ich kein Diplom als „Facharzt für Innere Krankheiten" hatte, kam ich eigentlich nicht als seine Nachfolgerin in Frage. Die Kassenärztliche Vereinigung beobachtete, wie die Sache mit dem kranken Chef in Frommershausen lief, und nahm an, daß Blackert mir die Leitung übertragen würde. Nach meinem fehlenden Diplom als Internistin fragte dort niemand. Später sagten sie mir, ich sei doch die geeignete Leiterin der Klinik gewesen, sie hätten sofort einem Antrag von Dr. Blackert zugestimmt. Dr. Blackert hatte mir aber den Rat gegeben, mich als frei praktizierende Ärztin niederzulassen. Er meinte scherzend, ich brauchte zu Anfang nur „einen Tisch, zwei Stühle und einen Blutdruckmesser", mein ärztliches Wissen und Handeln würde schon alles andere besorgen! Ich solle sein großes und modernes Labor für meine Patienten mitbenutzen, so daß ich keine Schulden für meine Praxiseröffnung zu machen brauchte und nach und nach von den ersten Honoraren die Praxis langsam vollständig einrichten konnte. Er hatte recht, mir zur Niederlassung zu raten, denn es wurde die schönste Zeit meines Berufslebens. Am 31. März 1979 schied ich dann aus der „Diabetesklinik Dr. Blackert" aus.

Doch zunächst, im Herbst 1978, hatte ich noch sechs Monate Zeit zur Vorbereitung der selbständigen Existenz. Ich brauchte eine funktionstüchtige Praxis mit ausreichend Räumen und Personal, eine Prüfung für die Zulassung als Kassenärztin und Verträge mit verschiedenen Krankenkassen.

Nachdem ich in einem Massageinstitut in Ihringshausen von meiner Absicht, mich niederzulassen, gesprochen hatte, sprach sich die Neuigkeit wie ein Lauffeuer herum und erreichte auch das dortige Schuhgeschäft. Dort boten sie mir in ihrem Neubau herrliche, große Räume an, die leider für mich zu teuer waren, denn ich wollte über die Restschuld auf das Haus hinaus keine neuen Kredite aufnehmen. Auch wollte ich möglichst in Simmershausen arbeiten.

Meine Nachbarn Willi und Gerda Hesse waren bereits Patienten bei mir. Sie halfen mir bei der Suche nach einer leeren Wohnung mitten in Simmershausen. Eine in der Kasseler Straße war zu dunkel und zu klein. Ich sollte doch bei Bürgermeister Michel persönlich vorstellig werden und meine Absicht, mich in Fuldatal niederzulassen, kundtun. Ich nahm den guten Gedanken von Gerda Hesse sofort auf. Dort gab es eine ungeahnte Reaktion: Das Vorhaben sei, so Bürgermeister Michel, ein „Gottesglück für Fuldatal". Leider habe er gerade in der Raiffeisenstraße 6 eine Wohnung als Sozialwohnung abgegeben. Nach kurzem Überlegen kam dem Bürgermeister aber doch noch eine Idee: Unter jener Sozialwohnung im ehemaligen Simmershäuser Bürgermeisteramt sei die Gemeindebücherei, diese könnte im „Haus der Vereine", dem ehemaligen Schulhaus, einen großen Raum bekommen für den Büchereileiter Hans Teichmann. „Ich hab's: Der Herr Teichmann geht raus, und die Frau Doktor geht rein!"

Ich kam also zu schönen Räumen mitten in Simmershausen, sogar mit einer Bushaltestelle vor dem Hause. So einfach war die Suche, wenn der liebe Gott „ein wenig nachhilft"! Nun hatte ich etwas zu planen! Bald war ich am Ziel aller Wünsche, jedenfalls rückte es näher. Leichten Herzens ging ich nun wieder zum Dienst in die Zuckerklinik.

Der Chefsekretärin Mareile Brand erzählte ich unter vier Augen, wovon mein Herz voll war: „Am 1. April mache ich eine eigene Praxis auf ..." Höchst übermütig fügte ich hinzu: „... und nehme die Frau Brand als meine Helferin mit."

„Was?!!!" rief sie. „Ach, sagen Sie das doch noch mal, das hat sich so schön angehört!"

„Es war nur ein Momenteinfall", sagte ich. Aber es ließ uns beide nicht los. Ich hätte mir keinen zuverlässigeren, lieberen Menschen neben mir vorstellen können.

Kaum waren die Zimmer der Bücherei geräumt, erhielt ich die Schlüssel. Ein Mietvertrag wurde ausgearbeitet, die Miete für die ersten Monate meinem geringen Anfangseinkommen angepaßt. Frau Brand und ich waren vorerst noch beide in der Klinik in Frommershausen beschäftigt, aber jede freie Zeit haben wir dem Planen „unserer" Praxis gewidmet: Wir suchten die Möbel aus, die Instrumente, die Formulare. Die Küche wurde als Anmeldung umfunktioniert, das Bad zum Labor, ein kleines Zimmer für Untersuchungen, Spritzen und Verbände, das größere als Wartezimmer und das ganz große mit drei Fenstern und Balkon wurde mein zentrales Wirkungsfeld.

Jetzt erst sollte mir der größte Wunsch erfüllt werden, nämlich der des freien Praktizierens. Mit einem zuverlässigen Mitarbeiterkreis konnte ich 1980 voller Zuversicht in das neue Jahrzehnt starten.

VIII/2 Praxisteam, v. li.: Eva Franke, Hannelore Reinecke, die "Doktorin", Paula Struppert, Annemarie Richter, Birgit Dietz

VIII/3 Nach Beendigung der Sprechstunde noch beratende Telefongespräche (Konsultationen) mit Fachkollegen, 1992

Was in einer Allgemeinpraxis den normalen Arbeitstag füllte, war vielfältig und voller kleiner und großer Einzelbehandlungen: von den zeitraubenden

Ganzuntersuchungen für die Versicherungen bis zum Blick in den Rachen und allem Schreibkram.

Das Wartezimmer füllte sich manchmal sehr, was uns allen nicht gefiel. Ich wurde von den bedrängten Helferinnen gebeten, mich bei den Beratungen kürzer zu fassen. Was aber tun, wenn man bei der Untersuchung Ungeahntes entdeckte oder wenn gar während einer solchen Sitzung Tränen flossen?

Manche Patienten entwickelten eine erstaunliche Art, wie man sich langen Wartezeiten entziehen konnte, zum Beispiel unser Patient, Herr W.: Er war ein Künstler im Abkürzen der Wartezeit. Es war Winter und sehr voll im Wartezimmer. Mit dem Ruf, er kriege keine Luft, riß er das Fenster in eisiger Kälte auf und setzte sich auf seinen Platz. Das Fenster wurde nach einiger Zeit von anderer Hand geschlossen. Empört stürzte er wieder zu den Fenstern und riß beide Flügel auf. Das Spiel wurde nicht lange fortgesetzt, denn die Beschwerde erreichte die Helferin, die den Unruhestifter gleich aus dem Wartezimmer holte. Mit triumphierender Miene verließ er die Wartenden.

Kam W. bei gutem, freundlichem Wetter, mußte etwas anderes her, er wollte ja schließlich nicht hier langweilig herumsitzen. Matt rutschte er von seinem Stuhl herunter auf den Fußboden. Der Länge nach streckte er sich vor die Füße der wartenden Patienten. Die Helferin kam herein, um den „Nächsten" zu holen. Entsetzt sah sie den halb Ohnmächtigen im Wartezimmer liegen.

„Sie werden verstehen, daß wir jetzt erst diesen Patienten drannehmen müssen."

Selbstverständlich waren alle einverstanden. W. hatte ganz ohne Krach erreicht, was er wollte. Schon draußen im Flur war sein Schwächezustand gewichen. Hing dieser vielleicht doch mit seinem Asthma zusammen? Ich gab W. einen Überweisungsschein zu einem Facharzt für Bronchialleiden. Eine Woche später rief die Arztgattin, die bei ihrem Mann in der Praxis half, bei mir an: „Ihr Patient W. ist in unserem vollen Wartezimmer zusammengebrochen." Er liege vor den Füßen mehrerer Patienten, alle seien sehr aufgeregt. „Was sollen wir tun?"

„Helfen Sie ihm einfach hoch mit der Bemerkung, daß er sofort dem Doktor vorgeführt wird. Sie werden ein Wunder erleben!"

Auch bei den Hausbesuchen konnte ich seltsame Dinge erleben. In Frommershausen, unserem Nachbarort, feierten Jugendliche in einer Wohnung verreister

Eltern eine Party. Am späten Abend war einer der Leutchen sternhagelvoll betrunken. Er lag stocksteif auf der Tanzfläche. Da es an Raum für den Fortgang des angeheiterten Vergnügens fehlte, zog man ihn unter einen Tisch. Gegen Morgen schlief der Junge noch. Die anderen, selber müde, wollten heim und die Wohnung verlassen, wohin mit ihm? Ihn allein lassen? Kein guter Gedanke, also ins Krankenhaus. Als sie dort anriefen, wurde nach einem Einweisungsschein gefragt. Den Dienst habe dieses Wochenende Frau Dr. Dittmer in Simmershausen. Bei mir ging also das Telefon: „Bitte kommen Sie schnell, hier ist jemand bewußtlos, wir wissen nicht, ob er noch lebt. Ja, ein Junge von 15 Jahren."

Wie der Blitz war ich dort und fand das ganze Zimmer voller Zigarettenrauch und Schnapsgeruch. Der Junge lebte aber mit kräftigem Puls, die Atemluft war alkoholisiert. Diagnose: „Volltrunkenheit". Ihren Wunsch, nach Hause zu gehen, konnte ich den jungen Leuten nicht erfüllen. Sie mußten mir ihre Namen nennen und bei ihrem Kameraden Wache halten, bis er aufwachte.

In den 70er Jahren muß es gewesen sein, als es hieß: Von den türkischen Gastarbeitern wollten einige in Deutschland bleiben – im Gegensatz zu den italienischen und spanischen Arbeitern, die allmählich wieder in ihre warmen Heimatländer heimkehrten. Aber die Türken wollten Deutsche werden, und man sollte ihnen freundlich begegnen, denn sie sollten die aussterbenden Deutschen vor dem Verschwinden ihrer Nation retten. Bedenkliche Nachrichten, aber einleuchtend war es.

Als die ersten Türken auch in unserer Praxis erschienen, haben wir sie, das interessante Volk, freundschaftlich begrüßt wie alte Freunde. Die Doktora wurde zu einem Täßchen Türkischen Kaffee eingeladen und bekam alle Kinder vorgestellt, eine ganze Reihe zukünftiger Deutscher. Man ahnte, es war da noch allerlei zu tun. Aber wir wollten ihnen behilflich sein, zuerst mit der Sprache und der Erklärung unserer (demnächst auch ihrer) Sitten. Bei der Kaffee-Einladung zeigte ich auf Gegenstände des Alltags und sagte das deutsche Wort. Sie beantworteten meine Sprachhilfe lächelnd mit dem türkischen Wort. Der Kaffee schmeckte nach Zigarettenasche und angebrannter Suppe. Nur aus Freundschaft zu unseren neuen türkischen Freunden trank ich ihn aus.

Beim Thema „Andere Länder, andere Sitten" fühlte ich mich hierbei an eine Begebenheit erinnert, die schon 1965 stattfand: Damals bot der CVJM für Familien eine Sommerfreizeit in Borkum an, um christlich eingestellte

Jugendliche verschiedener Länder zusammenzubringen. Ich meldete uns drei für die Borkumfahrt an. Dabei wurde darauf hingewiesen, daß sich einige als „Gastarbeiter" frisch zugewanderte Afrikaner, wohl aus Ghana und Nigeria, in Kassel einsam fühlten. Für diese und andere neu zugezogene Fremdarbeiter hatte der CVJM in seinem Hospiz ein Begegnungstreffen als Forum des Austausches mit Kasseler Familien vorbereitet. Hans Otfried und Temmo waren gespannt, wie ein Gespräch mit einem Schwarzen wohl verlaufen könnte. Im großen Saal waren Tische mit sechs Stühlen aufgestellt. An jedem sollte ein Farbiger (oder „Neger", wie man damals noch sagte) sitzen, den man nach Hause einladen könne. Die Türen zum Saal waren noch geschlossen, als sich die Kasseler Gastfamilien im Vorraum drängelten. Und als die Türen geöffnet wurden, stürmten sie los – wir auch. Schnell wurde klar: Jeder hatte wohl wie wir einen Afrikaner im Visier. Leider waren offenbar nicht genügend vor Ort: Jeder Tisch mit Afrikanern, an den wir eilten, war schon mit Einheimischen besetzt.

Doch – da war noch ein Tisch frei mit einem Schwarzhaarigen mit schwarzen Augen und dunkler Haut. Etwas widerwillig und enttäuscht über den Mangel an „echten" Schwarzen setzten wir uns zu diesem Tischpartner. Er hatte kein Problem, sich mit uns bekanntzumachen. Er sei aus Griechenland und arbeite hier. Ich wollte wissen, ob seine Familie auch da sei. Er dazu: Nein, seine Frau käme bald, bis dahin könnte er uns gern mal besuchen. Er sei sogar bereit, noch heute mit uns in unser Heim zu fahren. Ich mußte ihn etwas stoppen mit dem Hinweis, wenn seine Frau da wäre, bekäme er mal eine Einladung von mir. Er sei bereit, uns überall hinzufahren, und ich möchte ihm mal die Autoschlüssel geben. Ich wurde energisch: Wir wollten nicht so lange bleiben, aber ich würde ihn natürlich erst nach Hause bringen. Der Grieche: „Frau Auto fahren nix gut!" Er wollte partout fahren. Pause. Schließlich: Er könnte auch kochen. „Ich komm zu euch nach Hause, kochen gute Speis!" Die Jungen wollten sich totlachen. Als ich mir ihn einen Augenblick lang als „Koch" vorzustellen versuchte, glitt mein Blick auf seine schwarzen Fingernägel ...

Auf dem Weg zum Parkplatz bat er noch einmal dringend um die Autoschlüssel. Doch ich lotste ihn auf dem Beifahrersitz. „Wo wohnen Sie?" – „Leipziger Straße."

Wir hielten vor einem Haus, vor dem ein großer schwarzer Mercedes parkte. Dies sei sein Wagen. Hatte dieser nicht ein Frankfurter Kennzeichen? Ich sagte zum Abschied, bei uns sei es üblich, daß ein Herr bei einer Dame erst zusammen mit seiner Frau einen Antrittsbesuch mache. Ob das bei Ihnen anders sei? Unserer Kultur entspreche das jedenfalls nicht, also auf Wiedersehen, bis Ihre Frau nachkommt. Dann rufen Sie mich bitte gleich mal an.

Zurück zur Praxis als „Drehscheibe der Kulturen": Da kam etwa im Jahre 1987 eine Welle von Polen in unsere Gegend. Ich habe die Ursache dafür – ob es eine Vertreibung war oder doch eher für die Polen eine Chance, in Deutschland Arbeit zu finden – nicht finden können. Vielleicht kamen sie im Zuge der allgemeinen Ost-West-Wanderung der Nachkriegsjahre. Ich weiß nur, daß wir in Simmershausen die Mengen von Polen in der Turnhalle, dann auch im renovierungsbedürftigem Hotel Jütte, ganz in der Nachbarschaft der Praxis, aufnahmen. Die Hilfsbereitschaft in der Bevölkerung war groß. Man war bereit, arbeitswillige Menschen aufzunehmen, gerne Polen: Stammten sie doch aus Volksstämmen der uns verwandten Slawen, sie waren kinderlieb und kinderreich, anpassungsfähig und arbeitswillig. Sie wollten gern Deutsche werden, und weil sie zum westlich-christlichen Kulturkreis gehörten, wurden sie den Türken vorgezogen.

In großer Anzahl kamen sie in meine Praxis, wo sie nicht nur Hilfe, sondern auch Verständnis fanden. Polnischsprachige Drucksachen, die über den Gang zu den Ämtern, zu den Lebensmittelzentren und Kaufhäusern informierten, hatte ich im Sprechzimmer auslegen. Ich besorgte den „Polyglott" mit deutsch-polnischen Sätzen für Reisende und einem kleinen Lexikonteil. Ich lernte ca. 20 polnische Vokabeln für meine Untersuchungen: Schmerzen? Wo? Seit wann? Zunge! Übelkeit? Erbrechen? Durch Abfragen ging es schneller. Noch mehr Untersuchungen gab es bei meinen Hausbesuchen in ihren Unterkünften. Jede Familie hatte nur ein Hotelzimmer mit Etagenbetten. In die Familienzimmer wurden auch Verwandte eingewiesen. Manchmal lagen in einem Ehebett drei Personen: neben dem Ehepaar noch der Bruder oder – in der Mitte – eine Oma. Mein soziales Herz freute sich über alle Hilfe, die sie sich gegenseitig brachten, aber auch über die rührenden Zeichen der Dankbarkeit mir gegenüber. Von der noch ländlichen Bevölkerung wurde ich mit tiefem Diener oder Knicks und von der jüngeren Generation mit Handkuß begrüßt.

Einer nach dem anderen verschwand nach Kassel, erst zur neuen Arbeitsstelle, dann in kleine bescheidene Wohnungen. Nur selten kam es noch mal zu einem Wiedersehen.

Die Polen lebten sich schnell ein. Alle nahmen Deutschunterricht, der Integrationsprozeß war in vollem Gang – da erreichte uns die Nachricht, daß wir uns nun auf Rußlanddeutsche einstellen sollten. Für uns – damals, 1988, – eine gute Nachricht. Wir glaubten uns mit diesen Leuten gleich auf deutsch verständigen zu können. Alle besaßen schon einen deutschen Paß und hatten nur das Problem, wie sie ihre noch in Rußland wartende Verwandtschaft bei sich unterbringen sollten. Auch brachten sie Einrichtungsgegenstände mit: zum Beispiel zwei Sessel, ein Bett – einmal sah ich im Hotel, eingekeilt zwischen Etagenbetten, ein Klavier aus Rußland. Über den Deckel der Tastatur stiegen die Kinderlein in die oberen Betten. Ich ließ mir von der Tochter ein Klavierstück vorspielen, einfach erstaunlich gut: Chopin.

Auch hier war viel Krankheit durch verschleppte Leiden, z. B. Geschwüre, mit elendem Verbandsmaterial verbunden: zerschnittene Hemden, notdürftig ausgewaschen. Mancher Verband war allerdings unterwegs schon erneuert worden. Man legte mir Atteste russischer Ärzte vor, sie waren säuberlich mit kyrillischen Buchstaben geschrieben, aber – welches Glück: Die Diagnosen waren in lateinischer Bezeichnung und Schrift. Eine vorbildliche weltweite Verständigung der Medizin erleichterte die Behandlung der Kranken. Auch die Verordnungen für russische Apotheken konnte ich aufgrund der lateinisch geschriebenen Bezeichnung der Stoffe mühelos lesen. Nur die Verständigung mit den Deutschen aus Rußland – bei uns aus Kasachstan – enttäuschte. Einzig die alten Leute sprachen ein verständliches Deutsch.

Simmershausen rüstete zu einer deutsch-russischen Weihnachtsfeier im Gemeindehaus. Eine große Landkarte wurde aufgehängt, die von Kasachstan über die Wolga bis Deutschland reichte. Es gab Kerzen, Kaffee, Gebäck, Lieder, und dann kam die Überraschung: Die große Schiebetür wurde geöffnet, und auf großen Tischen fanden sich Kleidung, Wolldecken, Schuhe, besohlt und blank geputzt, und Spielzeug – lauter Spenden. Die Kinder wurden zuerst gebeten, ungeniert anzuprobieren, ob etwas paßte, dann die Alten und die im mittleren Alter. Gebrauchte Plastiktüten lagen bereit, so daß sie das Erhaltene glücklich nach Hause tragen durften. Waren wirklich alle zufrieden? Leider nicht lange, denn es waren alles alte, obwohl renovierte Sachen.

Für unsere Polen war die Invasion ein Schock! Es gab erst ein Verstummen, dann ein Aufeinanderprallen im Hotel und im Schulgebäude. Die Polen fühlten sich in allem benachteiligt und ungeliebt. Es gab sogar Tränen der Verzweiflung, die Polen waren doch noch so hilfsbedürftig und wurden übergangen. Es war gut zu verstehen.

Dazu hatte man mit so wenig Deutschkenntnissen bei den deutschen Volksgenossen nicht gerechnet, die Sprachkurse waren überfüllt. Wenn jemand freiwillig auf den Unterricht verzichtete, war man wegen der Überfüllung eigentlich ganz froh. Doch immer mehr Zugewanderte blieben wegen der Sprachprobleme ausgegrenzt.

Nun hatten sie ihre Wohnungen in Kassel und etwas Arbeit. Auch ihre Ärztin der ersten glücklichen Tage in Deutschland kam weiter zu ihnen. Ich konnte nur wenige Schicksale weiter verfolgen, Not lindern, auch noch Krankheiten behandeln. Mehr tot als krank kam der jüngste Sohn einer Familie aus der Ukraine. Ein gangränöser Fuß war nicht mehr zu retten, ich konnte aber noch zu orthopädischem Schuhwerk und einem Rollstuhl verhelfen. Aus Dankbarkeit kam die Mutter mit selbstgebackenen Piroschki in die Praxis, einem mit Fleisch oder Gemüse gefüllten Teiggebäck.

Bei einer Russlanddeutschen konnte sich ein jahrelang unbehandeltes Krebsleiden ungehindert zu einer großen Höhle im Unterleib ausbreiten, bis die Übersiedlung endlich zustande kam. Und doch, und doch: Sie konnte gerettet werden, ich habe auch noch nach meiner Praxisaufgabe Kontakt mit der Familie gehabt, weil sie auch in die Simmershäuser Kirche kam.

Nun waren es nur noch wenige Monate, bis wir alle die große Überraschung vom Mauerfall erlebten: Jetzt kamen die Ostdeutschen, die unseren Herzen noch einen großen Schritt näher waren und die unsere Hilfe brauchten. Ich begrüßte sie in der Reinhardswaldschule.

Am 15. Juli 1989 lud ich meinen Simmershäuser Freundeskreis nach Sooden ins Haus Martina ein. Alle kamen: die Nachbarn, das Praxisteam mit Ehemännern und einige aus dem Singkreis. Um 12 Uhr mittags erschienen meine Gäste zum Begrüßungstrunk. Es wurde ein wunderschönes kleines Fest fernab vom Simmershäuser Alltag.

Das Festmahl wurde eingeleitet mit einem vierstimmigen Gesang der Tafelrunde: „Aller Augen warten auf dich, Herre ..." Tischreden folgten. Als die Tafel aufgehoben wurde, führte ich meine Gäste durch den Wald zur Westerburg hinauf, wo man den Blick ins Werratal genoß. Der Spaziergang endete in der Soodener Marienkirche. Die Altarkerzen brannten, wir setzten uns in den Chorraum und sangen ein paar meiner Lieblingslieder.

Im Haus Martina warteten auf dem Büfett Kannen mit Kaffee, Getränke sowie Kuchen auf uns. Es kam dann ein Bänkelliedersänger (Gerda Hesse) mit einer Drehorgel (Kassettenrecorder mit Umhüllung und Kurbel) und trug ein Endlos-Lied mit 42 Strophen vor nach der Melodie: „Und der Haifisch, der hat Zähne ..." Dies war ein Gemeinschaftswerk von Nachbarn, Praxis und Chormitgliedern. Wir hatten viel Spaß damit. Die Feier wurde mit einem Kreistanz beendet.

Im 76. Lebensjahr war ich noch voll im Dienst. Aber es war ein Ende der Spannkraft und der Leistungsfähigkeit abzusehen; ich mußte an einen Nachfolger denken. Im November 1991 schloß ich mit dem jungen Rothwester Kollegen Dr. med. Roland Leister den Vertrag der Praxisübernahme für den 1. Oktober 1992. Seitdem hospitierte Leister neben seiner Tätigkeit als Assistenzarzt im Kasseler Elisabeth-Krankenhaus bei mir, sooft er dort freihatte. Ich hatte dadurch schon merkbar mehr Freizeit, so daß ich mir ein verlängertes Wochenende von vier Tagen leisten konnte, um mit Temmo eine Reise in die ehemalige DDR zu machen, in die Heimat meines Vaters.

Der zeitgeschichtliche Hintergrund machte sich ja seit Anfang der 90er Jahre noch einmal deutlich im Alltagsleben bemerkbar, als nach dem Fall der Mauer am 9. November 1989 Menschen nach dem Westen strömten: aus Osteuropa, besonders aber aus der DDR. Nach der Wende gab man den jüngeren DDR-Medizinern die Gelegenheit, sich in einer Westpraxis umzusehen und sich von unserem Kassenarztsystem ein Bild zu machen. Ich stellte mich und meine Praxis gern zu diesem Zweck zur Verfügung. So konnte Dr. Edda Senze aus Nordhausen in Thüringen zweimal eine Woche bei mir wohnen und hospitieren, mit den Arzthelferinnen sprechen und auch Seminare in der Zentrale der Kassenärztlichen Vereinigung in Kassel besuchen. In ihrem Auftreten war sie als junge DDR-Ärztin in gewisser Weise eine Autorität, dem Personal und auch den Patienten gegenüber. Sie kam mir zuerst im Wesen wie eine Funktionärin vor, der man zu folgen hatte – nicht aber mir gegenüber. Den Patienten wurde nicht groß etwas erklärt, was man als Arzt mit ihnen vorhatte. Man handelte eben.

Am 1. Juli 1992 zog ich mit Leister in neue Praxisräume mit meinem Namen über der Simmershäuser Apotheke. Ab diesem Tag war er ganz frei für die Praxis, installierte bei mir sein EKG-Gerät und versorgte bald schon Patienten auf seinen Namen. Das hatte einen Vorteil: Ich konnte mit meinen Praxismöbeln schon mal per Möbelwagen ausziehen und daheim, im ehemaligen Kinderzimmer, eine kleine Privatpraxis herrichten. Leister konnte den Betrieb unter meinem Namen in Gang bringen und am 1. Oktober nahtlos eröffnen mit meinen Karteikarten, die nun seine waren. Es war sofort alles funktionsfähig und dienstbereit. Die Helferinnen und eine Reihe Apparate und Einrichtungsgegenstände aus meiner Praxis hat er übernommen. Welcher Unterschied zu meinem Anfang 1978! Ich konnte eine Woche später meinen 78. Geburtstag als Ruheständlerin feiern und allmählich – sehr allmählich – entspannen und vormittags in der Oktobersonne spazierengehen – und zwar über den Königsplatz in Kassel, für mich unvergeßlich.

VIII/4 Die Schilder werden vor dem Eingang der Praxis am 1.10.1992 ausgewechselt: „Dr. med. Elisabeth Dittmer – Dr. med. Roland Leister"

IX. Das Alter (ab 1993)

Nach dem Tod meiner beiden Brüder Martin (1941) und Otfried (1951) starb nun auch mein Bruder Karl Albrecht, 82jährig, am 15. Februar 1993. Ich hätte mir so sehr die Begleitung meines letzten Bruders weiterhin gewünscht. Mir fehlten seine regelmäßigen Anrufe mit seinem Abschiedswort: „Gott behüte dich", eine Wendung, die in unserer Familie beim Abschied nach Besuchen und unter Briefen üblich war. Scherzend hatte Karl Albrecht seinen Transport aus Saarberg in einer Urne angekündigt: „Echen, damit du's weißt, du bekommst eines Tages ein Paket – es ist meine Asche, bring sie auf den Friedhof, auf Mutters Grab. Sie kommt natürlich als Wertpaket!"

IX/1 Mit meinem Bruder Karl-Albrecht vor dem Soodener Haus Scheele, verlassen und zugewachsen, 1985

Als es 1990 so schien, als läge die Zeit meines Ruhestandes noch in weiter Ferne, fragte ich mich schon einmal, wie es wohl bei mir aussehen würde, das Alter, wann es deutlich spürbar und wo es sich bei mir zuerst bemerkbar machen würde. Meine Antwort auf diese Fragen waren mehr Vermutungen, die im Nebel des Nichtwissens steckenblieben. Weniger nebulös war die Beendigung der Berufstätigkeit – das hieß in meinem Falle der Kassenarzttätigkeit.

Die Gedanken über das Alter entsprangen nicht so sehr der Sorge, ich könnte in ein dunkles Loch der Ratlosigkeit, der Langeweile und des Alleinseins fallen, als vielmehr dem Blick auf das Abschiednehmen von den Patienten – den Hilfsbedürftigen, den Blinden und den Bettlägerigen im besonderen, zu denen sich ein Verhältnis der Vertrautheit entwickelt hatte. Auch der tägliche Umgang mit meinen Helferinnen würde mir sehr fehlen. Ich war mir aber sicher, es kam etwas anderes, mit dem ich die neugeschenkte Zeit ausfüllen konnte, und war darauf gespannt.

Von Nord- und Südamerika lagen Einladungen vor: von Helen Smith-Stangeland aus Enumclaw (Staat Washington) und von den Kindern meines Bruders Otfried in Rio de Janeiro. Diese Reisen stellte ich aber zurück, denn die kürzlich geöffnete deutsch-deutsche Grenze zeigte ganz andere Chancen. Zwar hatte ich die hinter dem „Eisernen Vorhang" lebenden Verwandten – mit polizeilicher An- und Abmeldung – in Dresden, Pirna und Halle mehrfach besucht, jetzt konnte man sich aber frei bewegen auf dem Gebiet Ostdeutschlands. Dies bedeutete für mich zunächst das Aufsuchen unserer Familiengedenkstätten in Sachsen-Anhalt, in der Mark Brandenburg und Thüringen, Berlin und Pommern sowie an der Nordostseite des Harzes. Mit Temmo war ich also 1992 und 1993 dort unterwegs, mit Hannele und Heinrich Reisinger lernte ich danach mit Reisegesellschaften Rostock, Prag, Wien, Berlin und Karlsbad kennen. Mit den beiden Freunden war ich auch in Ostfriesland, Belgien, der Insel Rügen und dem Spreewald.

Im Sommer 1993 besuchten Hannele, Friedel, ihr Mann und ich Norwegen. Die Schönheit der norwegischen Natur beeindruckte mich tief, beispielsweise die schneebedeckten Berge im Norden des Landes, die im Gegensatz zur Alpenwelt der Schweiz meist runde Kuppen haben und nicht so hoch sind. Die Straße, von der aus wir den Blick auf diese Berge hatten, führte in westlicher Richtung zur Küste durch ein enges Fjordtal: Rechts und links stürzten Wasserfälle aus fast tausend Meter Höhe ins Romsdal hinab. Abenteuerlich erlebte ich auch die Schiff-

IX/2 Geirangerfjord: Mein eindrucksvollstes Erlebnis in Norwegen 1993

fahrt zwischen den senkrecht aus dem schwarzen Wasser aufstrebenden Felswänden des Geirangerfjords.

So sehr sich mir auch manches schöne Stadt- und Landschaftsbild in diesen Reisejahren stark eingeprägt und in der Erinnerung deutliche Eindrücke hinterlassen hat, so möchte ich doch hier nur eine Reise, stellvertretend für die anderen, näher beschreiben, nämlich die nach Rußland. Mit neun Tagen war sie die längste. Sie war auch die weiteste und die, die mir die meisten Überraschungen bereitete.

Im April/Mai 1995 bot unsere Zeitung eine „Bürgerreise" nach Moskau mit einer Rundfahrt über den Goldenen Ring an. Veranstaltet wurde diese Reise von der Städtepartnerschaft Kassel-Jaroslawl an der Wolga. Nach der Wende durch Gorbatschow sollten Kontakte hergestellt werden von Mensch zu Mensch, von Deutschen zu Russen. Ich schloß mich der Reisegesellschaft mit 36 Teilnehmern an, weil ich mich darüber informieren wollte, wie – langsam und behutsam – demokratisches Denken und damit einhergehende Veränderungen sichtbar wurden und wie das dortige Leben im Alltag läuft. Alle waren sehr gespannt auf das „neue Rußland", aber auch das alte Kulturerbe des Landes. Ich bereitete mich zu Hause gut vor; sogar das Entziffern der kyrillischen Schrift erlernte ich vor der Reise.

Am 3. August 1995 morgens um 8.00 Uhr begann die Reise für Annegret Röver, meine Nichte aus der Viering-Familie, und mich am Theatervorplatz in Kassel. Der Transfer ging direkt zum Flughafengebäude in Frankfurt. Für mich war es die erste größere Flugreise. So erlebte ich die zwei Stunden in Frankfurt mit dem „Einchecken", den Kontrollen, den endlosen Wegen durch die Hallen mit besonderer Neugier und Spannung, schließlich auch die Busfahrt auf dem Rollgelände zu unserem Flugzeug „Iljuschin" und natürlich den Flug, der zwei Stunden und 40 Minuten dauerte.

In Moskau landeten wir um 17.00 Uhr Ortszeit. Der Flughafen – vor ca. zehn Jahren gebaut – war 1995 der modernste von Moskau. Er heißt nach dem großmütigen Fürsten Scheremetjow, weil er auf dessen ehemaligem Land – durch Vertreibung und Enteignung seit 70 Jahren in staatlichem Besitz – gebaut wurde. Die Benennung des Flughafens fand statt, als die alte, streng sowjetische Riege abtrat und die neue eine Imageaufbesserung dem Westen gegenüber erreichen wollte. Denn hier landeten sie, die „Westler".

Während der Busfahrt ins Stadtinnere erhielten wir schon manche wertvolle Information über Moskau, beispielsweise über die Ausmaße und Struktur der Neun-Millionen-Stadt. Auch wurde auf ein Stück Panzersperre aufmerksam gemacht, wo im Zweiten Weltkrieg der deutsche Ansturm auf die Stadt gestoppt werden konnte unter ungeheuren Menschenverlusten auf beiden Seiten, auf der russischen weit mehr.

IX/3 Hotel Ukraina in Moskau, unser Zimmer im 25. Stock

Eine Überraschung war die angekündigte „Unterkunft" für uns: ein riesiges Gebäude mit 30 Stockwerken und 2000 Betten, das Hotel „Ukraina", an der Moskwa gelegen. Vor und hinter dem Eingang standen bei unserer Ankunft mehrere „Kellner". Später erfuhren wir, daß es Geheimpolizisten waren. Wir traten in eine Halle mit Säulen und einer Kuppel. Drei Aufzüge nebeneinander für je 16 Personen fuhren lautlos in Sekundenschnelle in die Höhe. Als Annegret und ich unser Zweibettzimmer im 25. Stock öffneten, schauten wir in die Pracht eines geräumigen Empirezimmers, mit Schreibtisch, Frisierkommode und dreiflügeligem Spiegel, Sesseln und echten Teppichen auf dem Boden. Die Möbel waren aus massivem polierten Nußbaum. Ein großes Doppelfenster ermöglichte uns einen unwahrscheinlich schönen Blick auf Moskau. Das Bad war groß und sauber; Wände, Fußboden, Installationen und Wäsche alles in Weiß und sehr gepflegt – aber aus der Leitung kam kein Trinkwasser, und dem Baden war vorgebeugt, indem in den Wannen alle Stöpsel fehlten. Zum Zähneputzen holten wir uns Wasser in Flaschen aus dem Restaurant.

IX/4 Blick auf die Duma, das Parlamentsgebäude und
die Moskwa aus unserem Fenster, Moskau 1995

Gleich am Ankunftsabend machten wir noch eine Schiffahrt auf der Moskwa. Vor dem Hotel lag das Fahrzeug bereit, mit Musik und Kleinkunst wie Verwandlungs- und Zaubervorführungen. Getränke und Eis waren ebenfalls in der Eintrittskarte enthalten. Als es ganz dunkel geworden war, fuhren wir flußaufwärts auf dem in mehreren Schleifen durch die Stadt führenden Fluß. Unter klarem Sternenhimmel hoben sich die in den Farbtönen rötlich, weiß und gelb angestrahlten Gebäude zauberhaft ab: die vergoldeten Kuppeln der Kathedralen, der Kreml sowie einige der im „Zuckerbäckerstil" gebauten Hochhäuser wie unser Hotel Ukraina, von den Moskauern „Stalin-Kathedralen" genannt. Dazu lief gedämpfte russische Volksmusik – eine ganz besondere Idee zur Einstimmung auf die vor uns liegenden Tage.

Mit dem Reiseleiter „Igor" hatte unsere Teilnehmerschaft ganz großes Glück. Gleich zu Anfang hatte man den Eindruck, einen sehr gebildeten Russen vor sich zu haben. Seine zunächst routinemäßige Einführung wurde in einwandfreiem Deutsch mit russischem Akzent und rollendem scharfen Schluß-R vorgetragen: „Bitte gehen Sie immerrr weiterrr ..."

Während der Fünf-Tage-Rundreise über den Goldenen Ring – Moskau, Sagorsk, Rostow, Jaroslawl, Wolga, Susdal, Wladimir, Moskau – hatten wir Hunderte von Kilometern im Bus zu überwinden.

Die Reisezeiten zwischen den Stationen benutzte unser Igor zu sehr guten Einzelvorträgen. Wir fragten auch mal dazwischen, beispielsweise, ob die Russen den Einmarsch der Deutschen bis vor Moskau heute verwunden hätten. Er meinte: Das russische Volk wüßte, daß der Krieg auf beiden Seiten von Diktatoren geführt worden sei und daß auch die deutsche Militärführung unter der Herrschaft eines Diktators gestanden habe. Die Verluste, die Rußland durch die Deutschen erlitten habe, hätten 20 Millionen Menschen betragen. Aber die Anzahl von Russen, die unter Stalin ihr Leben in den Lagern des Gulag verloren, rechne man auf 70 Millionen.

„Sie werden in diesen Tagen sehen, daß sich die Menschen in der Partnerstadt auf Ihren Besuch freuen!"

Igors Mutter war während des offiziellen Atheismus' Christin geblieben. Sie ließ ihren

IX/5 Kuppeln in Sagorsk: Sitz des russischen Patriarchen , hier die Mariae Entschlafens- Kathedrale

Sohn im Untergrund taufen, als er fünf Jahre alt war. Um seinen Wunsch, nach Westeuropa zu kommen, erfüllen zu können, studierte er Germanistik. So wurde ihm ein Praktikum in Ostberlin vom sowjetischen Staat bezahlt. Igor berichtete, daß er sich in seiner freien Zeit in den Bibliotheken aufgehalten habe, stets in „freundlicher Begleitung" der russischen Polizei, die ihn vor antisowjetischer Literatur „beschützen" sollte. Davon gab es aber kaum etwas, denn die DDR-Oberen hatten schon alles Wissenswerte entfernt. Doch einen Schriftsteller aus dem 19. Jahrhundert entdeckte er: Es war Fritz Reuter, der Kritik am preußischen Militarismus übte und während seiner Haft in humorvollem mecklenburgischen Dialekt Biographisches erzählte („Ut mine Festungstid"). Igor entdeckte nun die deutschen Dialektvarianten wie das Bayrische und kam auf diesem Umweg zu mehr Einblicken in das deutsche Wesen und die Geschichte der Deutschen im 19. Jahrhundert. Wir fragten, ob er auch den Kasseler Dialekt kenne. Igor:

„Natürlich: Treffen wir uns heute abend um sechse oder um halb siebene?"

Anschließend besichtigten wir Rostow am Nerisee, eine Stadt mit tausendjähriger Geschichte. Sie liegt an einer Handelsstraße, die vom Norden, der Ostsee und Petersburg, nach Süden bis Byzanz führte. Rostow war als Handelsumschlagplatz reich geworden und diente als Ruheplatz auf langer Reise – auch dem Zaren, der in den Rostower Kremlmauern einen Palast bauen ließ, um von hier aus seine Reisen ins Innere seines Landes zu unternehmen. Der Rostower Kreml hatte mit rund drei Metern unglaublich dicke Mauern und bildete eine starke Wehr gegen die in hundert- bis zweihundertjährigen Abständen von Osten einfallenden Tataren, Hunnen und Turkvölker. Wer im Inneren des Kremls bauen wollte, mußte sich an der Verteidigung Rostows beteiligen und sein Haus an der Mauer mit Zugang zum oberen Wehrgang errichten. Auch eine Schule und ein Kloster waren von diesen Burgmauern umgeben. Mönche unterrichteten in einem vom ersten christlichen Missionar Kyrill aus Byzanz gegründeten Kloster. Er ließ die noch schriftlosen Slawen eine dem Griechischen ähnliche Schrift lernen, die jetzt noch gültige kyrillische Schrift. Heute ist der Klosterschule auch eine Emaille-Malschule, eine umfangreiche Bibliothek und eine Ikonen-Galerie angeschlossen. Die Kreisstadt Rostow gab uns im Zuge der Städte- und Regionalpartnerschaft Jaroslawls zu Kassel einen Empfang im Landratsamt und ließ zur Begrüßung im Kreml ein Quartett von Mönchen in der Kapelle des Wehrganges singen. Wir wurden auch zu einer Bootsfahrt über den Nerisee und zu einem Picknick auf einer Wiese am Ufer eingeladen. An sich gibt es über diesen See keine Vergnügungsfahrten, das Boot diente nur der Bevölkerung zum Fischen. Drei bis vier Jugendliche fuhren uns – übrigens mit viel zu starken Motoren aus dem „Vaterländischen Krieg", also deutscher Herkunft (!) – sehr rasant über das Wasser. Als nicht alle Teilnehmer einsteigen wollten, wurde dazu aufgemuntert mit dem Hinweis, daß Rostower Rettungsschwimmer bis zu unserer Rückkehr warteten. Bei einem skeptischen Rest erzeugte auch dies keinen Mut. Annegret und ich fuhren mit dem zweiten Boot los. In rasender Fahrt ging's stracks auf eine Insel zu. Ich hatte Angst, bis ich merkte, daß es sich nicht um Festland handelte, sondern um Schilf, das wir durchquerten.

Die Hauptsache waren hier aber unsere zahlreichen Gespräche mit den Einwohnern mit Hilfe der ausreichend anwesenden Dolmetscher in Gestalt von

Deutschlehrern, denn die meisten Schüler wählen Deutsch als erste Fremdsprache. Alle erfreuten sich an einer Trachten- und Tanzgruppe und an der rhythmisch-heiteren, doch meist in Moll tönenden Volksmusik.

Zuerst forderten die Trachtenmädchen den Genossen „Interligator" (den Herrn Landrat), sodann auch die Bürgermeistersfamilie zum Tanzen auf der Wiese auf. Wir standen begeistert und klatschend um sie herum, aber dann ging's richtig los, und wir tanzten jeder mit einem Russen zu ihrer Musik und bekannten russischen Melodien über die Wiese. Etwas Wodka mußte zum Zeichen „echter Freundschaft" getrunken werden. Das ging nicht anders, sogar mit Duzbrüderschaft! Diese schwerfälligen russischen Slawen ließen sich also aufmuntern. Offenbar tanzen die Russen alle gern, zumindest forderten junge Männer Omas auf, Frauen tanzten mit Frauen, ältere Männer mit jungen Mädchen: Jeder kann sicher sein, daß alle die Schritte zur Musik richtig können. Auch ich wurde von einer Mamuschka zum Tanz geholt. Sie führte! Die fröhliche Gastfreundschaft hätte ich den Russen nicht zugetraut. Sie war mir eine wichtige Erfahrung.

IX/6 deutsch- russisches Tänzchen auf einer Wiese am Nerisee

Das erlebten wir erst recht, als sie uns in eine „Tanzschule" begleiteten. Dieser Schultyp führt zum Abitur: mit Schwerpunkt Tanz- und Ballettunterricht für entsprechend begabte Kinder, so wie andere in Sport- oder Kunstschulen Spezialkönnen erwerben sollen. Reizend waren die Vorführungen aller Schulklassen mit ihren ideenreichen Tänzen und selbstgenähten Ballkleidern. Die

Kinder beschenkten jeden von uns siebzehn deutschen Gästen mit einem Blumenstrauß aus ihren Gärten. Zum Schluß spielte die Tanzmusik noch für uns. Unsere Duzfreunde von Rostow hatten uns in die Tanzschule begleitet, wo wir mit Obst und Keksen erwartet wurden. Der Bürgermeister Wladimir saß am Nachbartisch, Rücken an Rücken mit mir. Als die Schlußmusik erschallte, rief er: „Jelisabeta, deutscherrr Walzerrr!"

Ich dachte: „Jetzt nicht kneifen." So schwebte er in abgelatschten Schuhen mit mir davon.

Zurückgekehrt ins Jaroslawler Hotel, ging's am nächsten Tag zur Besichtigung der Kasseler Partnerstadt (mit 600 000 Einwohnern). Wieder wurden wir mit sakralem Männerchor in einer Kirche begrüßt und zu einer Schiffahrt – diesmal auf der Wolga – eingeladen. Obgleich der Fluß dort „nur" 800 Meter breit ist, ist die nahegelegene Brücke wegen gelegentlichem Hochwasser einen Kilometer lang.

An unserem letzten Tag in Moskau hat mich besonders die prunkvolle Anlage und Ausstattung der U-Bahnhöfe in Bewunderung versetzt. Von 150 Stationen haben wir sechs gesehen. In großem Tempo sauste man mit fliegendem Haar auf den steilen Rolltreppen in die Tiefe und sprang ab – mit Dank gen Himmel! Man konnte auch Treppen benutzen, wir hatten aber sehr wenig Zeit. Ein Bahnhof hieß „der Dom". Man hatte tatsächlich den Eindruck, in einer großen Kirche zu stehen. In den „Seitenschiffen" rasten allerdings Züge vorbei. Das „Mittelschiff" war rechts und links von Marmorsäulen begrenzt, an den Decken konnte man Mosaiken mit Darstellungen aus der russischen Geschichte, der Heiligen und der Erzengel bewundern. An der Stirnseite des „Doms", sozusagen im „Chor- und Altarraum", befanden sich Gemälde von Heiligen, flankiert von Engelstatuen. Um die tragenden Säulen herum sah man Skulpturen des russischen Alltags, besonders Familiengruppen, arbeitende Männer und Frauen, Waldtiere und Haustiere: alles aus feinem Marmor. Die Fußböden, ebenfalls mit ornamentalen Mustern, waren blitzsauber. Unser erstauntes Bewundern drängte zu Fragen: „War denn der Staat so reich, daß Geld für diese Kunst und diese Ausgestaltung vorhanden war?" Igor lächelte und erklärte, daß das alles außer dem Material kaum etwas gekostet habe. Gute Handwerker und Künstler habe Rußland genug, und für einen echten vaterlandsliebenden und dazu frommen Russen sei es eine Ehre, an solch einer Ausgestaltung mitwirken zu dürfen. Als Entgelt sei oft nur einfaches Essen ausgeteilt worden, dazu kaum oder gar kein Lohn.

Die vier Tage waren zeitlich knapp für die Besichtigung auch nur der wichtigsten Orte Moskaus. Igor schlug daher Alternativen vor: „Wollen Sie, liebe Freunde, jetzt den Prominentenfriedhof mit dem Chruschtschow-Grab sehen oder lieber eine Galerie mit Gemälden des 19. Jahrhunderts?" Er ließ abstimmen. Alles rief durcheinander: „Friedhof!" – „Puschkin-Gemäldegalerie!"

Dann hörte man sehr laut: „Beides! Ja, beides!" Igor lachte laut: „Ich liebe Sie. Die Deutschen wollen immer alles haben. Sie haben schon sehr viel mehr bekommen, als für Sie vorgesehen war!" Mit Blick auf die Uhr: „Diesmal geht es nicht: Wir gehen zu Puschkin." Ich rief laut: „Schade!" Daraufhin zog er ein Foto von sich aus der Tasche. Beim Überreichen sagte er die Worte: „Igor auf dem Prominentenfriedhof für Elisabeth." Auf diesem Bild steht er neben dem Chruschtschow-Grab.

IX/7 Unser Reiseleiter Igor vor dem Chruschtschow-Grab, 1995

Am Heimreisetag begleitete uns der russische Reiseleiter noch, soweit es eben ging. Er trug die schwersten Koffer, stand beim Zollbeamten, russisch erklärend, neben jedem von uns, auch die Paßkontrolle verfolgte er noch, bis alle durch waren. Für unsere „Geldsammlung" hatte er sich noch sehr bewegt bedankt: „Denken Sie an Igor, ich habe noch eine Reisegruppe, dann bin ich arbeitslos, im Winter, für acht Monate." Die Wolga friert im November zu. Dann verkauft Igor Ziegenkäse in Moskau. „Vielleicht kann ich mir von Ihrem Geld eine dritte Ziege kaufen." Das war der Abschied von einem liebenswerten Menschen ganz und gar russischer Prägung. Wir haben ihn mit seiner Frau zu uns eingeladen, aber nicht bedacht, daß Igor gar kein Reiseticket hätte bezahlen können. Er hat uns nie geantwortet.

Bis heute sehe ich mir gern die Bilder der Reise nach Rußland an und erinnere mich an mein kurzes, aber intensives Erleben dieses Landes, das ich als altes Kulturland und in modernen Lebensäußerungen kennenlernen durfte. Über allem lag ein Schimmer von Schwermut, Schicksalsergebenheit und Leidensfähigkeit. In mehreren Übersetzungen russischer Lyrik fand ich dies treffend ausgedrückt. Hier ein Gedicht, das eine ganze Generation auswendig kannte:

Held der Sowjetunion
Wart auf mich, ich komm zurück, aber warte sehr.
Warte, wenn der Regen fällt, grau und trüb und schwer.
Warte, wenn der Schneesturm tobt, wenn der Sommer glüht.
Warte, wenn die anderen längst ihres Wartens müd.
Warte, wenn vom fernen Ort
dich kein Brief erreicht.
Warte – bis auf Erden nichts deinem Warten gleicht.

Konstantin Simonow (1915–1979)

Immer wenn ich von meinen Reisen, besonders denen ins Ausland, nach Hause kam, wurde mir klar, welches Glück mir beschert war mit dem Stückchen Erde, das mir gehörte, dazu der Klang der Heimatsprache. Und ich freute mich, daß ich überhaupt nach Hause kommen konnte. Mein kleines Einfamilienhaus, das ich nun schon 40 Jahre bewohne, ist von Rasen und Büschen umgeben. Die Sonnenstrahlen erreichen im Sommer alle vier Seiten des Hauses. Blumen blühen auf Rabatten, dem Steingarten und

IX/8 Mein Häuschen in der Morgensonne von Nordosten mit weiter Sicht bis zum Herkules am Horizont (ganz links) in 1992 auf Beeten. Ein großer Sitzplatz für den Nachmittagskaffee mit Gästen ist von einer Eibenhecke, einer wuchtigen Tanne und einem Staudenbeet umgeben. Er lädt auch schon einmal zu einem Lampionabend im warmen August ein.

IX/9 ...und von Westen

Haus und Garten werden mir immer wieder zu einem Nest, in das man sich hineinkuscheln kann, eine Zuflucht vor der lauten Welt. Ein kleines Zimmer zur Terrasse ist der Mittelpunkt des Wohlbefindens, seitdem hier auch ein Sessel steht mit Kopfstütze und Fußteil. Zwei Leselampen beleuchten das vor mir aufgeschlagene Buch. Zur Linken steht ein Sessel für meine Besucher. Zur Rechten ein Teetischchen, auch zum Ablegen der Lektüre. Geradeaus steht der Fernseher und ein Klappschreibtisch. Links geht's durch die Veranda zur Terrasse hinaus. Ein großes breites Fenster und die Verandatür lassen viel Licht in den kleinen Raum. Die Terrasse mit einem Rundtisch und Stühlen ist unser Sommerzimmer. Von hier aus geht der Blick über Dorf und Felder über die Horizontlinie mit dem abends beleuchteten Herkules.

Nachdem meine Söhne Hans Otfried und Temmo ausgezogen waren, blieb ich allein zurück. Ein solcher Auszug ist überall in den Familien gang und gäbe und entspricht dem Normalen. Man freut sich dann aber umso mehr über die Freundschaften, die einem in naher Umgebung erhalten bleiben und die daraufhin einen neuen Stellenwert erhalten. Im Alter genieße ich es doppelt, einen Freundeskreis in meiner Nähe zu haben, der sich jährlich drei- bis viermal trifft. Im Mittelpunkt stehen Erzählen und Diskutieren von Ereignissen in Simmershausen und dem Rest der Welt. Seine Wurzeln hat dieser Kreis von neun Mitgliedern aber in schon lange bestehenden Freundschaften aus den fünfziger und sechziger Jahren.

Ich hatte im 7. Kapitel erzählt, wie es sich zutrug, daß ich Hausbesitzerin auf dem Flurstück „Im Kampe" wurde. In der Folge baute einer nach dem anderen meiner Freunde an diesem besonders hübsch gelegenen Südhang unseres Haufetales ein Haus in die Nähe von meinem. Zuerst kamen Hans und Gisela Teichmann. Zu meiner großen Freude wurden sie, meine Freunde aus dem Kirchweg, meine direkten Nachbarn. Wieviel Gutes habe ich durch sie in dem letzten halben Jahrhundert erfahren! Hinzu kamen Luczkowskis, die ich Anfang der sechziger Jahre kennenlernte, als Doris die Klassenlehrerin von Temmo in der Grundschule wurde. Ebenfalls in den sechziger Jahren bauten meine Patienten der ersten Stunde, Willi und Gerda Hesse, an der Karlstraße in Sichtweite zu uns. Sie kamen aus den USA. Mit ihnen verband mich auch Gerdas Engagement in unserer Simmershäuser Kirchengemeinde.

IX/10 Nachbarschaftskreis, v.l.n.r: Eva Franke, Doris Luczkowski, Hans Teichmann, Helmut Franke, Gisela Teichmann, Ernst Luczkowski, Elisabeth, Gerda Hesse, Willi Hesse

Frankes wurden schon in diesem Lebensbericht erwähnt: Helmut Franke, Studiendirektor am Kasseler Friedrichsgymnasium und Temmos Klassenlehrer in der Oberstufe und Eva Franke als Kränzchenschwester der FG-Mütter und als die erste Arzthelferin, die ich für meine Arztpraxis gewonnen hatte. Dies geschah bei einer Silvesterfeier 1978 im Hause Hesse. So sind die Wurzeln mannigfaltig für die anregende und hilfsbereite kleine Gemeinschaft.

Wie dankbar bin ich für mein Zuhause bis auf den heutigen Tag! Aber könnte ich es genießen ohne meine Gesundheit und Leistungsfähigkeit? Außer einer Hilfe für den Garten und bei der Hausreinigung versorge ich mich selbst, einschließlich der Einkaufsfahrten mit Stehen an der Kasse. Auch lenke ich das Auto noch sicher durch den Stadtverkehr von Kassel. Nur eines macht mir zu schaffen: die zunehmende Schwerhörigkeit. Im Jahr 1989 hatte ich einen doppelseitigen Paukenhöhlenerguß mit fast totaler Taubheit. Dies ließ sich nach unangenehmer Behandlung durch das Trommelfell hindurch lindern und weitgehend rückgängig machen. Das Rückfragen „Wie bitte?" nahm aber allmählich zu, ein Hörgerät lehnte ich zunächst ab. Erst ein Jahr später war ich bereit, ein solches zu tragen, und froh, daß ich das Glockenläuten in der Ferne und die Vogelstimmen im Garten wieder hören konnte sowie einen tropfenden Wasserhahn in der Küche, die brennende Gasflamme und das ablaufende Gurgeln des Wassers. Jedoch nahm das Schicksal seinen Lauf: Im Jahr 2000 betrug die Hörfähigkeit nur noch 25 Prozent. Seit dem Jahr 2001 trage ich Hörgeräte mit der modernen digitalen Technik in beiden Ohren. Zusammen geben sie mir bis 80 Prozent Hörfähigkeit zurück, aber nicht 100 Prozent. Es reicht allemal für zu Hause, zum Fernsehen und für Vorträge. Vor allem lohnt es sich auch beim Seniorentanzunterricht, den ich seit acht Jahren wöchentlich besuche. Nun gehöre ich zu den Fortgeschrittenen in unserem Kreise – es wird ja Zeit, mit 87 Jahren!

Auch aufgrund des schlechten Hörens zieht mich alles Lesbare wie ein Magnet an: Zeitschriften, Bücher, die Zeitung. Ich leiste mir das Lesen aber nur, wenn die Hausarbeit getan ist. Briefe müssen als besondere Belohnung für Erledigung von Arbeiten, die ich vor mir herschiebe, aufs Geöffnetwerden warten. Das spornt mich mächtig an und bekommt der Ordnung im Hause. Das Fernsehen kann ein Zeitverschwender sein, daher schalte ich sicherheitshalber erst um 21.45 Uhr das Heute-Journal im ZDF ein.

Etwas anderes wurde unvermutet wichtig für mich, als es nämlich an einem Archivverwalter für den Familienverband Zülch fehlte, kümmere ich mich ab

1993 um die familienhistorische Sammlung in Melsungen.

Heute nun ist die Sammlung in meinem Hause untergebracht und steht in 70 Ordnern in einem alten Wäscheschrank und auf einem Regal. Das Ordnen von Büchern, Bildern, Stammtafeln und viel Biographischem aus den letzten 200 Jahren beschäftigte mich und regte mich letztlich selbst zum Schreiben über das Leben unserer Ahnen an. Alle zwei Jahre gebe ich in der Hauptversammlung des Familienverbandes einen Bericht über die neu hinzugekommenen Stücke und Erkenntnisse und stelle das Wichtigste auf einem Tisch des Tagungshotels aus.

Zu den großen Themen meiner späteren Jahre gehörte auch das Volk der Juden, ihre Geschichte, die Heilige Schrift, ihr Glaube und ihre Schicksalsgemeinschaft sowie ihr Auseinanderdriften.

Eine große Sympathie empfand ich für den jüdischen Religionswissenschaftler und Historiker Prof. Dr. Schalom Ben Chorin. In seiner Trilogie „Die Heimkehr" zeigt er einen guten Weg für Christen und Juden, ihre Gemeinsamkeit zu erkennen und in dauerhaftem Frieden zu leben. Nach seiner Meinung sollte jede Religionsgemeinschaft ihre Ansicht von Jesus von Nazareth behalten und keine Versuche von Missionierung des anderen unternehmen. Hierin schließe ich mich seiner Meinung an. Es gibt in diesem Fall eben „zwei Wahrheiten": der jüdische Mensch Jesus, dessen Existenz und Bedeutung als Prediger, den viele Juden wie Buber, Rosenzweig und Ben Chorin anerkennen, und den erhöhten und auferstandenen Christus, auf den die späteren Christen ihre Kirche bauten. Juden und Christen sollten ihre ureigene Wesensart nicht verstecken, aber miteinander absichtslos im Gespräch bleiben und sich respektieren. Wie mir eine Simmershäuserin erzählte, hat Ben Chorin in seinen letzten Lebensjahren in Jerusalem Gesprächsstunden bei sich für deutsche Touristen gehalten.

Ein sehr schönes Zeugnis zum Nachkriegsdeutschland legt er von seiner Einstellung in einem Gedicht 1981 ab, das – vertont – sogar im neuen Evangelischen Gesangbuch 1992 aufgenommen wurde.

> Freunde, daß der Mandelzweig
> wieder blüht und treibt,
> ist das nicht ein Fingerzeig,
> daß die Liebe bleibt?[19]

Als Ben Chorin die Nachricht bekam – so erzählt er –, daß diese Verse in das Gesangbuch der Christen aufgenommen werden sollte, schob er das Schreiben seiner Frau zu. Sie reagierte erstaunt, er sei wohl der erste Jude, dem diese Ehre zuteil werde. Darauf Ben Chorin: „Nein, der zweite – König David war schon vor mir." Gemeint hatte er Davids Psalmen, wie sie in Liedern unseres evangelischen Gesangbuches wie zum Beispiel bei Paul Gerhards „Befiehl du deine Wege" im Text anklingen.

Bei meinen Studien des Judentums unterstützte mich der Satz Ben Chorins: „Möchte doch der Christ, der hinabsteigt zu den Quellen des Judentums, in ihnen die lebendigen Wasser erkennen, aus denen Jesus von Nazareth geschöpft hat!"[20]

Von klein auf hatte ich Kontakt zu Juden: als Hausgenossen, Spielgefährten, als Klassenkameraden und sowohl vor als auch nach der Emigration als Freunde. Der Krieg verhinderte die Kontakte, aber 1950 fragten wir Schulkameradinnen uns gegenseitig bang: Haben Trudel, Ilse und die anderen die Hitlerzeit überlebt? Und diese wiederum fragten sich in England, Israel und in den USA, ob wir nach den Bränden der Städte und der Frontkampfhandlungen alles lebend überstanden hatten.

IX/11 Fünf Klassenkameradinnen. Von links nach rechts: Irmgard Kirchner, Ilse Heinemann, Gretchen Cohen-Wittepski aus London, Elisabeth Vial und ich

---

[19] Ev. Gesangbuch, Kassel 1994, Lied Nr. 613.
[20] Ben Chorin, „Bruder Jesus", S. 191, Deutscher Taschenbuch-Verlag.

Durch eine Anzeige in der Kasseler Tageszeitung stellte Trudel Levi von London aus die Verbindung wieder her, sie wußte viel vom Verbleib der anderen jüdischen Mädchen. In unserem Klassenverband mit einem hohen Anteil an Jüdinnen war kein Todesopfer zu beklagen; sie waren allerdings seit den Jahren 1934 bis 1938 schon in Sicherheit.

IX/12 Mit Trudel Levi:
„Two old friends together again"

In den 50er Jahren sah ich drei meiner jüdischen Klassengenossinnen wieder, auch kamen sie zu unseren Klassentreffen, zu denen wir ab 1960 einluden. Von nun ab wurden die Freundschaften enger. Als im Jahr 1993 Trudels Tochter Carmen und ihr Freund Norman Deutschland kennenlernen wollten, meldete ich sie mit Trudel im Simmershäuser Dorfgasthaus Schönewald an. In der britischen Presse wurden damals Umzüge mit Hakenkreuzfahnen in ganz Deutschland gemeldet. Daß dies nicht die Volksmeinung wiedergab, sondern nur die einiger weniger, war entgegen der sprichwörtlichen britischen Fairneß weggelassen worden. Unnötig verängstigt fragten die Stevens, wie die Levis inzwischen hießen, bei mir an. Ich konnte sie ehrlichen Herzens beruhigen. Immer noch geschockt vom kassenfüllenden Bericht ihrer Tageszeitung, besorgten sie sich daraufhin nur Fahrkarten bis Essen, um mit eigenen Augen die überall wehenden Hakenkreuzfahnen zu sehen und eventuell wieder umzukehren. Ohne eine Hakenkreuzfahne gesehen zu haben, kamen sie schließlich bei mir an und konnten ihr Kasseler Programm unbehelligt abwickeln.

Aber nicht nur die Geschichte der Juden, nicht nur meine Familiengeschichte Scheele und Zülch, auch die deutsche Geschichte gehörte zu den großen Themen meines nachberuflichen Lebens: die Herkunft der Germanen, ihrer Sprache und das Werden der Deutschen und ihrer Wesensart, die von vielen Völkern im Laufe der Jahrhunderte gebildet wurde. Ihre Wanderlust, ihre Seßhaftigkeit, ihre Vermischung. Das im Vergleich mit unseren Nachbarn späte Entstehen des deutschen Nationalstaates beschäftigte mich.

Ich las die namhaften Historiker bis in die Einzelheiten, so daß die historischen Gestalten fast leibhaftig vor mich traten: die Germanen, die Merowinger, Karolinger, Staufer, Habsburger und die Persönlichkeiten der Reformation. Die Freude an der Sprache, ihren Wurzeln und Stammsilben, das Vergleichen mit außerdeutschen Begriffen (z. B. der indogermanischen Sprachfamilie) gab mir Denkanstöße: Man wächst zusammen, wenn man sich sprachlich versteht. Nun stellte sich mir oft die Frage: Was ist deutsch? Und wer kann von sich behaupten, ein Deutscher mit deutschem Wesen zu sein? Aufgrund meiner Studien meinte ich eine Antwort gefunden zu haben: Für mich sind die „deutschen Lande" ein Sprachgebiet, das sich ungefähr von der Maas bis an die Memel und von der Etsch bis an den Belt erstreckt, ohne ein Gebiet als Eigentum für einen Souverän oder gar einen König im Sinne eines zusammenhängenden Nationalstaats zu bezeichnen. Zwar hat die Sprache regional einen eigenen Klang, aber im Grunde konnten sich die Menschen auch über sprachliche Ebenen hinweg verstehen, austauschen und schließlich „zusammenwachsen".

Zum Wort von Willy Brandt im Blick auf die Wiedervereinigung 1990, „Es wächst zusammen, was zusammengehört", drängt sich mir auf, dieses Zitat im Blick auf das heutige Einströmen fremder Sprachen, Schriften und Kulturen nach Deutschland in Umkehr zu sagen: „Es wächst *nicht* zusammen, was *nicht* zusammengehört." Ist das ganz falsch? Wir verstehen uns gegenseitig in doppelter Bedeutung nicht mit den ganz anderen Mentalitäten und Werten. Aber muß man sich als Menschen deshalb ablehnen? Doch nur, wenn sie unser geistiges Eigentum, unsere Lebensweise antasten oder gar Gebiet von uns beanspruchen. Wo ist das Land auf dieser Welt, wo zwei oder mehr Völker und Kulturen *wirklich* friedlich zusammenleben? Dabei ist es allbekannt, wie anziehend die Fremden immer schon für die Deutschen waren: entweder sie in ihren Ländern zu besuchen oder sie als Gäste bei uns aufzunehmen. Machen nicht gute Zäune auch gute Nachbarn?

Ich hoffe, daß mir die Sehfähigkeit für die Nähe und die Ferne, d. h. das Lesen und das Autofahren, noch ein Weilchen erhalten bleiben, so daß ich am Geschehen im Haus, in der Familie und außerhalb teilhaben darf. Ich erlebe die Gegenwart des Alltages ohne Berufsleben intensiv und freudig als Geschenk. Durch den täglichen Kontakt mit den nachfolgenden Generationen gehört auch der Blick in die Zukunft zu den besonderen Geschenken, die nicht jedem alten Menschen zuteil werden.

Die Enkel sind bei Abschluß dieses Berichtes erwachsen. Zwei Urenkel, Mila(-Luisa), *1998, und Lennart(-Marvin), *2000, sind mein ganzes Entzücken.

IX/13 Ausblick in die Zukunft: mit den ersten Urenkeln Mila- Luisa *1998 und Lennart *2000 (2001)

IX/14 ...und wie sie wachsen! (2002)

So will ich nun schließen: dankbar, daß ich meinen Bericht mit der alten Hand noch selber schreiben konnte und sich Menschen fanden, diesem mit Herz und Hand weiterzuhelfen.

Wenn ich nun auf mein Leben zurückblicke, dann muß ich feststellen, daß die Wege, wie ich sie erträumt, geplant und schon beschritten hatte, immer wieder eine ganz andere Richtung erhielten, als ich gewollt hatte. Der lange Weg meiner Wanderung führte schließlich in ein weites, liebenswertes Tal, das ich gerade durchschreite – gesund und mit wachen Sinnen. Die zuvor getragenen Lasten auf zum Teil beschwerlichen Wegen lassen mich jetzt das Wandern mit leichtem

Gepäck meist heiter genießen. Erst die Mühsal hat mich fähig gemacht, eine große Dankbarkeit zu empfinden und mich rückschauend als reich Beschenkte zu sehen.

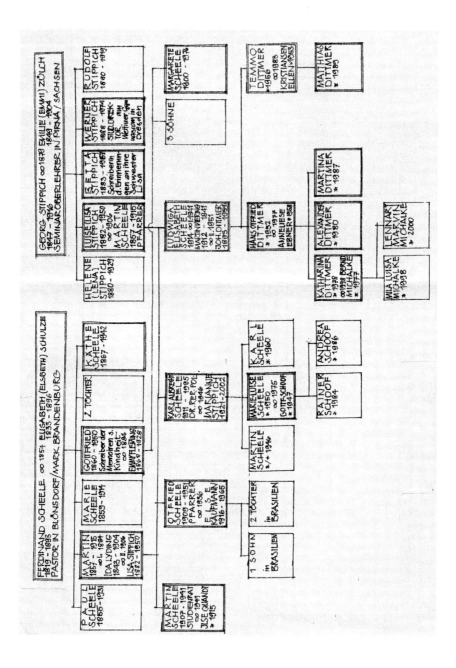